CASI SIEMPRE FUE ABRIL

Hiram Sánchez Martínez

EDICIONES HACHE SILENTE

Ediciones Hache Silente es un sello editorial del autor.

© 2014 Hiram Sánchez Martínez

Alberto Medina Carrero, editor

Primera edición impresa: Julio de 2014
Segunda edición impresa: Diciembre de 2021

ISBN: 978-1-7360963-7-6

www.hiramsanchezmartinez.com
hiramalbertosanchez@gmail.com

Diagramación, portada y contraportada de Ingrid Sánchez ingrid.
rebeca@gmail.com

Publicado en Amazon KDP por Jean Victoriá O.
jean.victoria2@gmail.com

Foto de modelo para diseño de cubierta por Hiram Sánchez Barreto
Modelo de foto para diseño de cubierta: Monique Méndez

Impreso en EE. UU. / *Printed in U.S.A.*

A Iris, mi esposa,
a quien amo inconmensurablemente
y me regaló esta historia

1.

LLEGAS A CASA DE tus cuatro hermanas anormales media hora después de enterrar a tu madre. No es que ellas sean contrahechas como el jorobado de Nôtre Dame, sino simplemente retardadas mentales que, con edades cronológicas de adultas, apenas alcanzan coeficientes intelectuales correspondientes a la infancia. En cambio, tú y tu hermana Matilde han recibido de la naturaleza su provisión completa de inteligencia, algo que les ha permitido ir a la universidad, hacerse de una profesión, casarse, tener hijos, establecer sus propios hogares y llevar la vida de sosiego que escogieron sin depender de nadie para nada. Sosiego por la ausencia de una preocupación en cuanto a lo que sucedería con tus hermanas cuando murieran tu padre y tu madre, pues, desde que naciste hasta que tu madre amaneció tiesa sobre la cama hace cuatro días, no tenía sentido plantearte cuáles serían tus responsabilidades y las de Matilde. Mas el día ha llegado así, con el ímpetu de los huracanes de otoño; y las ansiedades que causa el hacerse cargo de los arreglos funerarios del cuerpo de tu madre no han permitido siquiera conjeturar sobre los posibles acomodos para el futuro de ellas.

Loli, la mayor, a sus sesenta años no pasa de ser realmente una niña de siete, pero puede entender que acaba de perder a su madre. Vio cuando se la llevaron sin avisar, cubierta con una mortaja blanca, y que no la devolvieron a la casa. De hecho, la próxima vez que la vio tuvo la oportunidad de comprobarlo. Anoche, en la funeraria, se le quedó mirando, y tras un breve esfuerzo por reconciliar la imagen de su madre con la de la señora maquillada que yacía dentro del ataúd, se volvió hacia Lulú, tu hermana menor que estaba junto a ella, y con una voz neutra que cualquier extraño hubiera podido tomar por indiferencia, le dijo: «Mami se murió». Lulú reaccionó como siempre, con una de sus preguntas confirmatorias de tono opaco: «¿Se mulió?», que hizo necesario que Loli le contestara con un breve movimiento afirmativo de cabeza. Tú, que estabas junto a ellas y observaste la mirada humedecida que Lulú le dio a la señora maquillada del ataúd —que ahora no le quedaba la menor duda de que se trataba de su madre—, las empujaste suavemente hasta las butacas reservadas en primera fila para los dolientes. Ambas se sentaron con alguna dificultad: Loli por la rigidez que causa el párkinson y la limitación visual de un glaucoma en etapa avanzada, y Lulú por la torpeza que le han agregado sus cuarenta y ocho años encerrados en una mente de tres y la gordura que produce el solo comer, dormir y ver todo el día los muñequitos en la televisión.

A pesar de que ambas son turnias, a fuerza de crecer a su lado aprendiste desde pequeña a reconocer hacia dónde miran, independientemente de la dirección a la que dirijan cada ojo. Por eso supiste que Loli había apartado la vista del ataúd como si reconociera que estaba ante una realidad irrefutable, y que lo mejor sería olvidar lo antes posible su anterior vida bajo el cuidado de su madre para que nada la perturbara. Lulú, en cambio, no apartaba la vista del féretro blanco. Y, aunque a ti se te hacía fácil adivinar la dirección que le impartía a su mirada a través de sus ojos extraviados, te era muy difícil esclarecer sus pensamientos de niña pequeña. Tomó un pañuelito que alguien puso en sus manos y tras un jirimiqueo corto que produjo los primeros mocos, comenzó a llorar con toda su masa corporal oprimida, sobre todo, en el pecho, quizás porque presumía que no tendría a quién manifestarle sus inconformidades de niña obsesionada cuando se le perdiera alguno de los *shoppers* que guardaba en las gavetas de su cuarto. Lulú le había trastornado la existencia a tu madre con sus rabietas y desafueros habituales, algo muy distinto de cuando tu padre vivía, pues bastaba con que él le silbara de aquella forma tan peculiar con que lo hacía, para que Lulú desistiera de sus berrinches. Pero tu padre había muerto años antes y ya Lulú no reconocía ninguna otra autoridad que la obligara a calmar sus majaderías. Ahora Lulú lloraba de un modo particular, y tú misma te condoliste de su llanto hipado, tan extraño que hasta hizo posible que se convirtiera prontamente en el centro de atención de los que hasta ese momento hablaban como si estuvieran en una fiesta. Le acariciaste el pelo y le hablaste con la ternura maternal de una hermana mayor que también ha perdido la misma madre. Poco a poco le vino una serenidad desencajada y triste, y pudiste con la ayuda de Robert, tu marido, sacarla del salón. Desde la puerta se volvió e hizo así con una mano en dirección del ataúd, como si supiera que ese gesto de decir adiós sería su única despedida porque ya no la vería más.

Ninguna de las cuatro hermanas que viven esta infancia sempiterna atrapadas en cuerpos de adultas ha ido al sepelio. Solo Matilde y tú lo han hecho. Tu prima Valdremina y un ama de llaves provista por el Programa de Salud Mental del Departamento de Salud se quedaron en la casa con ellas. En el cementerio, frente al ataúd, Robert pronunció el panegírico de tu madre, de estoicismo acendrado, a quien nunca le escuchó decir una queja, ni un solo reproche al azar por la estúpida naturaleza de sus vástagos; solo la animaba el ardor de su maternidad por las hijas que nunca dejarían de ser niñas a pesar de las arrugas y las canas que ya lucían. El anecdotario fue rico en ejemplos de verdadero altruismo, que él conocía de primera mano porque llevaba casi cuarenta años insertado en esa familia de circunstancias excepcionales. Luego, se echó a un lado y te puso el brazo por la espalda bordeándote la cintura, en el único gesto posible ante el cuerpo inerte de tu madre —tus dos hijos a cada lado—, mientras tú desenvolvías con mano temblorosa un papel rayado donde habías escrito lo que dirías. Te habías puesto detrás de unas gafas de sol inmensas, y comenzaste a leer lo del papel y a tratar de sobreponerte a la incomodidad del fardo que hacía rato te atragantaba.

Matilde se mantuvo alejada de ti y del féretro, a la misma distancia que estuvo siempre, desde niña, incapaz de acortarla siquiera en ese momento en que ambas estaban por entregar a una descomposición inevitable los restos de su madre, que también era la tuya. No diría una sola palabra, ella que andaba por la vida quejándose continuamente por todo y de todos, opinando en particular de lo trivial e irrelevante, con su modo tan sórdido de ver las cosas. No diría una sola palabra porque las que llevaba comprimidas en su pecho y que solo servían para horadarle el alma, te las diría después, a ti, sin los testigos que rodeaban la penuria que solo Robert y tus hijos te ayudarían a sobrellevar.

Fue un entierro sin alardes y cuando el sepulturero untó la última mezcla que le quedaba en el palustre a la lápida de hormigón que sellaría la boca de la sepultura, supiste que comenzaba una nueva época en tu vida, en la de Robert, en la de todos.

Tati, la cuarta en el orden de nacimiento, a sus cincuenta y dos aún no tiene un coeficiente intelectual mayor que el de una niña de año y medio. Quizás por eso no le produjo ningún efecto que le dijeras que su madre había muerto, ni que hoy la enterraron. Ella ponía siempre la misma cara, los ojos almendrados y alegres, y una especie de sonrisa sardónica en su boca de labios gruesos de diva de cabaré. Era la más bonita de las cuatro y la única que no lucía el estrabismo característico de las demás. Noticias como esa le suenan igual que si le dijeras que hoy es su cumpleaños o que pasará un huracán categoría cinco por encima del pueblo. El mundo simplemente existe a su alrededor sin que ella sea consciente de las implicaciones de tal existencia: ni de la suya ni la del mundo entero. Apenas ve televisión, tampoco juega, ni sola ni con nadie. Vive de pie o acostada. Desde la vez que se fracturó un tobillo caminando por el patio de la casa renunció a sentarse más. Está de pie cuando quiere deambular por los alrededores y se acuesta cuando quiere descansar o dormir. Incluso come acostada —lo único que hace por sí misma— en perjuicio de su propia ropa o de las sábanas de la cama que quedan llenas de residuos de alimentos y manchas de salsa roja con cada comida. Cuando le dijiste: «Mami se murió», dejó de prestarte atención, como hace siempre, y siguió su camino rumbo a la cama con la misma cara inexpresiva que ponen los monaguillos en la misa.

Charito, la penúltima, se enteró de la muerte de su madre —si es que se enteró—, pero no lo tomó de ningún modo. Con cincuenta años es una niña de dos y medio que vive de alguna manera enclaustrada en su propio mundo, rememorando travesuras que no son tan imaginarias, sino más bien remotas en el tiempo de su verdadera infancia cronológica. Tiene la capacidad de recordar algunas caras y reconocerlas por el nombre o el apodo. Hace años que se ha vuelto violenta y con sus seis pies de estatura es una verdadera amenaza a la seguridad de los de la casa y los visitantes. Además, se hizo de la desagradable manía de quitarse la ropa y exhibirse desnuda por los lugares de la casa y el patio desde donde podría ser vista por cualquiera que quisiera mirar. Hace unos años que a tu padre no le quedó más remedio que construir un cuarto amplio con inodoro y baño en la parte de atrás de la casa, en el que Charito ha quedado recluida indefinidamente. Le dijiste: «Mami se murió», y ella meramente lo ha repetido: «Se mulió». A partir de ese momento, a cualquiera que le pregunte: «¿Y mami?», ella responderá con una certeza aprendida: «Se mulió», así, sin acentos de congoja que revelen algún tipo de entendimiento. Lo que te parece evidente es que Charito intuye la implicación de que su madre está muerta porque, a partir de ahora, dejará de llamarla en voz alta como hacía cuando tenía hambre o sed o se cagaba encima.

Y allí están las cuatro, en la misma casa en que se han criado, cada una a un ritmo distinto de inmadurez. La casa en la que Matilde y tú también se criaron, en la que ambas agotaron la emancipación emocional que les tocó vivir desde niñas y hasta que cada una salió debidamente casada, que era como entonces se hacían las cosas para tranquilidad de todos. Las cuatro enfrentan un futuro definido, exento de preocupaciones porque, en algún lugar que nunca viste, está inscrito a mazo y cincel que Matilde y tú estarán a cargo ahora de sus vidas de infancia imperecedera. Lulú, la única que anoche dio muestras de echar de menos a su madre, parece haberse recuperado de la tribulación que le produjo la realidad del sarcófago abierto, el de la señora maquillada que comenzó por parecérsele a su madre, y que terminó siendo ella sin duda alguna.

Afectadas lo menos posible por ese evento, tan trágico para ti como para Matilde, las cuatro continuarán con sus vidas de siempre: Loli volverá a sus siestas intermitentes durante el día; Tati a su deambular constante por la casa en un soliloquio de frases incomprensibles y sus estereotipias; Charito a los sobresaltos que generan sus gritos y requerimientos de atención, y Lulú a coleccionar y atesorar los *shoppers* y ver los muñequitos por cable. Hoy lo único diferente en el hogar ha sido la ausencia de tu madre. En cambio, Matilde y tú se miran desde las sillas opuestas en el *family*. Ahora que han quedado huérfanas podrán discutir el acomodo entre tu vida y la de ella de manera que las vidas de ambas y de tus cuatro hermanas se vean alteradas lo menos posible. Sin embargo, es Matilde quien no puede resistir la desazón que le causa este hogar sin padre ni madre y te lanza la pregunta cuya respuesta ella debe saber:

—Y ahora, ¿qué haremos con estas muchachas?

Te gustaría creer que Matilde te ha hecho esta pregunta porque reconoce que, de las dos, tú eres la mayor, y a los hermanos mayores suele otorgárseles la autoridad para tomar ciertas decisiones cruciales. Y, si a esto le añades que siempre te pareció que Matilde es una mujer pusilánime y medrosa, es muy natural que ella intente averiguar cuál será el próximo paso para atender el nuevo estatus del hogar de tus hermanas. Especialmente porque ella ha heredado la casa del lado, la que era de tus abuelos, donde ahora vive, justo a quince pies de separación de la casa de tus cuatro hermanas. Tú, por tu parte, has hecho tu vida y criado tu familia lejos, en San Juan, y solo venías de visita dos fines de semana al mes para cerciorarte de que todo marchara bien y que tus padres no tuvieran ninguna necesidad desatendida. Por más que lo has intentado, nunca has confiado en el escaso compromiso demostrado por Matilde hacia ellos o tus hermanas durante el transcurso de los años.

De modo que su pregunta está cargada de otros ademanes. Es obvio que teme que, por su cercanía física, tú vayas a echarle a ella toda la responsabilidad de hacerse cargo de tus hermanas discapacitadas. Temor que ya le ha manifestado a muchas personas, menos a ti, como es su costumbre hacer. Ante tus primas, te ha culpado de que te hubieses marchado a estudiar a la capital y no hubieras regresado al pueblo, que por eso tengo yo que hacerme cargo de ir de compras para mami, les decía a ellas, de cepillar los baños e higienizar los inodoros, mientras tú te dabas la buena vida en San Juan, llevando una vida confortable, independiente y alejada de la cotidianidad del hogar de tus padres y hermanas. Con la pregunta de: «Y ahora, ¿qué haremos con estas muchachas?», ella implica sus propias suposiciones, la insatisfacción con lo que queda de su propia vida de aislamiento, y aquellos temores forjados por su imaginación galopante.

2.

LA ESCUELA FUE el descubrimiento más fascinante de tu vida. El hecho de que pudieran representarse con dibujos llamados letras los sonidos emitidos por la boca o los de los pensamientos nunca dichos era un ejercicio asombroso de inteligencia. Había que distinguir entre vocales y consonantes y saber juntarlas para formar palabras, luego saber acentuarlas o no acentuarlas, y finalmente unirlas en oraciones, las mismas que utilizabas en tus juegos con tus primas en el verano y en otras actividades de la vida. Cuando estuvieron listos para comenzar a leer un libro, les entregaron el de Ana y Pepe y Fido y Pusito y te lo leíste de un tirón, y no a base de los fragmentos asignados por la maestra cada día. De todos modos, volviste a leerlo conforme a las asignaciones diarias. Dirías que fue tu primer encuentro con la literatura, la que te enganchó para siempre. Desde entonces, te ha conducido a mundos maravillosos tan reales para ti como la habitación donde duermes. ¿Cómo era posible, entonces, que Loli, tu hermana mayor, no estuviera lucrando aquel descubrimiento maravilloso? No puede aprender, fue la respuesta seca de tu madre cuando se lo preguntaste.

Al principio, tú no eras consciente de las limitaciones mentales de Loli. Podía bañarse sola y alimentarse por sus propios medios con la comida que tu madre le pusiera sobre la mesa. También podía cambiarse de ropa y entender instrucciones sencillas, y siempre que no hablara, Loli no denotaba físicamente su retardación, salvo por un caminar pingüinesco y un estrabismo saltarín que llamaba especialmente la atención de los niños. Desde pequeña te acostumbraste a que los chiquillos la miraran fijamente hasta que algún adulto les diera un empujón o les bisbiseara algo al oído. En las fotos de la época que se tomaban para las Navidades en la casa de tus abuelos, el

13

único signo exterior que la hacía lucir distinta de los demás primos era su estrabismo. En tu casa, sin embargo, el trato hacia ella comenzó a diferenciarse. Mientras Matilde y tú tenían que barrer y fregar, Loli había sido eximida de esas tareas. Ya para tu segundo grado semejante favoritismo comenzó a parecerte sospechoso.

Fue en los años que siguieron que te pareció evidente su rezago mental. Había que explicarle las cosas varias veces —en ese momento los peritos no les habían dicho a tus padres que ella sufría además de cierta sordera— y, aun así, con mucha frecuencia no las entendía. En el juego esto presentaba sus dificultades. Por más simples que parecieran sus reglas, muchas veces Loli terminaba no entendiéndolas y corriendo para el lado que no era. Matilde y tú eran bastante tolerantes. En los veranos, cuando los juegos incluían a tus primas, todas, incluso tú, jugaban como si Loli no estuviera presente. Cosa de lo que ella no era consciente, pues iba de un lado para otro, desenfrenada, persiguiéndolas, imitando los movimientos desbocados de las demás, los cambios súbitos de dirección, y creyendo entre risas voluminosas que estaba plenamente insertada en el juego. Si jugaban con las barajas, la exclusión de Loli era total porque no era capaz de entender las reglas de la brisca que, para ustedes, eran las más sencillas. Entonces se sentaba detrás de alguna de ustedes y se limitaba a observar las barajas y a reírse por la gritería y las discusiones que ustedes formaban. Porque a diferencia de las niñas de su misma edad, Loli no lo tomaba a mal, y desde entonces daba muestras de una resignación que venía preparada para asumir durante toda la vida. No es que Loli tuviese una inteligencia inútil. Si se le decía cuál era una baraja de casino y una española podía identificarlas después, cuando le pidieras que te buscara algún mazo de ellas. Te lo traía sin equivocarse y con la satisfacción del astronauta que ha cumplido exitosamente una misión de extracción de rocas lunares. También conocía por su nombre las cosas de la cotidianidad y, a medida que fue creciendo, si no le conocía el nombre a algo que tú tuvieras en la mano o en el cuarto y que le llamara la atención, te preguntaba qué era eso y, si le decías, ya no se le olvidaba jamás. Luego, transcurría el tiempo y por mucho que fuera podías comprobar que había añadido ese nombre a su tesauro de voces coloquiales y a su colección de cosas memorables.

El que para ese tiempo las tareas de la casa les correspondieran siempre a ti y a Matilde parecía ser el precio de que solo ustedes dos pudieran ir a la escuela, hablar coherentemente y entender a plenitud cualquier asunto de los que se les hablara. Era un precio aceptable, con lo que podían subsistir sin agriarse la vida. No tenías que hacer nada más. Eran años en los que tener una hermana retardada no era espeluznante. En esa época ni Matilde ni tú tenían que pensar en los tiempos por venir cuando ni tu padre ni tu madre vivieran.

En eso nació Tati. Nadie sospechó que sería distinta de Matilde o de ti, ni que se parecería más bien a Loli. Tati, la bebé, era robusta sin llegar a ser gorda, de reacciones lúcidas y muy simpática. Protestaba si tu madre no le daba de comer a tiempo o si se demoraba en cambiarle el pañal meado. Nada que no habrías hecho tú a esa misma edad. Y lo mismo que tú, comenzó a sentarse por sí sola en la cuna a los seis meses. A los diez se ponía de pie agarrándose de las barandas y emitía aquellos sonidos guturales que, en tu caso, habían sido un preludio de tus primeras palabras, pero en el de ella la manifestación de su verdadera incapacidad para hablar con claridad. Tu padre y tu madre se llenaron de alegría porque les pareció que Tati hablaría pronto, y que no pasaría como con Loli que a los nueve años aún se comunicaba con muchos tropiezos. Sin embargo, llegaron los doce meses y Tati ni siquiera decía mamá o papá. Sus sonidos eran alveolares, solo para llamar la atención y pretender una comunicación ambigua. Tu madre comenzó a descifrar sus cacofonías y asonancias. Eso le bastaba a Tati para conseguir respuestas a sus antojos. Eso sí, aprendió a caminar a los once meses, y semanas después ya corría. Le gustaba prenderse de la falda de tu madre en la cocina y agarraba lo que estuviera a su alcance. Hubo que mover a mayor altura las figuritas de porcelana *Made in Japan* que había sobre las mesitas de la sala.

Tuvo que haber sido en ese tiempo cuando tu tío José Miguel vino a hablar con tu madre. Para entonces era evidente que Tati sería como Loli, ni más ni menos. Aunque muchos lo pensaban, nadie, salvo tu tío, se atrevió a proponérselo. Vino a verla cuando él supuso que tu padre estaría fuera de la casa regando abono. La encontró como de costumbre en la cocina, preparando el almuerzo, mientras Tati jugueteaba con algunas toronjas desparramadas de un saco virado sobre el suelo.

—Para eso estamos los hermanos mayores —dijo con un tono suave de mucha sinceridad—, para dar los mejores consejos—. Y le soltó aquella idea anudada en su cabeza desde hacía muchos días con sus noches—: Dos es más que suficiente, Rosalía, tú lo sabes. No tienes alternativa.

Tu madre nada respondió, como era usual en ella. Dejó que su pecho se apretara con las palabras fraternales de desolación y continuó mondando las papas de guisar las habichuelas. ¿Acaso creería su hermano que eso no se le había ocurrido antes a ella?, ¿que no había pensado el riesgo que representaría una tara como esa para partos posteriores, algo que dependería más bien del azar que del deseo de solo tener hijos sanos? ¿Qué otra cosa podía hacer que confiar en el resultado aleatorio de sus embarazos?

—¿No te quedas a almorzar? —fue su único comentario al verlo retirarse, una muestra de su falta de rencor.

Él respondió que no, que muchas gracias, que tenía otras cosas que hacer antes de las doce, y se alejó. Había cumplido con su deber de hermano, un consejo que de otro modo nadie le habría dado. Era lo más que él podía hacer. Al fin y al cabo era un asunto entre su hermana y su esposo.

Tu madre quedó con el ánimo conturbado. Las palabras de su hermano aleteaban sobre los vapores de las cacerolas que recibían fuego en la estufa con la intensidad de las premoniciones impensables y las certezas ineludibles. Cuando tu madre se lo consultó a la suya, tu abuela se escandalizó. Aparte de que el asunto constituía un entremetimiento de su hijo mayor en los asuntos privados de su hermana, era un atentado contra los principios que ella les había inculcado a sus hijos e hija desde pequeños. ¿No se habían enterado de las enseñanzas del Catecismo, de Pío XII, ni de los sermones del padre Carmelo? ¿De qué valdrían las normas religiosas si al momento de aplicarlas ellos fueran los primeros en desobedecerlas?

—Si tuvieras dos almas, quizás podrías arriesgarte a perder una, pero tienes solo una. —Tu abuela había leído esta frase en una pequeña biografía de san Juan Bosco que conservaba en su cabecera—. Los hijos son una bendición de Dios, Rosalía. Hay que recibir todos los que Él nos envíe y en las condiciones en que nos los envíe. Esa es la obligación del cristiano. Cada cual tiene su cruz y tú debes cargar la tuya. —Esto último lo expresó con la autoridad de quien predica verdades inamovibles.

Tu abuela no pretendía ser injusta. De seguro sabía que no estaría presente cuando tu madre llegara a la vejez y quedara viuda con dos retardadas mentales a su cargo. Peor aún, sin la certeza de que a la muerte de la abuela, tú o Matilde estarían dispuestas a hacerse cargo de las hermanas. Porque tú y Matilde eran muy jóvenes todavía para decidir qué participación tendrían llegado ese momento. Tu madre sabía que era probable que ustedes dos formaran un hogar, tuvieran sus propios hijos y se fueran a hacer sus vidas lejos del pueblo.

Tu madre nada le dijo a tu padre ese día ni ninguno otro sobre el consejo de José Miguel, ni de la reacción de tu abuela. Tu madre no quería que su marido fuese a tomar mal la intervención de su cuñado en un asunto de la exclusiva incumbencia de ellos. Además, porque habiendo ya tu abuela expresado su opinión sobre el asunto, tu madre no quería asumir el riesgo de que tu padre aceptara la opinión de su cuñado y dijera que, después de todo, este tenía razón. Tu padre, a diferencia de su suegra, no era persona de compromisos inflexibles con los dogmas de la Iglesia o las enseñanzas de los papas. Además, tu madre siempre pensó que las palabras de oráculo de José Miguel no se cumplirían y que, de tener otros hijos, estos vendrían equipados con una inteligencia normal, como la tuya o la de Matilde. No es que tu madre estuviera en las de enunciar blasfemias o reniegos, sino más bien en confiar en la razonabilidad de Dios, porque ¿a qué dios se le ocurriría distribuir a los retardados mentales del pueblo mandándolos a un mismo hogar? Dos eran suficientes para el tuyo. Los otros tres retardados conocidos en el pueblo pertenecían a otros tres hogares, lo cual era ciertamente una distribución más equitativa. Así que tu padre y tu madre continuaron teniendo una vida conyugal como Dios manda, respondiendo a las urgencias biológicas que saciaban en el tálamo después de apagar las luces, y confiando en que Él llevaría justamente la aritmética de la distribución de los retrasados del pueblo.

Un año después, a tu madre no le llegó la regla por dos meses consecutivos y pudo darle a tu padre la noticia. Como tu abuela era devota de la Virgen del Rosario —y durante el embarazo de tu madre había hecho varias novenas por la normalidad de la salud mental de tu nuevo hermanito o hermanita—, cuando la niña nació le pusieron por nombre Rosario, aunque siempre le dirían Charito. Físicamente se parecía más a tu madre, que es como decir un poco a ti, pero sufría de estrabismo igual que Loli, quien se parecía más a tu padre. Por lo demás, Charito tendría un desarrollo normal hasta que cumpliera su primer año, cuando a partir de entonces sería evidente que el presagio de tu tío José Miguel se había realizado a pesar de las novenas de tu abuela.

3.

Tu MADRE ESTÁ SIEMPRE muy ocupada, no tiene tiempo para ti ni para Matilde. Tiene que hacerse cargo de las que vinieron después con distintas dosis de insuficiencia mental. Sus certificados de nacimiento establecen que ahora Loli tiene quince años; Tati, seis; Charito, cuatro, y Lulú, dos. A tus padres los sicólogos no les dieron esperanzas de que ellas pudieran aprender muchas cosas, más allá de las necesarias para deambular por la casa sin tropezarse mucho.

Loli sigue sin ir a la escuela, aunque ahora sabes por qué no va. Ya es toda una señorita y su mente no es mayor que la de una niña de cinco o seis años. Después sabrás que su mente madurará muy poco más. Sin embargo, con Loli los psicólogos no acertaron del todo. Esta aprendió a hacer algo más que caminar: podía asearse ella misma, prender la estufa para calentarse el café y barrer la casa si se lo pedían. Podía seguir instrucciones sencillas, y cuando tus abuelos compraron el primer televisor, te acompañaba todos las noches a ver la novela *Fab* junto a tu abuela.

Siempre creíste que la retardación de Loli era más bien leve. Parecía más severa por su sordera, una condición que se le diagnosticó más tarde en la vida y que, a juicio tuyo, impidió un desarrollo más cercano a la normalidad. Tati, Charito y Lulú, en cambio, nunca aprendieron a bañarse ni a limpiarse el culo. Y cuando se hicieron señoritas, tu madre tenía que cambiarles las toallas saturadas de sanguaza todos los meses. Menos mal que nada de eso te tocó hacerlo por ellas. Eso era tarea de tu madre y nunca les pidió ni a Matilde ni a ti que le ayudaran, excepto por la vez que te encargó que le dieras la sopa caliente a Charito cuando esta tenía un año y, accidentalmente, por un manotazo que ella misma le dio al plato, se la derramaste encima. Con los años, todas aprenderían a comer por su cuenta, con una torpeza que les brotaba naturalmente y que hacía que desparramaran parte de su contenido durante el viaje de la cuchara del plato a la boca. Nunca aprendieron a usar tenedor y cuchillo. Aun así, al menos liberaron a tu madre de la función diaria de darles la comida.

Matilde va al quinto grado y es tan inteligente y aplicada como tú. Aun cuando, con un grado de diferencia, van a la misma escuela y comparten la misma habitación conversan muy poco. Por la mañana llegan a la escuela en el mismo carro, pero durante el día se comportan como verdaderas extrañas, cada cual con sus propias amigas, sin buscarse para siquiera pedirse la hora, hasta que en las tardes deban devolverse en el mismo carro a la misma casa. Las diferencias entre tú y ella son inveteradas, tal vez genéticas, y estas se perciben en todos los órdenes de la vida. Lo único distinto de cuando eran niñas es que en aquella época no se notaba tanto el esfuerzo diario que ella pone en ser infeliz, en vivirles la vida a los demás y no aceptar críticas.

4.

—¡NENA, NENA! —ES COMO tu abuelo llama a tu madre, asomado desde el balcón—. ¡Diles a las nenas que vengan, que les traje dulces!

A la voz de tu abuelo Pepe, llegado del pueblo con su surtido de dulces en la usual cajita blanca de la repostería, tus hermanas y tú corren a su casa. No hay diferencia en la agilidad con que cada una corre en pos de los confites. Todas lo rodean, los ojos desorbitados por la ansiedad infantil que suele acompañar la espera por los dulces. Él abre la cajita. Ante la arremetida de manos la levanta súbitamente y dice:

—Güengui primero. —Güengui es el modo en que él entiende tu apodo: Wendy. Matilde retira su mano porque comprende la preferencia del abuelo Pepe por ti. Loli hace lo mismo, probablemente por imitación del gesto de Matilde, mientras, Tati, como si no fuera con ella, mantiene su brazo extendido hacia la cajita.

—Yo quiero de los que lamben. —Y sacas tu lengua al aire demostrando el modo de lamer.

—Tienes suerte. Aquí tienes. —Extrae un pastelillo de hojaldre relleno de guayaba, que tomas inmediatamente y abres en dos mitades para lamer y comer la mermelada. Matilde te mira con cierta desazón y aguarda su turno, sin que sepas si le ha tocado el dulce de su preferencia. Estás muy ocupada con el que «lambe» y no estás para consolar a una hermana que se ha creído postergada de momento por tu abuelo.

Tu abuelo José y tu abuela Clementina reconstruyeron su casa a solo quince pies de la de ustedes. El hecho de que tus abuelos vivan tan cerca ha sido una bendición para todas porque la nueva residencia tiene un patio amplio al frente, cubierto de hormigón alisado, que les sirve de parque de juegos y que conecta con la de ustedes mediante una acera cómoda que le da la vuelta a ambas residencias. Aunque la verja que las separa está interrumpida por un portón de tubo y *cyclone fence*, este permanece siempre abierto, de modo que, para todo fin práctico, ambas casas son tu casa, tu hábitat diario.

En el fondo, tu abuelo Pepe y tu abuela Tina han debido sentirse comprometidos con la crianza de ustedes. Tu padre y tu madre no tienen ningún otro apoyo para bregar diariamente con tus cuatro hermanas especiales, y Matilde y tú son de poca ayuda para tu madre. Por eso, el abuelo Pepe y la abuela Tina se han convertido en una especie de segundos padres.

La preferencia que el abuelo Pepe muestra por ti probablemente se deba a que eres la más parecida a tu madre. Charito también se parece un poco, pero no tanto. Con tu abuela Tina sucede algo parecido. Te ha enseñado a coser a mano —también en una Singer—, para que tengas las mismas destrezas que ella, te dice. Aun cuando sus estilos no son muy modernos, los fundamentos básicos de la costura te servirán más tarde en la vida para coser tu propia ropa. Desde muy pequeña te dice «Negrita», de cariño, y suele sentarte en su falda mientras vela el fuego en la cocina. Te acaricia y te cuenta toda clase de historias, y cada vez que sale de la casa te lleva con ella, mientras Loli y Matilde quedan atrás en la casa, muertas de envidia. Realmente, es la única persona de quien recibes abrazos. Es la persona que te compró tu primer traje de baño a tus diez u once años. Matilde resiente estas cosas, si bien no se atreve a reclamarle nada; simplemente se queja ante ti como si tú pudieras hacer algo. En el fondo, te agrada que sea así: tu abuela y tú, sin el estorbo de nadie más. Y no es que tu abuela Tina sea indiferente a Matilde. Ella les compra a veces pulseritas y pantallas idénticas a Matilde, a Loli y a ti. Además, ustedes tres —luego, con los años, se les sumará Tati— ven en las noches, junto a ella, las novelas en la televisión.

Y hasta en esto, para contrariedad de Matilde, abuela Tina es generosa contigo. Aunque en el barrio hay muy pocos televisores —un invento llegado hace solo un par de años a la isla, y en blanco y negro— la casa de tus abuelos es privilegiada y tiene uno. Solo difunden películas de vaqueros, comedias con Diplo y otros actores locales, y novelas de amor en las que los personajes, cuando tienen que besarse, aparecen de espaldas a la cámara para que no se vea que en realidad no se besan. Tu abuela es muy adepta a esas novelas pudibundas de media hora diaria que a ti también te seducen porque tratan de amores irrealizables que por meses luchan contra todos los obstáculos, debatiéndose entre las fuerzas del bien y del mal, hasta que, en el episodio final, se deshacen los nudos y el verdadero amor se hace posible.

El permiso de tu padre para ver televisión es hasta las nueve, cuando Matilde, Loli y tú deben regresar a dormir. Es la hora en que en tu casa cesa toda la actividad del día y se apagan las luces. Al principio, no se transmitían novelas después de las nueve. Un día anunciaron que comenzaría una nueva novela a esa hora y tu abuela, conociendo la regla de todos irse a las nueve, te invitó a que te quedaras a dormir en su casa para que pudieras verla con ella. Y habló con tu madre para informárselo. De modo que, a partir de entonces, ves la cara de pesadumbre que, con cierta mezcla de envidia y resignación, ponen Matilde y Loli cuando dan las nueve y el pitido de tu padre les recuerda que deben marcharse a toda prisa a dormir, mientras tú permaneces viendo televisión hasta que tu abuela decida apagar el aparato.

Con abuelo Pepe y abuela Tina vive el hermano menor de tu madre, Isabelo, a quien ustedes no consideran un verdadero tío, sino más bien un muchacho retozón. Ni siquiera le dicen tío. Se ha convertido en una suerte de primo en cuerpo de adulto. Trabaja en la finca de tu abuelo y se transporta en una vieja bicicleta Schwinn. Sus amigos sacan partido de su bonachonería y de sus modales ingenuos.

Isabelo nunca se ha casado. En tu familia siempre ha quedado la duda de si se debió a la amenaza proferida por el viejo Bólker. Sucedió un día en que tú y tus hermanas jugaban en la plazoleta de la casa del abuelo Pepe. Fue a la hora del almuerzo, cuando un carro público se detuvo frente a la casa y de este emergió un hombre negro, alto y fornido, que traía bajo el brazo un paquete largo y estrecho envuelto en papel de estraza. El hombre extrajo unas monedas de su bolsillo, se dobló hacia el conductor y pagó el importe de la tarifa. Luego, el automóvil arrancó y se fue.

De pie —lo recuerdas como ahora— el hombre negro les preguntó si allí vivía un tal Isabelo. Ni Loli ni Matilde contestaron. Tú detuviste el salto de la Pelegrina y te aprontaste:

—Sí, señor, está almorzando.

—¿Puedes decirle que Bólker quiere verlo? —A ti te habló con voz animosa.

Antes de llegar a la mesa del balcón de atrás donde solía comer Isabelo acompañado por la brisa que trae el mediodía, te topaste con el abuelo Pepe que caminaba por el pasillo en dirección de la puerta del frente, y lo interceptaste:

—Allí hay un señor que se llama Bólker y quiere hablar con Isabelo.

—¿Dijo por qué?

—No.

El abuelo Pepe continuó con sus pasos cortos hasta el balcón del frente y se detuvo detrás de la baranda de diseños trenzados. Notó que el hombre extrajo del envoltorio un machete largo y de filo resplandeciente, de los que se usan en la zafra, el cual tomó por el cabo sujetándolo con mano fuerte. El abuelo Pepe les pidió a ustedes que se fueran a tu casa. Entre Matilde y tú se llevaron a Tati y a Charito que no tenían la más leve idea de lo que estaba ocurriendo y seguían riendo. Loli siguió detrás de ustedes. Te quedaste observando desde el lado de tu casa. Viste que tu abuelo no lo invitó a pasar; simplemente le dijo:

—Dígame qué se le ofrece. Isabelo está almorzando; yo soy su padre.

—Yo soy Juancho Bólker. La cosa no es con usted, sino con Isabelo.

—¿Qué pasa con Isabelo?

—Mi hija Alina está preñá, dice que su hijo Isabelo le hizo el daño. Si él no se compromete ahora mismo a casarse con ella, vengo a picarlo en pedacitos. La deshonra se lava con sangre.

Tu abuelo Pepe hizo un silencio meditabundo y prolongado, y luego le dijo:

—Espere ahí que voy a hablar con mi hijo. —Luego entró a la casa y estuvo unos minutos antes de volver a salir—. Envuelva el machete, que no le hará falta. Me le voy a acercar para hablar bajito con usted. —Años después sabrías que el abuelo Pepe se había echado el Smith & Wesson niquelado en el bolsillo derecho del pantalón, por si acaso, con la esperanza de que no tuviera que usarlo.

El hombre hizo un gesto afirmativo con la cabeza, envolvió nuevamente el machete y lo colocó en el suelo. Tu abuelo se acercó a Bólker y, desde el lado interior de la verja, le dijo algo que no escuchaste. Los dos hombres conversaron y, un par de minutos después, el abuelo Pepe se metió una mano al bolsillo izquierdo y extrajo un fajo de billetes que le entregó al hombre. Este hizo como que los contaba, se los echó al bolsillo, estrechó la mano de tu abuelo, tomó el paquete del suelo y se alejó a pie por la carretera. Tu abuelo se subió a la casa y oíste cuando desde el balcón te dijo:

—Güengui, ya pueden seguir jugando acá al frente.

De adolescente sabrías el resto de la historia. Alina, la hija de Bólker, era una mulata de formas voluptuosas que trabajaba en un burdel a la orilla de la carretera número dos, al que una noche los amigos de Isabelo lo llevaron. Entre trago y trago sus amigos lo instaron a que se dejara caer en la tentación, e Isabelo terminó esa noche sembrado entre las piernas abiertas de Alina, lo mismo que cualquier otro cliente que hubiera pagado la módica tarifa de día de semana. Así, un día cualquiera de trabajo, Alina se embarazó sin saber de quién y, de algún modo, en su búsqueda de un candidato idóneo para aquella paternidad casual, supo que el padre de uno de sus clientes era un agricultor de recursos que podría ayudar a los Bólker a mejorar en algo su situación económica. No haría falta un examen de sangre ni una vista ante un juez; solo la disposición de ánimo de los antiguos cimarrones y una hoja de machete afilada hasta el deslumbramiento. De modo que la conversación entre tu abuelo Pepe y Juancho Bólker giró en torno a cuál compensación sería suficiente para reparar el daño a la honra de su «casta» Alina. Bólker comenzó con una exigencia de quinientos dólares, y tu abuelo —que ya había escuchado la versión de Isabelo, que aguardaba sentado en la taza del inodoro— le hizo un ofrecimiento de veinte. Al final, Bólker se marchó contento con ochenta dólares en el bolsillo y, en adelante, Isabelo no volvió a oír del viejo Bólker ni a visitar burdeles y comenzó a ser muy esquivo en el trato hacia las mujeres.

Como las casas quedan tan cerca, cada vez que tu madre sale al patio a pegarles en las piernas a ti y a Matilde con una varita de guayabo que guarda con el propósito de disciplinarlas, Isabelo se entera. Ni Loli ni ninguna otra de tus hermanas son objeto de esa punición. No es realmente un castigo contundente, pero arde porque la varita abrasa la piel y porque, sobre todo, te contraría que Isabelo se asome al balcón a burlarse. Se pone de pie con altivez remisa, sostiene con la clavícula izquierda y la mandíbula un extremo de la caja de resonancia de un violín imaginario y agarra el mástil con el brazo del mismo lado extendido. Entonces, con su mano derecha sostiene un arco igualmente imaginario que hace deslizar arriba y abajo sobre cuerdas también ficticias, como si estuviera tocando algún concierto para violín, mientras te mira con su cara burlona, y cantando en sustitución de las notas reales del instrumento: «Tol, tol, tol, tol, tol...». Lo triste del caso es que no hay nada que puedas hacer para repudiar esa ignominia, y más llanto no es una alternativa práctica.

Quizás sea eso lo único que puedas reprocharle. Por lo demás es un tío vivaracho y alcahuete. Fue en su vieja Schwinn que aprendiste a correr bicicleta y no protestó el día que la dejó estacionada y te la llevaste sin permiso de detrás de la casa, para luego devolverla con las dos gomas explotadas y el manubrio torcido. Daños que no fueron tan dolorosos como las peladuras de tus dos rodillas y las palmas de las manos al caer con la bicicleta en la cuneta de la cuesta empedrada de los Nieves.

Isabelo es un hombre predecible, afectado por hábitos y manías. Trabaja en las fincas de tu abuelo en las mañanas, regresa a las once y media a almorzar y, luego de tomar una siesta, se va a la una para las fincas, de las cuales regresa a las cuatro. Entonces se baña y echa un pie para el mismo cafetín de siempre, a tomarse dos cervezas —solamente dos— antes de volver a las seis a cenar. Lo curioso de la salida de las cuatro es que no usa su vieja Schwinn, sino que se lleva consigo un garabato de un guayabo, preparado especialmente para espulgar la maleza de la orilla de la carretera, donde generalmente encuentra los artículos más insólitos que luego almacena en un cuarto de amontonamiento que tiene fuera de la casa. Acapara de todo: herramientas (destornilladores, pinzas, alicates, escoplos, escofinas y brocas), cepillos de cabello y peinillas, tapabocinas de carro, llaveros, y hasta regalos debidamente envueltos. Esto lo sabes bien porque un día apareció a las seis y te llamó. Fuiste y te pidió que cerraras los ojos y estiraras la mano. Lo hiciste y, cuando los abriste, encontraste un paquetito que había colocado en la palma de tu mano. Estaba cubierto por un papel plateado y una cinta roja enroscada a manera de bucle. Se notaba que había sido abierto y vuelto a mal empacar, aunque no importaba. Se trataba de un par de pantallas de esterlina que añadirían algo de sensualidad a tu aspecto de aspirante a mujercita. Pudo haberte dicho que las había comprado para ti en el pueblo, pero no te mintió. Las había encontrado a la orilla de la carretera ayudado por su varita mágica, como ustedes le decían al garabato de guayabo, y que, por una vez siquiera, te benefició tanto.

5.

HASTA EL CUARTO GRADO tu vida ha transcurrido sin zozobras dignas de contarse, salvo quizás un sobresalto realmente insospechado. Tan insospechado que tardó treinta años en que aflorara otra vez a tu memoria. Dormías junto a tu marido cuando tus ojos se abrieron, sin razón aparente, con un despabilamiento absurdo, en medio de las sombras tempranas de la madrugada. Lo rememoraste en todos los detalles. Tendrías como ocho años y habías ido de visita a casa de una de tus tías. Esta vez ni Matilde ni Loli te acompañaban. Estando allí, Natalia, una vecina del barrio, siete u ocho años mayor que tú, también de visita, te tomó de la mano y te condujo en silencio a uno de los cuartos desocupados. Lo cerró con pestillo y se puso de pie frente a ti. Metió sus manos bajo su falda, como si se aprestara a orinar, y se quitó los pantis. Los puso a un lado y, luego, hablando casi entre dientes, te dijo:

—Haz lo mismo. Te voy a enseñar un juego nuevo.

A esa edad no tenías por qué dudar de que te proponía un juego nuevo, raro pero nuevo, en el que solo habría dos jugadoras. Aun así, aquello de jugar sin pantis con una muchacha mayor que tú que no solía participar en los juegos cotidianos de ustedes, te producía cierta suspicacia, que no te atreviste manifestar. Hiciste lo que te mandó.

Entonces ella, aún frente a ti, se acostó de espaldas sobre el suelo y se subió lentamente la falda hasta dejar al descubierto la parte peluda que llevaba entre las piernas, la que en tu cuerpo correspondía al área sin vellos al que tu madre le llamaba tota, que a ti te servía para orinar. No entendiste de momento la diferencia entre tu cuerpo y el de ella. Nunca habías visto más cuerpos desnudos que el tuyo y los de Loli, Tati y Charito, y estos eran en esa área tan lampiños como el tuyo. Con curiosidad de mente científica te preguntabas a qué se debería entonces aquella maraña de pelos sobre la tota de Natalia.

—Levántate la falda y acércate un poco para que te vea, y tú me veas.

No fue un mandato seco, sí firme, que supusiste ineludible, como cuando tu padre pitaba para que tú o tus hermanas cesaran lo que estuvieran haciendo para acudir a recibir sus órdenes. Quedaste con un pie entre sus tobillos y el otro fuera. Mientras tanto, te sostenías la falda hecha un rollito con las dos manos a la cintura, esperando la próxima instrucción para el juego raro que estabas por aprender. Te seguía llamando la atención aquella tota inverosímil de pelos crispados que subían como maleza espesa en dirección del vientre. Tratabas de discernir qué tenían que ver las totas de ustedes con algún juego infantil, pero no eras capaz de descifrar lo que estaba sucediendo.

Natalia colocó dos dedos de su mano derecha entre su madeja insólita, donde suponías que debía comenzar la rajadura por donde las mujeres orinan, y a dibujar circulitos que acompañaba con ciertos gemidos casi inaudibles que tú no estabas segura de que fueran de dolor. Con la mano izquierda se acariciaba el resto del promontorio enmarañado y, a veces, como que cerraba los ojos para no verte. Tú seguías paralizada, sin saber qué hacer.

—Acuéstate sobre mí. —Su tono era urgente, mientras extendía su brazo izquierdo hacia ti para tomarte una mano.

Soltaste tu falda y ella rectificó de inmediato su intimación:

—No, no, no te sueltes la falda todavía. Déjatela levantada con una mano a la cintura. Primero arrodíllate aquí. —Te señaló la parte media de sus muslos. Así lo hiciste, una rodilla entre sus muslos y la otra fuera, con la falda levantada a la cintura y tu tota al aire. Natalia te tomó por las axilas y te fue atrayendo con delicadeza hasta que quedaste acostada completamente sobre ella. Arregló tus piernas de modo que tus muslos quedaran exactamente sobre los suyos y tu tota sobre la de ella. Ya no era cuestión de vérsela, sino de sentírsela. Ahora sentías su pelo espinoso, áspero y desagradable rozando la tuya. Aún esperabas a que el juego comenzara. Sin embargo, lo más parecido a un retozo fue que de inmediato te agarró por las nalgas y te apretó contra ella a la misma vez que hacía movimientos pélvicos giratorios, remeneos indisolubles, y jadeos que te producían un miedo silencioso que no se te quitaba. Pasaron algunos minutos en los que parecía que Natalia te estuviera lijando la tota con aquellos movimientos rápidos y continuos, hasta que, por fin, luego de un ahogo pavoroso de su respiración, se detuvo por completo, retiró las manos de tus nalgas y extendió sus brazos inertes en forma de cruz sobre el suelo.

—Ya puedes levantarte —te indicó exhausta.

—¿Y el juego que ibas a enseñarme?

—Ya terminamos... y tú ganaste.

Con los pantis ya puestos, saliste del cuarto sin entender exactamente cuál era el propósito del juego ni cómo era posible que hubieras ganado qué.

Al terminar el cuarto grado debes mudarte de escuela. En la tuya no enseñan ningún grado posterior. Ahora te corresponde matricularte en la elemental más cercana a tu residencia, que es la de Las Parcelas, un entorno social de familias pobres que ha recibido del gobierno en usufructo un solar donde construir una casa sin pretensiones. Es mayormente gente desempleada, venida de los distintos campos y con poca escolaridad. El gobierno del Partido Popular ha lanzado este proyecto de ofrecimiento de uso gratuito del terreno en combinación con el de Ayuda Mutua y Esfuerzo Propio que significa que también recibirán los materiales para una casa con el compromiso de que se edifique mediante el trabajo comunitario de los vecinos. Ni el Partido Popular ni el gobernador Muñoz Marín son santos de la devoción de tu padre; de hecho, ni de tu padre ni de ningún otro miembro de tu familia. Estos son pequeños agricultores que viven sin subsidios del gobierno, trabajadores afanosos aferrados a las ideas del Partido Estadista Republicano que propone que la Isla deje de ser una colonia y se convierta en un nuevo estado de Estados Unidos. De modo que, como tu padre no se percibe a sí mismo como pobre ni mantenido del gobierno, no ve con buenos ojos que te vayas a juntar con los de Las Parcelas —que, además, ya tiene nombradía de gente pendenciera— y ha decidido matricularte en la escuela urbana, a unos pasos de la iglesia del pueblo, donde él piensa que la indisciplina y la exposición a costumbres indeseables serán males menores. Por la mañana viajarás con tu padrino, quien puede desviarse a tu escuela para dejarte en su ida a la base Ramey Field donde trabaja, y por la tarde regresarás en carro público.

Tu ida a la escuela del pueblo no significa nada en particular. Te ajustas a tus nuevos compañeros con relativa soltura y comienzas a sobresalir desde que llegas, al punto que terminas tu quinto grado con calificaciones perfectas. Quizás es por esto que, ya empezado el sexto grado, tu padre te dice un día que irías con él a matricularte al único colegio privado del pueblo. Sabrías más tarde que, cada año, el colegio San Rafael Arcángel admitía gratuitamente a tres estudiantes de la escuela pública que se hubiesen destacado por su buen aprovechamiento académico y sus cualidades personales. Fue así como hubo consenso entre tus maestros de quinto y sexto grado de que una de las tres estudiantes debías ser tú.

Lo del uniforme —un *jumper* de tela Gingham y una blusa blanca resplandeciente— se ha resuelto en un fin de semana. Una tienda del pueblo vende las telas y una de tus tías es una costurera de destrezas excepcionales. Tu padre te compra libretas nuevas y te acompaña el lunes siguiente a matricularte. Es un día raro, de sensaciones herméticas y sentimientos usurpados. Nadie te explica que los estudiantes del colegio lo son no por ser necesariamente buenos católicos, sino por ser hijos de comerciantes y agricultores prósperos o de maestros, médicos, abogados y otros profesionales del pueblo. No les has visto una marca en la frente que los identifique como tales. Te tomará poco tiempo en saberlo porque las actitudes de los padres de algún modo los hijos las purgan.

El colegio no te gusta y lloras todos los días cada vez que vas al baño del colegio. Se supone que debas sentirte eufórica por esta distinción que te hacen, pero te consideras realmente miserable ante tu trasplante a un suelo de nutrientes artificiales e insorbibles. No es un factor aislado lo que te ha producido esta dispersión. Te abruma la acumulación de experiencias deshabituadas, y llegas cada tarde a tu casa a dejarle saber a tu madre el rechazo a tu nuevo ambiente. No estás segura de que ella entienda tus indisposiciones. Algo te dice que tu gota debe seguir golpeando la roca. La parte más difícil del día es la mañana, cuando piensas que tu prima Lucy —que más que prima es tu mejor amiga y compañera inseparable— va de camino a su escuela de libertades lucrativas, mientras tú vas a hundirte en los nuevos hábitos de arenas movedizas que significan las lecturas incomprensibles de los poemas y cuentos de Robert Frost y Ernest Hemingway en la clase de Inglés de *sister* Rossie.

A pesar de la extracción asimilista de tu familia, de la admiración y el celo por todo lo norteamericano en que has crecido, te sientes incómoda con la oración que has tenido que aprenderte de memoria para recitarla diariamente ante la bandera de las franjas y las estrellas, como si fuera el Padrenuestro —*I pledge allegiance to the flag of the United States of America...*—, y como muestra de adhesión a una nación que, a tu corta edad, no significa nada para ti. Realmente no sientes la devoción patriótica con que tus compañeros profesan con caras melancólicas esta impuesta manifestación de fidelidad.

No estás acostumbrada a que las clases se conduzcan en inglés. Tampoco a que la directora y parte de tus maestras sean monjas de cofias y hábitos blancos de la Orden de Saint Joseph. Las clases de Inglés y Matemáticas te las dan dos monjas norteamericanas serias que caminan por los predios del colegio como si tuvieran espasmos cínicos, y lo poco que hablan fuera del salón lo hacen nada más que en un inglés de acento dictatorial. En esto no se parecen a las demás maestras ni a las de la escuela pública que eran de ordinario cariñosas y accesibles. Te preguntas si la relación que las monjas llevan con Jesucristo será igualmente seca y distante.

Tampoco estás acostumbrada a que la clase de Religión forme parte del currículo. No es que no seas católica —tú vas a las clases de Catecismo que da en su casa don Prudencio los sábados—, sino que no se acoplan a tu esquema mental las matemáticas y la biología junto con el entendimiento de los misterios de la unión hipostática de la Santísima Trinidad o la Dormición de la Virgen María. Son elementos nuevos en tu vida estudiantil y por más que tratas no puedes ajustarte a ellos.

Hay otros motivos para el desencanto. Eso de ponerse de pie cada vez que entra una maestra al salón de clases —sea monja o no— y tenerla que saludar a coro con el sonsonete de «Buenos días, *missis* Fulana» o «Good morning, *sister* Doe», y sonreírle como si fuera la persona más importante del planeta, te suscita cierta mortificación, un sentimiento inexplicable para alguien de solo once años. Robert te dirá que en el fondo fuiste siempre así: rebelde, y que esa desazón era un modo de encubrir tu verdadero repudio a la autoridad. Es una manifestación temprana y elocuente de tu espíritu contestatario.

Sea por esta razón o no, tus protestas diarias ante tu madre —tu padre es indiferente a esto— y tus ruegos por volver a la escuela pública germinan y, antes de dos meses, ya estás de regreso a donde te sientes verdaderamente feliz. No cambias de parecer ni siquiera porque una comisión de maestras y estudiantes ha ido a tu casa a persuadirte de que te regreses al colegio. Desde ese momento se mostrará en ti ese rasgo de no dar marcha a atrás cuando tomas una decisión.

Regresar al sexto grado de la pública trae sus beneficios. Vuelves a reunirte con Lucy y con tus compañeros, a quienes percibes como tus iguales y donde la vida estudiantil te resulta más amena. Tanto ha sido así que, este año, en la graduación, recibes, lo mismo que Lucy, uno de los galardones de «Alto honor» por tu promedio académico perfecto. Aun así, esto no es lo suficientemente atractivo para que tu padre o tu madre hagan arreglos para acompañarte al teatro donde se celebra el evento (tampoco para que te den un beso, un abrazo o meramente una felicitación). Has sido probablemente la única estudiante que no ha estado acompañada por alguno de sus padres. Menos mal que tu prima Lucy te ha llevado con ella y su familia por lo que, en cierto modo, no te sientes completamente abandonada. La ausencia de tu madre es entendible. Tratas de justificarla. No es fácil conseguir a quién encomendarle que haga almuerzo para tus hermanas y tu padre y, mucho menos, conseguir quién pueda quedarse a cargo de ellas un par de horas. Tu padre ha debido tener sus razones —o no tener alguna invencible, eso qué importa—, pero la realidad es que en esta primera graduación vuelve a tomar forma la indiferencia de ellos con respecto a tus cosas.

Esta primera graduación resulta ser el punto de inflexión. A partir de entonces te encargarás de todos tus asuntos, los que de ordinario se encargan las madres de las niñas de doce años que no tienen hermanas como las tuyas. Tu madre te entregará una cantidad módica de dinero y tú irás por tu cuenta a comprar tu ropa y los zapatos. Ajustarás tus compras al presupuesto asignado, que en tu casa se administra con rigurosidad espartana, y ella no intervendrá ni supervisará la calidad ni los estilos de los artículos. Al principio será la ropa de escuela; después esa delegación se extenderá a toda la ropa que usas: de casa y de salir. También a los materiales de escuela y a cualquier otro artículo personal de tu interés. Siempre será cuestión de informarle a tu madre que necesitas comprar equis cosa y ella no te hará preguntas. Simplemente te entregará una cuota. Tú tomarás un carro público hasta el pueblo y otro hasta Arecibo. La gran cantidad de comercios existentes en la ciudad te asegurará una infinidad de opciones para satisfacer tus gustos ajustados al presupuesto.

Es una situación envidiable para las de tu misma edad. Mientras ellas tienen que batallar con sus padres sobre el largo de la falda que pueden usar, en tu caso eres solo tú quien lo decide, aunque debes decir a tu favor que siempre has sido razonable en tales decisiones. Ni tu madre ni tu padre han hecho alguna vez un comentario sobre nada de lo que hayas comprado o te hayas puesto. Ni siquiera sobre un recorte o un peinado. En la época de las minifaldas es una gran ventaja que puedas decidir sobre qué y cómo usarlas. Eso sí, ha habido algunas que has querido y no has podido usar como, por ejemplo, las botas blancas cerradas hasta las rodillas. Las has probado todas, pero no has encontrado ninguna cuyo zíper cierre hasta arriba. Tus pantorrillas macizas lo impiden.

Por tu propia iniciativa comienzas a comprarles ropa a Loli, Tati, Charito y Lulú. Con ellas tienes la misma ventaja: no se quejan de lo que les traes, y usan lo que se les pone. Puede ser ropa de payaso —que nunca les has puesto— o payamas feas de flores para ir a un cumpleaños —que tampoco les has comprado— y se mirarán con la misma excitación de Cenicienta frente al espejo justo antes de salir para el baile. Basta con que vean que extraes la ropa de una bolsa de compras al llegar del pueblo para que sus ojos adquieran por un momento un resplandor imbatible y que Loli pregunte algo parecido a: «¿Lo compraste en el pueblo?», fácil de descifrar porque de las cuatro es quien más claro se expresa. Después, Tati mirará para otro lado, con apatía cansada y sin pronunciar palabra. Charito simplemente dejará escapar un eco bisilábico que suena a «opa», y Lulú soltará su acostumbrada sarta de sonidos ininteligibles.

6.

NUNCA SUPISTE QUE LA abuela Tina estaba para morirse cuando salió de la casa. Simplemente sabías que se hallaba indispuesta por una enfermedad de la que no se hablaba en voz alta en presencia de ustedes, ni siquiera porque ya tenías casi doce años e ibas al sexto grado. Sencillamente había conversaciones que los adultos nunca sostenían en presencia de los más jóvenes, aun cuando en tu casa solo Matilde y tú tuvieran el entendimiento necesario para afrontar lo que estaba sucediendo a su alrededor. En particular, porque la abuela Tina no cayó en cama para merecer pena y porque su hablar calmoso era más bien producto de su idiosincrasia y no del deterioro de las células pancreáticas que la llevó finalmente a la sala de cirugía. Fue cuando regresó del hospital que te diste cuenta de que algo grave padecía porque ella misma se desabotonó la bata para enseñarte un tubo que se hundía en su vientre entre las gasas asidas a uno de los costados y que, según te explicó en el acto, era para drenar al exterior los fluidos que producían los cortes del bisturí en su cuerpo. Ni aun así sacaste en claro lo que padecía tu abuela a pesar de que hubieras podido entenderlo cabalmente y sin estridencias. Tu madre seguía aferrada a sus obligaciones domésticas, timoneando desde dentro y fuera de la cocina una nave con muchos dependientes especiales a bordo. Lulú apenas tenía un año, Charito tres y Tati cinco, y aunque Loli ya era una señorita de quince, solo barría, espontáneamente fregaba a veces los trastes a su modo, y buscaba las cartas al buzón. Ni tú ni Matilde eran de mucha ayuda. Seguían muy aplicadas a sus tareas escolares y apenas les sobraba tiempo para ver televisión, y a ti para las lecturas de las novelas de Corín Tellado en las que te habías iniciado gracias a que tus primas mayores las leían y te las prestaban.

Fue quizás por eso, por la falta de una conciencia clara de su verdadero estado de salud que apenas se manifestaba con una manga insertada en sus entrañas, que no te extrañó que varios días después la abuela Tina se fuera de la casa para quedarse en la de tu tío José Miguel, donde podía recibir las atenciones requeridas para su condición. Tu abuelo Pepe y tu tío Isabelo permanecieron en la casa, y ese hecho trajo un cambio definitivo en el patrón diario de sus vidas que duraría hasta que ambos murieran. A partir de entonces, tu madre se hizo cargo de cocinarles diariamente sus tres comidas, lo que en el fondo no añadía un esfuerzo insoportable. Fue cuestión de comprar ollas y calderos más grandes y añadir algo más de ingredientes. Por lo demás, todo quedaba igual porque tu madre no tendría que asumir mayores obligaciones; ella trabajaba desde siempre los ocho días y las ocho noches que tenía su semana para satisfacer las necesidades de tu hogar. La sobrecarga de responsabilidades venía ya dada con el hecho de tener cuatro hijas anormales y dependientes de ella y no con las nuevas necesidades de su padre y de su hermano. A ti de algún modo te convino la mudanza de tu abuela. A partir de entonces, harías el aseo de la casa de ellos —barrer y mapear una vez por semana— a cambio de lo que entonces te parecía una suma de riqueza envidiable: tres dólares.

Tuvieron que pasar algunas semanas sin que te llevaran a verla ni llegaran a ti noticias del progreso de su padecimiento para enterarte de que aquella enfermedad innombrada era cáncer pancreático y que esa madrugada de principios de abril había acabado finalmente con su vida. Tu sorpresa no fue que un tumor maligno terminara matándola, que sería algo muy natural en una época en que un diagnóstico de cáncer era una sentencia de muerte, sino que la degeneración cancerígena de su cuerpo ocurriera delante de tus propias narices y no hubieras estado enterada a pesar de tu edad y de una inteligencia superior a la de mucha gente. Aparte de que tu relación con ella era de afectos cultivados, tu abuela había sido extrovertida al momento de expresarte sus sentimientos y querencias. Y, aunque te percibías también como la querendona de tu abuelo, sabías que era con la abuela Tina con quien existía la empatía de las costuras, las caricias, las salidas para el pueblo y el disfrute de las novelas de televisión en las noches, que eran cosas que le daban un sabor particular a esa relación. De ella recibías a manos llenas lo que no podías recibir de tu madre, quien estaba muy ocupada en aceptar su destino atado al de tus cuatro hermanas y apenas tenía tiempo para sí misma o para tu padre, Matilde o tú.

Ni siquiera volvió a la casa hecha cadáver. La llevaron a enterrar desde la del tío José Miguel bajo un aguacero intenso que te obligó a quedarte en tu casa porque tenías un catarro atrapado en los pulmones, que tu padre no permitió que pasara a pulmonía. La tristeza que supuso la pena añadida de no caminar junto a su féretro hasta el cementerio, aunque fuera bajo un paraguas, se te acumuló en las semanas que vinieron con el vigor de las dolencias reumáticas en los días de lluvia. Tu abuelo e Isabelo parecían más adaptados a la idea de su desaparición y continuaron su existencia con una resignación aplomada que no hizo sus días distintos de los que transcurrían con la abuela en la casa. Se ajustaron a una convivencia placentera en la que no había roces ni diferencias que limar, continuando Isabelo con su rol de ser el niño grande y el ejecutor de los conciertos para violín cuando a alguna de ustedes la regañaban. Y, ambos, tu tío y tu abuelo, eran los únicos seres de quienes recibías algunas muestras de cariño.

En cuanto a ti, salvo por el hecho de que ya no podías quedarte después de las nueve a ver las novelas en la televisión, la vida regresó pronto a la normalidad. Continuaste apegada al contrato de la limpieza de los sábados por los tres dólares que ahorrabas para tus pequeños caprichos que eran después de todo muy modestos: blusas, faldas, adornos para el pelo y golosinas los días de clase. Fue precisamente en el sexto grado, al final del curso, en abril, cuando cumplías tus doce años y hacía solo semanas que habían enterrado a tu abuela, que te llamó la atención de un modo inusitado un compañero de tu salón, de tu misma edad, medio jabado, de facciones ordinarias e inteligencia común. A pesar de estarlo viendo a diario desde el quinto grado, no fue sino hasta ese día en que se te cayó el lápiz al piso y él lo recogió para devolvértelo, que notaste que te sonrió y te miró de un modo refulgente que te hizo sentir especial, o mejor que especial, que te hizo experimentar una emoción distinta, indescifrable. No puedes decir que se trató de alguna atracción sentimental, ni que llegaras a enamorarte de él. Aun cuando en ese momento no eras consciente de ello, la realidad es que en ese encuentro de miradas furtivas y sonrisas asustadizas, pisabas el umbral de la vida que divide el mundo en la oposición de los sexos. Se trató de un asunto pasajero, de un niño que tenía cierto atractivo destacado, con el cual no tenías ningún deseo de ensayar un tipo diferente de amistad. Simplemente era una manifestación muy tímida del proceso que evidentemente se iniciaba en ti.

Sería después de varios meses, ya iniciado el séptimo grado, que vendrían otros impulsos que obedecían al incipiente desbordamiento de las hormonas en un cuerpo que iba dejando ya de ser de niña e iba transformando tu mundo afectivo y tu actitud pueril hacia los varones.

Para esa época ya comenzabas a florecer con la vitalidad de las primaveras que se suceden en el trópico. Sobresalían marcados en tu blusa los botones endurecidos de tus pequeños pechos crecientes en un *brassiere* 28AA y asomaba sobre el pubis de mujercita en ciernes una lanilla que al principio era de vellos rubios, y con las semanas se fueron tornando más ennegrecidos, y que sospechabas, sin que nadie te lo hubiera dicho, que se convertirían en una maraña de pelos crispados similar a la que tenía Natalia entre sus piernas. A veces te entretenías tumbada sobre la cama, desnuda, boca arriba, observando el progreso de aquellas partes de tu cuerpo contra la luz natural que se tragaba la ventana entreabierta de tu cuarto cuando Matilde no estaba en la casa. En aquel tiempo, y por tu propia intuición, descubriste la sensación placentera al tocarte despacio y suavemente con la yema de tus dedos la punta de tus pezones hinchados, o cuando en la ducha o bajo las sábanas de tu cama después de apagar la luz, tus dedos conspiraban juntos en movimientos giratorios y despacitos sobre la pequeña protuberancia erguida en la hendidura lubricada de tu pubis hasta lanzarte a un estado de cosquilleante excitación que recorría súbitamente todo tu cuerpo y te hacía trepidar de placer.

No fue absolutamente impredecible que un día, al salir de clases, tus compañeras y tú fueran retozando por las aceras del pueblo hacia el terminal de carros públicos, golpeándose mutuamente las nalgas con los bultos de los libros. Una de ellas te señaló una mancha oscura en la parte de atrás de tu falda, y tú, sin saber qué era, no podías creer que aquellos azotes de los bultos pudieran generar ninguna lesión de importancia. Te tapaste como pudiste con el propio bulto y, cuando llegaste a tu casa, ya en el cuarto, comprobaste que se trataba de una mancha de sangre que se había filtrado desde adentro por las capas de tela que te cubrían. Corriste algo impresionada donde tu madre, aún sin la confianza necesaria que se requiere para hablar de sangre emanando de la vagina, puesto que tu abuela, con quien habrías tenido la confianza suficiente para hacerlo, ya hacía meses que había accedido al trueque de su vida por el cáncer que la consumió en casa de tu tío José Miguel.

—Mami, tengo sangre en los pantis.

Sin mirarte fue hasta su cuarto y te buscó una toalla sanitaria de las de ella.

—Ponte esto.

Te entregó también dos imperdibles y te dijo cómo fijar las gasas que sobresalían de los extremos de la gruesa toalla absorbente, de modo que cubrieran bien tu vulva de vellos dóciles. No añadió nada más. No te explicó lo que es e implica la menstruación, ni te dio detalles adicionales sobre el oficio de ser mujer al que entrabas a los doce años bañada en sangre. Quedaría de parte de la escuela —principalmente del curso de economía doméstica— y de la sapiencia de tus amigas —adquirida de las leyendas y mitos que absorbían de sus hermanas mayores, o simplemente en los rigores de la calle— esos asuntos sobre menstruaciones, embarazos y control de nacimientos. Con la entrega de los imperdibles y la toallita tu madre daba por concluida su lección de educación sexual para adolescentes. Nada te dijo sobre estar alerta en adelante a las pretensiones de los varones, ni que ellos relacionan el amor con la simple sexualidad mientras que las hembras lo definen principalmente en función de sus emociones y sentimientos íntimos.

Después de aquella primera atracción inocente, fue en el séptimo grado donde tu sentimiento dejó de ser el de pura sensación de comodidad con la sonrisa y la mirada de un compañero de clases para dar paso, por primera vez, al cosquilleo interior que producía la sola mirada de un muchacho de dieciocho años que había terminado la escuela y trabajaba en una de las fábricas de Operación Manos a la Obra. De adulta te preguntarás cómo explicar que a los doce años pudieras sentirte atraída por él, cómo poner en palabras el cambio de ojos que tuviste hacia el sexo opuesto, y que podrías resumir con que realmente te enamoraste de él a lo adivino.

Venía a almorzar todos los días a la casa de Fanny, una tía de Lucy, que quedaba justo frente a tu escuela. En eso Lucy era tu mejor aliada. Te acompañaba a cruzar la calle en pos de la visión recién descubierta y te proveía la mejor coartada posible para tu presencia diaria allí. Sobre todo, guardaba tu secreto. Te encantaba el color trigueño de su piel, su pelo negro y rebelde recortado a ras y, a pesar de que era una pulgada más bajito que tú —ya tú medías casi cinco pies ocho pulgadas—, no se lo tomabas en cuenta. Eso sí, viniendo tú de una familia de hombres de seis pies o más en la que ellos siempre han sido más altos que sus mujeres, y en la que escuchabas decir que el hombre no debía ser más bajito que la mujer para que no le sirviera de bastón a ella, el asunto de la correlación entre tu estatura y la suya debía ser resuelto de un solo modo: que a él no le importase mirarte un poco desde su bajura, que fuera un hombre seguro de sí mismo y que no se dejara llevar por esa majadería del bastón de las mujeres.

Sabías que él tenía una novia si acaso un año menor que él. Los veías a veces caminando por el pueblo, tomados de la mano, y sonriendo como los que viven aislados en su propio idilio, sin que eso te importara. En el fondo, creías que su novia era una mujer malcarada de pelo a prueba de peinilla. Así suelen verse a las rivales de cuidado. Estabas convencida de que podrías conquistarlo como lo hacían los personajes antagónicos de las novelas de Corín Tellado que ya leías, quienes con cierto grado de astucia y elocuencia podían ganarse el favor del protagonista, aunque fuera solo para perderlo al final del relato. Sin embargo, contrario a las tramas de Corín Tellado, tú marcharías a su conquista con tu propio plan, no con el plan previsible de la novelista para sus personajes, sino aplicando tus propias estrategias. Tú sí podrías retenerlo indefinidamente, te decías con un convencimiento exento de dudas y la determinación fulminante de las valquirias.

Te pasabas el día dibujando corazoncitos en tus libretas o en la palma de tu mano, con la inscripción de sus iniciales W y E —Wendy y Ernesto— en el centro. Cada vez que comprabas chicles Adams, buscabas el número que aparecía en una de las pestañitas de la cajita amarilla a ver si te aparecía el 5, coincidente con la letra E de su nombre en el abecedario. Le insinuabas de cualquier modo tu interés: con la mirada entornada, con la sonrisa de telenovela, con gestos inusitados, hasta que te asegurabas de que había notado tu entusiasmo por él. Buscabas cualquier pretexto para hablarle de alguna nimiedad de las que hablan las jovencitas de doce años con los hombres de dieciocho.

Cuando averiguaste la hora en que salía de la fábrica en la tarde, y sabiendo que debía pasar por la carretera frente a tu casa de regreso a su hogar —él vivía un barrio más arriba que el tuyo—, te las ingeniaste para irte a correr en la vieja Schwinn de Isabelo, que tomabas sin su permiso, en un tramo alejado de tu casa, donde nadie podía verte, y dabas vueltas solitarias hasta que veías aparecer su Opel por la curva de los flamboyanes. Recuerdas que la primera vez pasó junto a ti y continuó la marcha sin siquiera saludarte, si bien, al día siguiente, en el almuerzo en casa de la tía Fanny, cuando lo recriminaste amigablemente por no haberte saludado, juró que no te había visto y prometió que lo haría en caso de que te viera alguna vez. A partir de entonces, los paseos diarios en bicicleta alegraban tus tardes de aburrimiento porque terminaban del mismo modo: se detenía al verte, intercambiaban algunas frases edulcoradas que recibías como miel sobre galletas, y él continuaba su marcha. Le decías adiós agitando las manos con la misma exaltación de quienes despiden desde el muelle a una persona querida, confiando en que él te viera por el retrovisor, hasta que el Opel desaparecía al tomar la curva opuesta, y emprendías el pedaleo de regreso a casa. Entonces, te embargaba un nuevo sentimiento de soledad que solo desaparecería al día siguiente cuando volvías a verlo al mediodía almorzando donde la tía Fanny.

Esas conversaciones del mediodía, unidas a la estrategia de correr bicicleta diariamente en un lugar apartado de tu casa para intercambiar algunas frases melosas con Ernesto, no probaron ser eficaces para conquistar para ti sola su corazón brioso. Hubieras podido subir a su automóvil sin ser vista, pero tenías muy arraigado aquello que una vez te dijo tu padre de que «nunca debes montarte en un carro sola con un hombre sin que alguien de la familia te acompañe». Solamente habrías estado dispuesta a dejarte tomar las manos, y fantaseabas con eso, con pasearte de manos con él por las calles del pueblo, lo mismo que él hacía con su novia fea. No, no lo harías a la orilla de la carretera dentro de su carro. Tus fantasías tenían su límite. Besarse... tampoco. Debías conformarte con las migajas que te lanzaba los días de escuela, que eran sus días de trabajo. Las palabras blandas que te dirigía o sus miradas lozanas, eran las sobras con las que habrías de conformarte para tus pensamientos deleitables, los cuales vivías con la misma intensidad de los que venían con alguna frecuencia a tu mente leyendo a Corín Tellado o mirando el techo de tu cuarto de noche, antes de que tu padre mandara a apagar las luces o te quedaras dormida. Vivías esas semanas de ensueño, de ansias y quimeras inconfundibles con una especie de altruismo melancólico, hasta que finalizó el séptimo grado.

Cuando pasó el verano sin verlo y fuiste al octavo grado, Ernesto ya no suscitaba los mismos sentimientos en ti. Años después, a pesar de tu esfuerzo mental, no recordarías por qué no te interesó más.

7.

ESTÁS CANSADA DE ESCUCHAR sus preguntas a secas, preguntas que nunca acompaña con sugerencias que puedan paliar un poco los desencuentros, como si las adversidades que se le presentan a la familia fueran solo tu problema, a cuya solución no está llamada a contribuir a menos que se lo pidas, y siempre a regañadientes. Por eso sabes que la pregunta: «Y ahora, ¿qué haremos con estas muchachas?», es otro ejercicio de acomodo indefinible, sobre todo de retórica blanqueada que en el fondo debe reformularse como una interpelación suya: «Y ahora, ¿qué harás *tú* con estas muchachas?». Y puesto que el gentío del sepelio ha regresado a los quehaceres de sus vidas desenchufadas de las de ustedes, y que las palmaditas en el hombro, los silencios contenidos y los abrazos de efusiva solidaridad se han disipado, Matilde y tú comienzan a vivir plenamente la certeza de la orfandad.

Con la pregunta de Matilde viene a tu mente el hecho de que nunca habías oído a tu padre o a tu madre hablar del tema de qué pasaría con tus hermanas cuando ambos fallecieran. Si en algún momento ese hecho les preocupó, nunca lo dijeron ni lo dejaron entrever. Esa parte de sus vidas la vivieron muy reservadamente, y lo cierto es que tampoco quisiste abordar el tema que para ellos debió ser intenso y angustiante. Supones que, en situaciones como esa, entregarse a los brazos de la Divina Providencia era lo único que podían hacer dos personas de fe para sentirse libres. Habría sido insensato recurrir a ellos para recriminarles que hubiesen jugado a la ruleta rusa con nuevos engendros después del nacimiento de Tati, para reprocharles que con el nacimiento de ella y Loli habían recibido una señal de alerta que debió bastarles. Ni siquiera en vida de tu madre se te ocurrió increparle por haber desoído el consejo de tu tío José Miguel, optando ella por seguir la doctrina que le inculcó tu abuela. Matilde sí, Matilde cometió la salvajada de decirle un día: «No pienses que me voy a hacer cargo de ellas», como si alguna vez tu madre le hubiese tratado de encomendar a ella su custodia y cuidado. Si alguien sabía de la ineptitud de Matilde para una tarea de tanta envergadura, esa era tu madre que la había parido, que la había tenido cerca por tantos años, de niña y de adulta, y que sabía de sus desequilibrios y desentonos.

Únicamente Robert se atrevió a abordar a tu padre con el tema de qué pasaría a su muerte y a la muerte de tu madre. Tal vez era algo secundario. Aun así, en la mente de tu marido lo secundario muchas veces cobra una importancia que los demás no alcanzan a ver. Quizás porque Robert es abogado. ¡Cuántas veces no te ha dicho: «Wendy, es que tú eres muy sana y nunca ves las segundas intenciones de la gente; tienes que ser más maliciosa!». Lo oyes decir a cada rato —especialmente ante las consultas de los de la familia— algo que dice haber escuchado de un profesor de la Facultad de Derecho: «Confía en que todo saldrá bien, y planifica como si todo fuera a salir mal». Dice que eso nunca falla, que es la clave para ser un consejero eficaz. Quien no entienda esto, repite hasta la mortificación, no actuará con sensatez. Y sí, a veces piensas que sus consejos llevan también una carga de intuición, un componente esencial de la inteligencia, que ha sido amaestrada por sus conocimientos del Derecho.

Como Robert y tu padre tenían una relación de respeto y confianza mutua, tal vez por eso se atrevió. En un momento de relajamiento, en medio de una conversación fortuita, tu marido le comentó que sería conveniente que otorgara un testamento para que pudiera dejarles a tus cuatro hermanas el tercio de libre disposición y el tercio de mejora de la herencia. (No era mucho lo que se dividiría: la casa y algunos ahorros de poca monta en la cooperativa). Eso te dejaría a ti y a Matilde sin participación alguna en dos terceras partes de la herencia. Matilde y tú heredarían a partes iguales con tus hermanas únicamente del tercio restante. Si no otorga un testamento, insistió, sus seis hijas heredarán lo mismo. Tu marido recuerda que tu padre mantuvo un silencio inopinado, como si Robert, al darle este consejo, hubiera tirado de la cuerda de una campana sin badajo. Robert expuso las razones: «De lo contrario, si luego de usted morir Wendy falleciera, entonces mis dos hijos tendrían la porción de su madre en la herencia, que sería la misma que tendría cada una de las muchachas. Y eso no es justo para ellas porque mis hijos trabajan y no necesitan de la herencia, las muchachas sí la necesitan y ellas no tienen más ingreso que la poca pensión del seguro social. En justicia, ellas deberían recibir más que Matilde y Wendy. Y eso la ley lo permite».

Dos semanas después, tanto tu padre como tu madre hicieron un testamento como el recomendado por Robert. Ahora, muertos ambos, ustedes seis —Matilde, tus cuatro hermanas y tú— están al final de un callejón sin salida y con escasas posibilidades de eludir el destino. Matilde y tú tendrán que hacerse cargo de ellas con las complicaciones que eso supone.

De modo que con la interrogación: «Y ahora, ¿qué haremos con estas muchachas?», ambas tendrán que colocar las cartas sobre la mesa y comenzar a barajar todas las alternativas en un juego sin trucos que les cambiará a todas la vida para siempre.

—¿Qué *tú* propones? —inquieres con la serenidad de la buena profesora de Ciencias que eras o, más bien, que habías sido antes de jubilarte. La mayéutica te había dado buenos resultados en el aula y habiendo sido Matilde una buena estudiante, antes de ella misma convertirse en maestra de escuela superior, valdría la pena intentarlo.

—Yo no voy a hacerme cargo de ninguna. —Es una respuesta de encono que Matilde suelta al aire con una mirada indescifrable, y sin ningún esmero por parecer conciliadora. Al regreso del cementerio, ambas se habían removido las gafas y ya no tenían dónde ocultar las miradas compendiadas que acompañarán esta conversación que postergaron mientras tus padres vivían.

—Las opciones no son abundantes, Matilde, pero debes haber pensado en algunas.

Precisamente, entre muchos miembros de la familia cunde la especulación. Es de suponer que por años ha estado latente la interrogante de lo que pasaría con Loli, Tati, Charito y Lulú cuando murieran tus padres, porque tanto Matilde como tú tienen sus propios hogares —el tuyo muy distante— y también sus propias familias, y ni tú ni tu hermana han participado en la crianza y cuido de las cuatro.

Esto había sido tarea exclusiva de tu padre y tu madre; y desde hacía cinco años solamente de tu madre viuda. Eso sí, con tu jubilación llegó una nueva oportunidad para tú asumir muchas responsabilidades que antes no podías enfrentar, como llevarlas a las citas médicas y adquirir los medicamentos, realizar la compra del supermercado y las de la casa, y velar que todas las necesidades del hogar de tu madre estuvieran debidamente atendidas. Aunque Matilde ha vivido a quince pies de distancia y también ha estado jubilada hace años, decidió desentenderse de las nuevas urgencias de sus hermanas. De lo que nunca se desentendió fue de su asiduidad para el almuerzo y la cena en casa de tu madre, aún después de la jubilación. Aprovechaba esos momentos para opinar, protestar y quejarse de todo lo relativo a la casa que la acogía.

Un día Robert decidió documentar este rasgo de la personalidad de tu hermana, por la curiosidad del ejercicio mismo. Se sentó a la mesa del comedor e hizo como que escribía sobre cualquier cosa en el cuaderno amarillo que tenía enfrente para, de ese modo, poder escuchar la voz de Matilde proveniente del *family* y anotar lo que salía de su boca: que había pasado mal la noche; que los gallos la despertaban cuando empezaban a cantar a la una; que los perros del vecino ladraban de noche y que de día se pasaban a su solar a perseguir las gallinas; que un medicamento le producía diarreas y encima no le ayudaba en nada a mejorar sus síntomas; que le escuchaba un ruidito al carro si apagaba el radio; que sabría Dios con quién se estaría acostando su hija Aleida en estos días porque había llegado a las cinco de la madrugada; que tú deberías estar pendiente a que no hubiera tantas bombillas prendidas en la casa, porque eso gasta mucha luz. Y todo en una misma conversación. Ese día, Robert repitió el ejercicio las veces que ella regresó a la casa y al atardecer ya tenía tres páginas escritas a espacio sencillo de querellas contra todo el mundo y contra la vida. Solo que ella no tenía a dónde acudir con sus agravios que no fuera el oído renuente de los que tenían que tolerar su convivencia. La página destinada a los comentarios positivos lucía de solo dos líneas: el cheque del reintegro de Hacienda le había llegado a tiempo aun cuando ella pensaba que se retrasaría.

La incertidumbre que algunos miembros de tu familia extendida perciben en cuanto a lo que habrá de pasar ahora con tus hermanas, que en algunos casos es simple morbosidad, ha afectado a las empleadas del servicio de amas de llaves que provee el gobierno para las horas del día. Ellas temen quedar desempleadas porque piensan, lo mismo que algunos de tus familiares, que Matilde y tú se desharán de las cuatro en las puertas de un asilo, venderán la casa y seguirán andando. Los rumores han sido tan fuertes en las horas que duró el velorio de tu madre que Robert se sintió obligado a hacer referencia al asunto al despedir el duelo. Aunque fue una alusión somera y bastante ambigua, dio a entender que la preocupación que les embargaba a algunos de los que estaban de pie frente al ataúd era infundada, por lo que debían retirarse a sus casas con tranquilidad.

Esa misma noche Robert te expresará su rebeldía frente a esta actitud de algunos parientes y particulares porque, en el fondo, rechazan la idea de que tus hermanas vayan a parar a un asilo. Wendy, ¿a que ninguno de los preocupados por la suerte de tus cuatro hermanas se ofrece a quedarse con alguna de ellas en su casa, o a venir un par de horas diarias a acompañarlas? Loli es fácil de atender, y Lulú, después de que se le busque la vuelta a sus obsesiones, no es tan difícil que digamos. Tú te sonreirás sin contestarle nada. En cierto modo él teme que toda la responsabilidad recaiga sobre ustedes dos. Ha anticipado que Matilde tratará de zafarse. Y quieres ser justa con Robert, en particular, porque aún recuerdas lo que él mismo te confesó sobre cuál había sido su reacción cuando le dijiste que tenías cuatro hermanas retardadas la noche en que se conocieron.

—Yo no voy a hacerme cargo de *ninguna* —repite Matilde con un énfasis categórico en la palabra «ninguna».

Lo que Matilde no sabe es que tú estás enterada de su comentario del día anterior al sepelio: «Yo he hecho demasiado por ellas; allá ella, que arree». Te parece que, en efecto, ella está convencida de una realidad que solo existe en su imaginación y, sobre todo, que será indiferente a la suerte de tus hermanas. Si esto significa que ellas terminen recluidas en un asilo, pues que así sea.

8.

TE GUSTA IR A MISA los domingos, no porque creas en lo de la transubstanciación del pan y del vino que te han enseñado en el catecismo, sino porque el templo queda, como muchos otros, frente a una plaza que, luego de misa, se llena de muchachos de tu pueblo y de los limítrofes. En misa apenas puedes concentrarte en las oraciones que justo desde el año pasado han dejado de ser en latín. Sabes que, a la salida, muchos jóvenes estarán allí —siempre lo están—, piropeándolas y diciéndoles frases de seducción a quienes consideran más atractivas. En esto, naturalmente, tú le llevas a gran parte de ellas cierta ventaja. El mes siguiente, abril, cumplirás catorce y ya tienes una gran estatura para tu edad. De hecho, eres la más alta del grupo y eso te hace lucir mayor que ellas. Ninguno de tus compañeros de estudios ha alcanzado tu estatura y lucen muy aniñados. Tienes que fijarte en los de afuera, en los que te llevan algunos años de edad y lucen más varoniles. Es lo mismo que te pasó con Ernesto cuando tenías doce (apenas comenzabas a menstruar) y él tenía dieciocho. Fue una pena que él te correspondiera solamente con miradas ambiguas y palabras insustanciales, y que tuviera aquella novia que decías feúcha con la que se casó algún tiempo después. Si él hubiera querido, pudo haber sido tu primer novio.

Los de la plaza están bien distribuidos por edad. Los hay para todas las exigencias. Se presentan vestidos a la moda, con el pelo embadurnado de brillantina y un peinado moderno. Procuran presentar las miradas y sonrisas más encantadoras. Son visibles desde que sales al atrio. Te remueves la mantilla que, después del Concilio Vaticano II, ya no es necesario usar, pero que, igual que las demás, todavía usas. Es un ornamento que te luce bien porque acentúa tus rasgos de muchacha casta y te dispone para el paseo alrededor de la plaza. Le das suavemente con el codo a Lucy, que va a tu lado, y le haces las señas implícitas de para dónde caminar. Luego bajan los escalones y cruzan la calle. Ellos se comportan como las hormigas alrededor de un pedazo de bizcocho puesto sobre una mesa. Y a ustedes les gusta representar el dulzor que las atrae.

La plaza puede ser amplia para un pueblito como el tuyo, da igual. Las calles a su alrededor son angostas y están demarcadas por aceras estrechas flanqueadas por varios locales que los domingos permanecen cerrados —un par de tiendas de mercería, una barbería, la farmacia, la consulta del médico, la oficina del juez de paz—, y un bar alegre que vende café y desayuno en un local que tiene una Wurtlitzer que comenzará a sonar después del mediodía cuando se vendan ron y cervezas y alguna que otra rodaja de salchichón o mortadella o de queso de bola holandés para picar. Si notan que la concentración de muchachos es en el centro de la plaza, Lucy y tú caminarán por el medio, en rutas de ida y vuelta y de derecha a izquierda, de modo que sea imposible que ustedes pasen sin ser vistas. Si están regados por los diversos puntos, entonces es cuestión de que alguna de ustedes divise un objetivo posible —blanco o trigueño, bajito o alto, delgado o fornido— para entonces caminar en esa dirección y «casualmente» pasarles frente a él. Otras veces, los objetivos posibles no están en un lugar en particular, sino que caminan de un lado para otro. En tal caso, la estrategia es sentarse en uno de los bancos de la plaza, cruzar las piernas y aguardar a que sean ellos quienes desfilen frente a ustedes. Si la concurrencia de muchachas a misa es mayor que la usual, la congestión en la plaza hará que se utilicen las aceras de los cuatro costados para caminar circularmente: varones y mujeres en direcciones opuestas. Sea como sea, tu estrategia —y la de las demás— es corresponder únicamente los piropos que les digan los objetivos posibles (para evitar malos entendidos, claro está). Entonces sonreirán con agrado y les dirigirán miradas de aceptación, que ellos, a su vez, entenderán como mensajes de disponibilidad. Los piropos que los demás les digan, los recibirán con agrado, como lisonjas merecidas, eso sí, sin corresponderlos siquiera con una mirada de compasión. Al cabo de media hora, la plaza se irá aclarando y solo quedarán las parejas de los domingos anteriores o las que han formalizado esos noviazgos que ellas deben esconder de sus padres para que no les prohíban asistir a misa sin chaperona los domingos siguientes.

Es un domingo de primavera del mes anterior al de tu cumpleaños. La plaza está llena porque es Domingo de Resurrección. Ni siquiera en fiestas tan importantes tu padre o tu madre te acompañan a misa. Ellos viven a plenitud el dicho: «Primero la obligación y después la devoción». Deben atender a tus cuatro hermanas los trescientos sesenta y cinco días del año, sin vacaciones ni ningún tipo de interrupción. Es algo que les corresponde a ellos, no a ti ni a Matilde. Ellos saben que Lucy es una chaperona de fiar. Y lo es, pues ella no aprobaría ninguna locura tuya.

Sales al atrio de la iglesia y no es necesario que eches un vistazo panorámico a la plaza para advertirlo de pie, frente al cafetín de la vellonera apagada. Justo en ese momento, él no aparta su vista puesta en tu dirección. Dudas de a quién mira porque, aunque descuellas sobre las demás, estás rodeada de otras muchachas que también salen de misa. Le haces a Lucy la seña de confabulación y caminan por la acera rumbo a él. Aun a aquella distancia te parecen claros algunos de sus rasgos corporales: piel blanca, casi rubio, no muy alto, recorte bajito y peso proporcional a su estatura. Cada vez que levantas la vista notas que él sigue mirando en tu dirección. A unos cincuenta pies miras hacia atrás y comprendes que nadie te sigue, que es a ti a quien mira. Tratas de simular un paseo indiferente, pero a cinco pies de distancia tus ojos te traicionan cuando miras a los suyos y él te devuelve esa mirada que te cautiva.

—¿Cómo te llamas? —Tienes que pensar cómo te llamas porque todos tus sentidos se han taponado en algún lugar recóndito de tu cerebro y no puedes contestar de inmediato.

—¿Yo? —Te muestras sorprendida, como si fuera posible que él se estuviera dirigiendo a otra persona mientras es a ti a quien mira fijamente. No lo conoces, nunca lo has visto al salir de misa ni en ningún otro lugar del pueblo. A tu pregunta retórica nada contesta. Simplemente espera en silencio que le digas tu nombre, y eso da inicio a una conversación a la que Lucy ya no está invitada.

Cruzan la calle, entran a la plaza, y Lucy muy oportunamente se separa de ustedes. Realmente Gustavo es más bajito que tú. Por lo que te dice, te lleva dos años de edad y ha abandonado la escuela. No trabaja, y vive con sus padres en otro pueblo que linda con el tuyo. A pesar de que algunos de estos indicios deberían ser reveladores, los ignoras porque te parece muy apuesto. Comparado con los estudiantes de tu escuela, es verdaderamente un hombre del que pudieras enamorarte.

En los días que siguen no se ven mucho. Durante la semana él viene al pueblo en el Falcon de su padre. No sube hasta tu escuela. Se queda en el cafetín junto a la plaza jugando billar, tomando cerveza y oyendo música en la Wurtlitzer. Debes recordar que en estos días no almuerzas en el comedor de la escuela con tal de que te sobre la hora y media del receso del mediodía para coincidir con él en la plaza. Por eso, cuando pasas frente al cafetín en el receso, él sale fuera, con su porte de hombre de mil aventuras y la mirada de Tony Curtis, y conversan un poco. Cruzan hasta la plaza de las confluencias y continúan una conversación llena de hiatos. Pero, es el domingo siguiente, al salir de misa, que lo invitas al *field day* de tu escuela, porque el día de juegos no es de estudios, sino de solaz, un momento apropiado para estar fuera de tu casa todo el día sin tener que entrar a la escuela, sin nada de preocupaciones.

Ese día ustedes se encuentran temprano en el parque, apenas comenzado el vibrato del entusiasmo que manifiestan las gradas que se colman tras el desfile de la banda municipal y de los atletas, seguidos por sus compañeros de grado. El terreno de juego se puebla de colores con los banderines de los competidores y los pompones de las *cheerleaders*. Las graderías están divididas entre los del séptimo, octavo y noveno. Cada grupo aclama enardecidamente a los suyos. En medio del frenesí que proviene de la multitud estudiantil, tienes tiempo para pensar que Gustavo vendrá dispuesto a pedirte el sí. Es como se hace, y sabes qué le responderás. Ni tú ni él están interesados en subir a las gradas. Sentarse en la grama bajo los flamboyanes o los robles de los costados del parque es la opción favorita de los novios y, aun cuando ustedes no lo son, lo parecen. Escogiste un combinado de blusa y falda deportiva plisada que te permite llevar el ruedo un par de pulgadas sobre las rodillas y mostrar tus piernas largas y firmes, sobre todo, al sentarte y cruzarlas. Es muy parecido a como visten Lucecita Benítez y las cantantes de la Nueva Ola. Gustavo también responde al entusiasmo que le rodea a pesar de que no es de tu escuela ni de tu pueblo, y aprovecha el contagio de la euforia para decirte cuánto le has impactado y cuánto le gustaría que fueras su novia. Justo las palabras que esperabas oír. La primera vez que alguien te las dice. Tu aquiescencia sale de tus cuerdas vocales con una tonalidad de susto. Le dices que sí, ¡por primera vez dices que sí!, y te toma las manos con gentileza, con la suavidad de quien sabe lo que hace. Es el primer contacto sensual de un hombre, el primer novio, el que te produce un cosquilleo en todo el cuerpo, la lubricación recóndita de lo que entonces es para ti un fenómeno desconocido. Todo tiene el deleite de la primera vez.

La mañana transcurre entre los vítores de las gradas y las frases acarameladas que escuchas sentada en la grama. Acabado el último evento, caminan hasta el centro del pueblo con la lentitud que sirve para retrasar el tiempo. Dan muchas vueltas tomados de las manos en la misma plaza de los domingos, esta vez ante una iglesia cerrada y los comercios abiertos. Sabes que será un noviazgo nada más que de tomarse las manos, ¡qué importa! Te sientes caminando en otra dimensión, en la de los enamorados exentos de preocupaciones y eso te basta. Otros han tenido la misma idea que ustedes y en poquito tiempo la plaza se ha llenado del bullicio que había en el parque. Divisas a Lucy de lejos, y Gustavo y tú caminan de manos hasta ella, con la sonrisa de quien va a dar una noticia anticipada. Es la hora de marcharse; tú y Lucy a sus casas en el carro público que las espera en el terminal una calle más arriba, y Gustavo al bar de la esquina que ya deja oír la estridencia de las canciones de despecho.

La semana siguiente vuelves a la plaza en los días de clases, asiduamente, a la hora del almuerzo. Caminas hasta frente al bar, y cuando Gustavo te ve abandona el juego de billar, coloca la cerveza sobre el mostrador y sale fuera a encontrarse contigo. Te atrae eso de que tu novio sea un hombre cabal y se comporte como tal. No como los de tu escuela, tan inmaduros y pueriles. Y otra vez caminan por la plaza, otra vez cogidos de las manos. Las suyas, blandas y tibias, se acomodan justamente entre las tuyas. No anticipabas que las manos de los hombres pudieran sentirse así, incluso sedosas. Hablan de las mayores simplezas, de las que adquieren una importancia bruñida en labios de los enamorados. Y el viernes se despiden para verse el domingo.

Al salir de misa, Gustavo debe estar frente al bar, como quedaron. Es verdad que en esta misma semana algunas de tus compañeras te han insinuado que él pudiera estar interesado en Susana, porque los habían visto en circunstancias incompatibles con que él sea al mismo tiempo tu novio. No les das crédito. Durante la semana no has notado algún cambio en su comportamiento en un noviazgo recién estrenado. Además, sabes que, en el fondo, nada debes temer ante ella. Susana es notoria por su gordura exagerada y sus abultados senos colgantes. No es bonita, su mal gusto para vestir es casi perfecto, y su corta estatura la hace lucir francamente ridícula.

Desde el atrio descubres que te has equivocado. Los ves caminando de manos por el centro de la plaza, mostrando una despreocupación, si no igual, muy parecida a la que suele acompañar a las consciencias tranquilas. Lucy, que camina a tu lado y evidentemente ha visto lo mismo que tú, te aprieta fuertemente el brazo, como si apretara un limón del que se desprenden al aire gotas ácidas de dolor, y te instruye: «Wendy, vámonos». Ambas voltean para tomar la calle del terminal de los carros públicos. De seguro te vieron; Lucy y tú les han pasado muy cerca, de un modo que sería imposible pasar inadvertidas. Fue como si no te reconociera, como si hubieras sido un cuerpo translúcido, la novia invisible al Gustavo de tus primeros suspiros. No comprendes nada de lo que acaba de suceder, algo absolutamente inverosímil para ti. Momentáneamente te desorienta la naturaleza masculina manifestada de tan burda humillación. De seguro, ahora Gustavo irá a su casa y escribirá otra rayita vertical en la pared de su cuarto, hasta completar cinco con una horizontal. Y así sucesivamente. Supones que irá por la vida acumulando esas pequeñas conquistas, de billar en billar, de plaza en plaza, de domingo en domingo.

Ha sido una pena que tu primer noviazgo concluya tan pronta y abruptamente; un modo inesperado de iniciarte en las artes amatorias. Corín Tellado no te ha preparado para afrontar esta gran afrenta. Piensas que la infidelidad y la ocurrencia atroz de exhibirse en público, frente a ti, con otra mujer de la mano, podría ser un arranque ingenioso de la imaginación de la novelista o, en todo caso, que podría pasarle a otra, pero no a ti. Desde que le diste el sí habías vivido unos días de grandes ilusiones en los que dedicabas buena parte del tiempo a pensar en él y a desear que llegara el día siguiente para pasearte prendida de sus manos, al mediodía, por los alrededores de la plaza. Gustavo era lo más cercano a tu primo Raúl y a sus amigos, cerca de diez años mayores que tú, quienes habían estado en el servicio militar, tomaban cerveza, jugaban billar y echaban pesetas en las velloneras de los cafetines del barrio, y a cuyas novias tú y tus primas envidiaban porque tenían para ellas verdaderos especímenes de hombría a su lado. Habías oído decir que eran mujeriegos, eso sí, no que se pasearan con otras mujeres frente a sus novias. Habrías jurado que había un código de decencia que lo prohibía. En tu familia estabas acostumbrada a oír las anécdotas sobre tu primo Raúl, quien tenía más de una novia al mismo tiempo, y las peripecias que hacía para que ninguna de ellas se enterara de la existencia de la otra. Él conocía el código, Gustavo no.

9.

A LOS GRITOS DE LOLI te asomas sobresaltada a la ventana y la ves
salir corriendo despavorida por el balcón de la casa de tu abuelo. Detrás, Tati la persigue con algo en la mano, mientras ríe a carcajadas
y exclama con gran excitación: «¡Pum, pum!». Sales fuera a ver si
entiendes la razón de los gritos de Loli y el semblante intensamente
pálido que la desfigura. Tati tiene diez años y Loli diecinueve, por lo
que te parece inexplicable que con tal diferencia de edad Loli quiera
alejarse tan deprisa de su hermana menor. Una vez Tati da la vuelta por la acera y entra por el portón al patio de tu casa, puedes ver
claramente el revólver niquelado de tu abuelo en las manos de ella.
Quedas casi paralizada. Aun así te sobran fuerzas para gritar: «¡Papi,
papi!», con la suerte de que tu padre camina desde el rancho detrás
de la casa y se percata de lo que sucede, porque Tati continúa en
el patio con su ¡pum, pum!, apuntando a Charito y a Lulú, que son
más pequeñas que ella y permanecen impávidas en la acera junto a
la cocina, sin comprender la gravedad de la situación en que se encuentran.

Tu padre le da una pitada acompañada de un gesto que no puede ser sino de reprimenda y que Tati comprende de inmediato a pesar de la limitación de sus facultades. Ella desdibuja todo trazo de
regocijo de su rostro alborozado y baja las manos con el arma. Tu
padre camina serenamente hasta ella y sin dar ninguna muestra de
alarma le quita el revólver. Luego, volviéndose hacia tu madre, que
se ha perdido todo el incidente por encontrarse en el baño y ahora
emerge del vano de la puerta de la cocina, le pregunta:

—¿Dónde está don Pepe?

—Él no ha salido hoy. Si no está arriba debe estar en los cafés.

El cafetal era la siembra más cercana a la casa. Tu abuelo debe estar entre los cafetos porque la casa está desierta. Es evidente que Loli y Tati han debido estar husmeando por las habitaciones hasta dar con el revólver en algún lugar accesible a la niña de diez años con mente de dos. Tu padre alcanza a ver a su suegro de rodillas aterrando uno de los palos de café y cuando está cerca le dice:

—Oiga, don Pepe, ¿dónde tiene usted guardado el revólver? —De momento, tu abuelo no comprende la razón de la pregunta hasta que tu padre extrae el arma y se la muestra.

—Estaba en la última tablilla de arriba del clóset —le dice un poco confundido aún.

—No, señor. A casa se apareció Tati con él en las manos jugando de vaqueros con las nenas. Debe buscarse un lugar más seguro para que no suceda la desgracia que estuvo a punto de ocurrir hoy.

Don Pepe habría podido responderle que son tu padre y tu madre quienes deben velar por que las nenas no vayan para su casa cuando no haya nadie, sin embargo, habría sido una respuesta irreal. Según fueron naciendo, tú y todas tus hermanas siempre han considerado que los alrededores y el interior de la casa de tus abuelos forman parte del patio extendido de sus juegos diurnos, con la anuencia de ellos. No existe diferencia entre la sala de tu casa y la sala de la casa de ellos. Las dos cocinas son realmente una, y todos los cuartos, incluyendo el de tus abuelos, son tenidos por ustedes como espacios comunes a los que no les es de aplicación ninguna regla. Y seguirá siendo así aún después de que él muera y la casa pase a ser de Isabelo. Solo cambiará cuando Matilde se separe de su marido y se aparezca un día con todos sus motetes y su niño a arrimarse a uno de los cuartos, en lo que resuelve la cuestión del divorcio, y ya no saldrá más.

—Felipe, tú sabes que lo que pasa es que las nenas son muy desinquietas. Para ellas no hay altura que valga; se encaraman por las rejas de las ventanas, por las barandas del balcón, las ramas de los árboles y también por las tablillas del clóset. El revólver estaba en un pequeño baúl que yo pensé que sería difícil que alguna de ellas pudiera abrir. Así que, supongo, tendré que entregar el arma a la policía para tranquilidad de todos.

Tu padre se muestra más sosegado. Sabe que el suegro tiene

razón, que, de infantes, ninguna de las cuatro presentó limitación física alguna. Por el contrario, todas ellas habían observado conductas similares: se subían por las barandas de la cuna, y luego por las ventanas hasta llegar al techo, y, cuando tú o Matilde las delataban, tu madre venía al escape a bajarlas en medio de las carcajadas de la que estuviera encaramada en ese momento. Durante su infancia, todas tuvieron una pasmosa habilidad felina que ni tú ni Matilde poseyeron.

Tu padre le tiende la mano con la que sujeta el revólver descargado. Tu abuelo se incorpora trabajosamente para tomarlo, y después ambos caminan en dirección de la casa. Cuando llegan al balcón, tu padre se mete la mano al bolsillo, extrae las seis balas que había guardado y también se las entrega.

—Guárdelo bien, ya usted sabe cómo son ellas.

El incidente no ha tenido otras repercusiones, aunque ha demostrado que Tati tiene la inteligencia suficiente para reconocer que el revólver de tu abuelo es similar y tiene el mismo propósito que los de *La ley del revólver* y *Bonanza* que ustedes veían en el televisor de los abuelos antes de que dieran las nueve. Solo que Tati tuvo que recurrir a la imitación del sonido de los disparos para darle algún realismo a la persecución de Loli. El sonido verdadero no se produjo porque ella simplemente estuvo apretando sus dedos contra el guardamonte del arma y no contra el gatillo.

10.

DESPUÉS DE LA CONVERSACIÓN con Matilde, habiendo expresado ella su renuencia a hacerse cargo de alguna de las cuatro, ahora parece claro que las opciones son mínimas.

—A Loli y a Lulú no podemos separarlas, son muy unidas —le comentas a Robert después de irse Matilde a su casa—. Charito y Tati no, ellas pueden estar juntas o separadas, y a cada cual le daría igual.

—Por eso te digo. Proponle a Matilde dividirlas en parejas. Dos para ella y dos para nosotros, y que ella escoja con quiénes se queda.

—Ay, Robert, como si no la conocieras. Lo que acaba de decir, que no va a hacerse cargo de ninguna, significa exactamente eso.

—¿Y si le propones que entreguen la custodia de Charito y Tati para que el gobierno las coloque en algún asilo para retardados mentales? Así ustedes dos podrían dividirse la custodia de Loli y Lulú, una especie de custodia compartida: un mes con nosotros y un mes con Matilde. Siempre ella o nosotros tendríamos seis meses al año y al menos treinta días consecutivos libres. Podríamos planificar nuestras salidas y vacaciones para los períodos que no estén con nosotros.

No sabes cómo Robert toma tu silencio. En el fondo, su mente de abogado es la que funciona ahora. ¡Como si Matilde y tú estuvieran en medio de un pleito de divorcio y se disputaran la custodia de cuatro hijas! ¿Custodia compartida? Es lo que has oído decir. Las menores continuarían beneficiándose de la compañía del padre y la madre durante lapsos intermitentes en los que siempre uno estará ausente. Solo que en la situación de ustedes, vista objetivamente, a ninguna le conviene que le adjudiquen la custodia de las menores en cuerpo de mayores.

Matilde no te lo ha dicho, se lo dijo a una de tus primas. Te culpa de algún modo de que sean cuatro y no tres las hermanas de las que haya que encargarse. Hace ocho años, tras un sangrado vaginal inusitado, a Lulú le diagnosticaron cáncer, y tú, echando a un lado tus demás responsabilidades, te dedicaste a tiempo completo a velar por que ella recibiera el mejor tratamiento médico posible. La histerectomía le salvó la vida. De haber sido por Matilde, Lulú no habría tenido por qué someterse a quimioterapia para eliminar todo vestigio de tejido canceroso. ¿Por qué interferir con la voluntad de Dios? ¿Por qué no dejar que la naturaleza deshiciera el emplaste de haber permitido a cuatro retardadas en un mismo hogar? Tú insististe y Lulú salió airosa del tratamiento. Por eso Matilde no permitiría que incluyeras a Lulú en alguna asignación de custodia de hermanas. A los fines de Matilde, solamente hay tres hermanas cuya custodia tú podrías pretender dividir con ella porque Lulú será de tu entera responsabilidad mientras vivas. ¡Quién te manda a alterar los designios de la naturaleza, allá tú!

De manera menos sutil Matilde se resiste a aceptar cualquier responsabilidad al respecto. Su manifestación: «Yo no voy a hacerme cargo de ninguna», con ese énfasis desmedido en la palabra «ninguna», lo ha revelado todo.

—No, Robert, no. Matilde no accedería a una alternativa como la que propones. Si piensas lo contrario es que no la conoces.

—¡Pero, Wendy, es que no podemos traernos a las cuatro a vivir con nosotros!

De seguro, a esta posibilidad respondía aquel pensamiento fugaz de Robert la noche en que se conocieron. Aun así, él no ha rehuido de su compromiso contigo «...*en las buenas o en las malas, en salud o en enfermedad, con la ayuda o sin la ayuda de Matilde... hasta que la muerte nos separe*», aunque ganas no le faltan de enfrentársele a Matilde, de decirle que qué clase de hermana es, que dónde están sus sentimientos, que por qué se atrevió a decirle a tu madre que no contara con que se haría cargo de ellas cuando muriera. Incluso que de dónde había sacado lágrimas para llorar su pérdida cuando tu madre murió. Y, claro que Robert podría decirle más. Para eso era abogado, para decirle a Matilde que el Código Civil prevé el abandono del causante de una herencia como una causa de indignidad para heredar; que si les daba la espalda a sus hermanas en vida no podría, a la muerte de ellas, heredar nada de la casa en que ellas vivían.

—¿Y sabes lo que te contestaría Matilde? Que no tiene interés en heredar una molécula de esta mierda de casa; que está bien, que nos quedemos con las cuatro muchachas y que, si sobrevivo a ellas, nos metamos la casa por el culo.

Intentar comprender a Matilde no es una de las cosas que mejor se le dan a tu marido. De hecho, ustedes discuten mucho por la percepción que él tiene de ella y el modo en que tú deberías enfrentarla. Él piensa que te presentas a veces muy blandengue, que te sometes innecesariamente a sus caprichos, que le toleras sus exigencias irrazonables, sin porfiárselas, sin encarar sus discursos ásperos y enconados, sin procurar persuadirla de que desista de tanta irracionalidad de su parte. Quieres hacerle entender que el modo en que la tratas responde más bien a tu convencimiento de que ella vive presa de su amargura y está mentalmente desajustada. No a que tenga un «corazón pervertido y maligno», para utilizar las mismas palabras que usa Robert cuando hace gala de sus dotes de penalista.

—No está loca, Wendy. ¡Es que es sinvergüenza!

El cinismo no es un atributo de la personalidad de Robert. Sin embargo, es evidente que el comportamiento de Matilde en todo este asunto lo perturba hasta el paroxismo. Cierto es que, a veces, te enfada la obsesión de tu marido por dictarte el modo de manejar tus diferencias con tu hermana, mas tiendes a disculparlo. «Ponte en su lugar, Wendy —te has dicho en ocasiones de mucha acritud, como para justificarlo—. Si todo fuera al revés, si las cuatro retardadas fueran sus hermanas biológicas, ¿cómo reaccionarías tú, sin la experiencia de haber tenido casos propios de retardación, y en tan alto número, viviendo contigo en la misma casa?». Tratas de ser comprensiva, de no tener que vivir entre su espada y la pared.

Recuerdas que no hace tanto tuviste que educarlo. Ahora no recuerdas exactamente el día, sí el contexto. Él trabajaba en su segunda novela *Casi siempre fue abril*, y te dio a leer el primer capítulo. Dice que eres su primera editora y también su mejor crítica literaria.

Leíste la primera oración:

> *Llegas a casa de tus cuatro hermanas locas media hora después de enterrar a tu madre.*

Te escandalizó ese texto. «¿Qué carajo es esto, Robert? —lo increpaste (de las pocas veces que le has alzado la voz)—. ¿Cómo que cuatro hermanas *locas*? ¿De cuando acá "retardación mental" es sinónimo de "locura"?». Robert se despegó sobresaltado del teclado de la computadora y te miró sin entender la magnitud de la ofensa infligida o, al menos, de la percepción que tenías sobre lo escrito.

—Utilizo «locas» en su sentido gramatical, no médico —te dijo para apaciguar tu molestia—. El Código Civil dispone que debe nombrárseles tutor a los «locos o dementes»; en ningún lado habla de retardados mentales, Wendy. Y «loco», si mi mente no me falla, es, según el diccionario, una persona falta de juicio, sin razón.

Con el abogado has topado, pensaste, con el que las quiere ganar siempre todas.

—Pues, no. Los retardados mentales no son locos, son personas con deficiencias mentales de distinto grado. La palabra «loco» es despectiva y no debes utilizarla —insististe.

—Mira, Wendy, lamento que te sientas así y no tengo reparos en sustituir el vocablo. No ha sido mi intención soliviantarte, creo que estás exagerando un poco por este uso del lenguaje. ¿Acaso tú misma no has cuestionado la utilización innecesaria de eufemismos, y pones de ejemplo que al ciego se le llame «no vidente» y a la persona negra «de color»?

Respondiste que no es lo mismo, que son términos de diferentes matices, que llamarle «loco» al retardado mental es promover el prejuicio que siempre ha existido contra esta población. Y añadiste:

—El esquizofrénico quizás sea loco, mis hermanas son meramente retardadas mentales.

En realidad no deseabas profundizar en la discusión. No obstante, tu marido no se percató ya que continuó argumentado:

—¿Sabías que el mismo código utiliza también la palabra «idiota» para referirse a los incapacitados mentales en otro de sus libros? —«*This is too much*, Wendy, te dices, cambia el tema, *please*». Así que no le diste curso a ese giro, no, señor.

Sea como sea, con todo lo comprensiva que tratas de ser con Robert, la realidad es que a veces la presión que él ejerce sobre ti para que no dejes que Matilde se meta mucho contigo es peor que lo que quisieras. Lejos de reconocerte la libertad para que manejes a tu paso las diferencias con tu hermana, él quisiera que lo hicieras a su modo, que es como decir a palo limpio. Es cuando te embarga ese sentido de desolación, de abatimiento, porque sientes que estás librando una batalla en la que el cansancio causa a veces sus estragos. Y tú no te casaste con Robert para eso.

11.

Si el de Gustavo fue un noviazgo que no duró más de lo que tarda un eclipse, el de Abby, en cambio, duraría lo que un astro luminoso en completar su elipse.

Es abril y acabas de cumplir catorce. No es un día feriado, pero mucho tienes con que estés contenta. Han pasado varias semanas desde lo de Gustavo y buscas recuperarte de ese aturdimiento inusitado que en ciertos momentos del día te provoca unos suspiros muy hondos difíciles de controlar. Estás en la hora y media del almuerzo y decides bajar desde la escuela hasta la misma plaza de los domingos, la que en tu pueblo tiene el fin de servir de lugar de encuentro casual o convenido; al que acuden los afortunados, los abúlicos y los que no tienen más remedio que estar en ese espacio de posibilidades. La plaza está concurrida de estudiantes y de otros que no lo son. Ninguno es capaz de atraer tu curiosidad, quizás por el aturdimiento que ha provocado en ti el desencanto de hace unos días. Caminas con Lucy por el medio, donde no tienes que mirar al suelo para evitar tropiezos y puedes poner tu disimulada expresión de regodeo. Luego, le dices a ella que den una vuelta caminando por las aceras de los alrededores. Eres consciente de que frente al bar puede ser que veas a Gustavo; aun así te tomas el riesgo. No puede ser que Gustavo, después de lo que ha hecho, determine también por dónde caminas y a quién ves. No eres mujer de tales miramientos. Sin embargo, reconoces que no es conveniente que pases viendo al interior del bar; tampoco querrías que Gustavo presuma erróneamente que sigues interesada en él.

Caminas con la mirada puesta en un horizonte imaginario. Entonces, escuchas la voz de un hombre que no es Gustavo, que cuando pasas dice una flor con un timbre inusual, sin encajes, limpio y natural. Vuelves el rostro y notas que él está en la acera, de pie, junto a la puerta del bar donde solía ubicarse Gustavo a esperarte. Y te mira sonriendo. Le devuelves la sonrisa como un acto reflejo de la intuición, un acto dirigido por los impulsos espasmódicos de las neuronas encargadas de la atracción por el sexo opuesto, en el que no hay cabida para otras reflexiones relevantes de la razón. Adivinas que se te ha esculpido alguna otra expresión en el rostro, de nuevo colorido, y que has recuperado el mismo semblante que le mostraste a Gustavo cuando lo viste por primera vez el mes anterior. Nuevamente te sientes atraída por el aspecto de un hombre que parece ser varios años mayor que tú —de hecho, algunos más que Gustavo— y que no luce un uniforme escolar. No recuerdas haberlo visto antes en esa frontera entre lo sacro y lo profano en que se ha convertido la plaza. Tocas suavemente a Lucy con el codo y le susurras tu impresión para dejarle saber a ella que te ha gustado. Aunque no captas de inmediato los rasgos que te hubieran permitido describírselo a otra persona, sabes que la impresión que te ha causado es como la de una navaja filosa que se desliza suavemente sobre la piel. Esperarás a la próxima vuelta porque ya no podrás detenerte. Pasarás junto al bar y quizás puedas fijarte un poco mejor en sus facciones.

No anticipabas que él cortaría el camino. Te sorprende que te haya interceptado en el centro de la plaza.

—¿Cómo te llamas? —Con estas primeras palabras dichas sin rubor, Lucy sabe qué hacer y desaparece. Ahora, por el simple acto de detenerte y ser atenta, y por el sol que cae como plomo fundido sobre el suelo de la plaza, aprecias claramente sus rasgos: tez trigueña; ojos marrones, algo claros; pelo lacio, castaño oscuro, peinado con raya al lado. Es como una pulgada más bajo que tú y no te importa, y confías en que a él tampoco. Al preguntarte el nombre, le respondes con un esplendor facial que delata tu interés:

—Tengo un nombre muy feo. Mi apodo es Wendy.

—No, no es posible —te dice con rúbrica de picardía a la que no estás acostumbrada—. Ninguna *mujer* como tú podría tener un nombre así. —Lo de «mujer» te lo dice con un acento que solo puedes identificar con el decir de los galanes de las telenovelas que solías ver junto a tu abuela los días de la semana al oscurecer. Siempre se habían referido a ti como «muchacha» o «nena», y por eso te sientes gustosamente halagada.

—¿Cómo que ninguna mujer como yo? —Muestras extrañeza porque supones que esa debe ser la reacción de una adolescente virtuosa.

—Porque eres una mujer muy bonita y ningún nombre puesto sobre tanta hermosura podría ser feo. —Repite lo de «mujer» con el mismo énfasis de telenovela y tú permites que esa alusión a tu femineidad se restriegue contra tu ego, por ese tiempo maltrecho. Años después reconocerás que una adulación como esa es necesariamente ridícula, pero el día en que una muchacha que lee a Corín Tellado acaba de cumplir catorce años, resulta ser un halago exquisito que supera todo lo imaginable.

—Si nos sentamos en el banquito bajo ese árbol —y señala un banco al costado de la plaza—, te diré mi nombre y ya dirás cuál es más feo.

Accedes por la tendencia a seguir tus corazonadas, como el velero que se deja llevar en la dirección que sopla el viento con la certeza de que llegará en algún momento a un puerto seguro. No hay ningún riesgo para tu decencia sentarte con este muchacho a solas, en un lugar de la plaza a la vista de todo el mundo. La plaza continúa en su trajín del mediodía y Lucy aparecerá antes de terminar el receso para volver a la escuela. Todavía te queda tiempo para una conversación de media hora.

Ocupas un extremo del banco y él, guardando las formas del decoro de los que no son novios en un pueblo pequeño, ocupa el otro extremo.

—Todos me dicen Abby, con dos bes y una ye. ¿A que no adivinas cuál es mi nombre?

Piensas brevemente y, por aquello de mostrar un interés que verdaderamente tienes de conversar con él, le dices los primeros dos que vienen a tu mente: Abimael (por el compañero de quien estuviste atraída a lo adivino en el sexto grado) y Gabriel (como tu primo, a sabiendas de que el apodo para este nombre es Gaby). Te dejas llevar más por la rima consonántica de los apodos que por otra cosa. Te dice que no, riéndose estrepitosamente de tus contestaciones, y tú te fijas en que también ríe con sus ojos, como si estos fueran el eco de su sonrisa. Te contagias con su carcajada y te asombras por verte en medio de una celebración alegre como hacen los amigos de mucho tiempo.

—Mi nombre es Abigaíl. —Tratas de disimular tu perplejidad ante el hecho de que un hombre de tanta virilidad, sobre todo guapo, llevase un nombre tan femenino. Para aliviar un poco lo que pudieras estar pensando, te dice:

—Debí llamarme Isaías, como mi padre, que es un nombre cristiano, pero mi madre se opuso. Ella quería que fuera Rodolfo, como un galán del cine mudo que admiraba y de quien mi padre decía que ella estaba enamorada. El día que me fue a inscribir, mi padre leyó una noticia sobre un trapecista italiano, Abigaíl Guglielmi, que cayó al vacío y murió. De camino al registro demográfico, se detuvo donde el padre Ambrosio y le preguntó que si Abigaíl era nombre cristiano. Al oír que sí, sin aclaración de si era masculino o femenino, fue y me inscribió con ese nombre para disgusto de mi madre, y, con los años, también para disgusto mío cuando averigüé que Abigaíl había sido la tercera esposa del rey David.

Se había tornado un poco formal, mas, de inmediato, vuelve a reírse de su propio relato con el eco en sus ojos.

—Y ahora, Wendy, ¿no te animas a decirme el tuyo?

Es inevitable que lo hagas porque la tragedia de su nombre no puede ser peor que la tuya.

—Wanda Modesta, pero no sé de dónde lo sacaron.

Frunce el ceño, achica la boca, espera varios segundos, llena de aire los cachetes y estalla en una carcajada contagiosa. Luego te dice:

—¿Wanda qué? ¡Eso no se compara con Abigaíl! —Y ambos continúan riéndose.

Te das cuenta de que su sentido del humor y su continua jovialidad son los rasgos fuertes de su personalidad por los que acabas de ser atrapada.

El domingo siguiente sales de misa como siempre. El atrio bajo tus pies —Lucy a tu lado—, echas una mirada a la plaza, bajas los escalones y cruzas la calle. Nada ha cambiado con respecto al domingo anterior, salvo que hace dos días que conociste a Abby. Tal como quedaron, ves aparecer el Ford Fairlane por la calle del costado derecho y estacionarse. No es suyo, sino de su padre que se lo presta los domingos para que venga a tu pueblo. Aunque sigues sin explicarte por qué no lo habías visto los domingos anteriores, comienzas a aclarar tus sentidos: bajo el umbral de piedra que constituía tu compromiso con Gustavo —en el que estabas situada y desde el cual mirabas a tu alrededor— no era posible que tuvieras ojos para nadie más. La fidelidad es y será siempre un valor importante en tu vida, un rasgo anclado profundamente en tu personalidad. Para tu sorpresa, Abby y Gustavo no solo son del mismo pueblo, sino también del mismo barrio. Crees que es muy temprano para mencionarle nada de lo de Gustavo o preguntarle siquiera si lo conoce. Ya habrá tiempo, piensas, para hablar de ese desaliento.

Por hora y media caminan lentamente por la plaza y los alrededores, uno al lado del otro, tratando de alargar los minutos cortos del encuentro, hablando de lo que hablan los enamorados cuando empiezan a conocerse. Para ti es evidente que le atraes, y, para él, que te gusta. Para los de la plaza son evidentes ambas realidades.

La tercera vez que Abby y tú se encuentran en la plaza es miércoles, según habían acordado el domingo. No almuerzas en el comedor de la escuela con tal de que te sobren los noventa minutos del receso para estar con él. Solo inviertes dos minutos en ponerte un poco de brillo granate en los labios para lucir menos juvenil, más «mujer» como él mismo se había referido a ti, a pesar de tu uniforme escolar, y que tendrás que remover antes de entrar nuevamente al salón de clases. De adulta verás tus fotos de esa época y te burlarás de tu aspecto: las cejas sin depilar, largas, negras y anchas; tu nariz respingona; una banda de las que estaban de moda que te sujetaba el pelo un poco más adentro de donde comienza el cabello para hacerte lucir la frente un poco más ancha de lo que en realidad la tienes; y el cuello estilizado como el de los cisnes que te traía tantos complejos por un sobrenombre con el que te molestaban algunos de tus compañeros de escuela.

Cuando llegas a la plaza, lo ves sentado a la sombra del árbol, en el mismo banco que ocuparon el domingo. Él no ha llegado en el Fairlane porque su padre lo usa durante la semana para transportarse a su trabajo. Al verte se yergue para saludarte y te muestra la misma cara de regocijo del domingo anterior. Trae puestas unas gafas de sol Ray-Ban, con su estuche de piel colgado a la correa. Aun así, a sus dieciocho años su vestimenta es un tanto conservadora para su edad: pantalón de filo, bien planchado, camisa por dentro y zapatos con brillo. Así había vestido en la ocasión anterior en que lo habías visto y así vestirá siempre que lo veas en adelante. Te fijas nuevamente en algo que has notado la primera vez, cuando lo conociste: sus pantalones le quedan ajustados en la parte posterior porque tiene nalgas levantadas, bien formadas, que cualquier mujer —incluso tú— envidiaría. Te encanta ese rasgo físico de él; y con frecuencia tendrás que vencer las ganas de apretárselas.

Una vez sentados —ya su cuerpo menos lejos de ti que el domingo—, la conversación avanza urgidamente, y cuando menos te lo supones te pregunta así, sin más, si quieres ser su novia. Miras intuitivamente su sonrisa con repercusión en los ojos, y sientes el calor que produce el nuevo colorido en tu rostro. En solo un mes dos hombres distintos, muy distintos, te pedían lo mismo. Y ahora, por segunda vez, dices que sí. Abby te parece más atractivo que Gustavo, más apuesto, más risueño y, sobre todo, más genuino que él. Por alguna razón inescrutable piensas por un segundo que Abby no haría jamás lo que Gustavo hizo. Ahora sabes que estás lista para sentir el roce de otras manos, la tibieza de una palma sobre otra, el acoplamiento de los dedos entrelazados. Y, cuando te las toma, sientes el cosquilleo audaz que viaja por todo tu cuerpo en deleite único, humectante, irrepetible, que recordarás por siempre sin importar quién venga después a tu vida.

Acuerda contigo que vendrá a verte todos los miércoles y viernes, y los domingos después de misa. Él puede hacer este arreglo porque ni estudia ni trabaja. No se ha graduado de escuela superior, ni va a la universidad, distinto de sus otros hermanos, que son universitarios o aspiran a serlo, y de su padre y de su madre, que son profesores. Quizás por eso te dice: «Soy la oveja negra de la familia». Nunca tratas de persuadirlo de que estudie, a pesar de que tú, a los catorce años, has decidido para ti misma un futuro distinto al de él, un futuro universitario. Años después pensarás que eras muy feliz con él en esa época y no había por qué hacerle cambiar de parecer sobre el modo de ver la vida. Como estaban las cosas, ambos podrían vivir aquellos tres días de la semana como si no les importaran las actividades de cada cual, a la orilla del tiempo en que, entre encuentro y encuentro, vivían untados a las paredes de sus ilusiones.

A partir de aquel miércoles de sensaciones experimentales, cumple puntualmente sus citas de las once y media de la mañana, con la variación de que, en lugar de verse siempre en la plaza, acuerdan también hacerlo en la acera frente a la escuela, bajo el árbol frondoso de mangó que queda junto al *cyclone fence* que divide los predios de la escuela de los de la calle, en la parte más alejada del portón de entrada. El lugar no tiene nada de particular, ni siquiera un banco donde sentarse. La hora y media que invierten en conversar y tomarse de manos, la pasan de pie. Lo único particular de esos encuentros es quizás que bajo la sombra de ese árbol el tiempo transcurre más deprisa, y que en un abrir y cerrar de ojos ya es la una. Tampoco es un lugar propicio para otras muestras de afecto, y mucho menos para besos. También es cierto que él es un hombre respetuoso de tus catorce años y que tú, a pesar de todas las novelas de Corín Tellado que has leído en las que los besos son manifestaciones naturales del amor entre los protagonistas, te sientes satisfecha con que él solo te tome las manos o te eche el brazo al caminar hasta la plaza, porque este sobresalto romántico está desprovisto de toda idea libidinosa.

En eso de tomarse las manos durante el noviazgo, ustedes se han vuelto conocedores de la técnica. Podrías escribir, al estilo de Cortázar, un manual detallado de cómo hacerlo:

> *En la forma básica, el novio y la novia caminan uno al lado de la otra. Él extiende a lo largo de su cuerpo su brazo derecho y ella igualmente su brazo izquierdo, detrás del de él. Luego, cualquiera de ellos (preferiblemente el varón) coloca la palma de*

su mano sobre la del otro y entrelaza sus dedos con los de su pareja. Entonces, ambos los contraen para obtener la sensación de unión entre ellos.

Existe una variación de la anterior que es llevando la mano agarrada a la espalda de ella. Esto se logra doblando gentilmente el brazo de ella y llevándolo al nivel de su cintura. (No se recomienda cuando la mujer no tiene suficiente flexibilidad en su brazo, pues pudiera resultar molestoso y perderse el efecto deseado).

En las situaciones estáticas, en las que los novios conversan de pie, uno frente al otro, hay variaciones que tienen sus propias ventajas. Una puede ser tomándose ambas manos simultáneamente sin entrelazarse los dedos. Es la más sencilla. Otra puede ser uniendo las palmas de las manos, vueltas hacia el frente, y luego entrelazándose los dedos. Otra muy parecida es dejando las palmas de las manos vueltas hacia atrás —en vez de vueltas hacia el frente— y juntándolas con las del otro, para entonces entrelazar los dedos. Esta es la forma más sensual, ya que permite acercar a la pareja como si se fuera a besar, sin hacerlo.

Y así por el estilo con varias otras. La que te gusta más es la variación tipo emparedado, utilizable independientemente de si están de pie o sentados. Él toma una de tus manos entre una de las suyas, y luego la arropa con la blandura y tibieza que da su otra mano. Es en esas ocasiones en que alguna parte de tu cuerpo queda apresada por el suyo, en que quedas inmovilizada por el deseo reprimido de ambos y eres consciente de que ese sometimiento corporal al que accedes es a lo más que él o tú pueden aspirar. Sabes que tu noviazgo es una relación basada solo en conversaciones pertinaces, de deliberadas tomaduras de manos y roces accidentales; un flirteo lleno de guiños, de bromas, de buen humor y ternura. Él no pelea ni se queja, nunca se enoja por nada y siempre está sonriendo. ¿Qué más podrías pedir?

12.

VARIAS SEMANAS DESPUÉS de que te tomara de manos por primera vez, llega el verano, y con este, las vacaciones. El estío que años anteriores disfrutabas por las sesiones largas de juegos con tus primas y la lectura de los libros que obtenías de ellas o de la biblioteca rodante que pasaba por el pueblo, dejaban de ser ahora el esparcimiento que tu mente echaría de menos. No es que abandonarás tus impulsos lúdicos ni las novelas de Corín Tellado o tus aferramientos a la tinta y al papel. Una nueva fase de tu adolescencia se abre ante ti, como ciertos capullos con la primera luz del sol. Es un camino que transitas sola, sin tu padre ni tu madre dirigiendo ni inmiscuyéndose en tu vida; con una compañera de cuarto con la que apenas compartes intereses, y sin conversaciones inteligibles con las otras cuatro hermanas que mantienes fuera de la habitación pasándole el pestillo a la puerta.

Aunque parezca cliché, Abby sigue desbordando tus pensamientos de añoranza, ahora con mayor ímpetu porque no es posible que él y tú se vean los miércoles y viernes bajo el árbol de la escuela. Solamente queda asegurado el encuentro de los domingos en la plaza después de misa, que serán domingos de mañanas placenteras y tardes de desolación. El receso durará los meses de junio y julio. Ha sido necesario elaborar alguna estrategia que les permitiera verse ocasionalmente y compensar la pérdida de los dos días de cada semana como era acudir a fiestas y verbenas de un santuario cercano a tu barrio dedicado a una de las advocaciones marianas que recibe visitas de gente de todos los pueblos.

El inicio del noveno grado se demora hasta la primera semana de agosto. Más allá de la ilusión de tener libretas y uniformes nuevos, ese comienzo trae algo mejor: dejas la escuela intermedia y pasas a la escuela superior un año antes de lo previsto. Te han colocado en un grupo al que pertenecen los estudiantes de mayor aprovechamiento académico e inteligencia demostrada —grupo especial, le dicen—. En esto Wanda Modesta no tiene que ser tan modesta, te dices. Estás entre las primeras de tu clase y siempre obtienes las calificaciones más sobresalientes. Esto te hace pertenecer a un grupo de privilegiados sin titubeos y no tienes por qué avergonzarte. ¡Qué ironía que la inteligencia de la que nacieron privadas tus cuatro hermanas les hubiera tocado a Matilde y a ti! Nunca te has sentido culpable de eso porque fue una distribución de inteligencias en la que no participaste. De habérsete consultado habrías abogado por un repartimiento más justo de los talentos, pero sin renunciar a la normalidad de que disfrutas. La verdad es que nunca se te ha ocurrido pensar cómo lucirías si se hubiesen intercambiado tus genes con los de Tati, por ejemplo; cómo se vería ella de manos de Abby por las calles del pueblo, mientras tú permanecieras deambulando por la casa, sin ir a la escuela, con la blusa llena de baba, mascullando aquel lenguaje insólito para pedirle a tu mamá que te diera de comer o te limpiara el culo. Pensarlo te resulta aterrador.

Tus demás compañeros del noveno grado quedan atrás en la escuela intermedia, con sus uniformes grises y blancos y una estampa aún infantil en espera de que transcurra otro año de correrías para pasar a la escuela de los grandes. Solamente tu grupo adelantado ha pasado a la superior, a los de uniforme azul, a juntarse con los del décimo, undécimo y duodécimo: la última escuela antes de pasar a la universidad. A tu grupo especial llegan además nuevos compañeros de escuelas intermedias de otros barrios, a quienes nunca has conocido y con quienes trabas muy buena amistad. Bertin, un muchacho de sonrisa fácil y genio alegre, llega entre ellos. Prontamente viene a ser uno de tus mejores amigos con quien competirías sanamente por obtener las mejores calificaciones del grupo. Lucy, tu prima, continuará siendo tu mejor amiga, tu cómplice, y permanece contigo en el mismo grupo.

Con todo, no has tenido ojos para las caras nuevas de la nueva escuela. Abby sigue llenando todos los espacios disponibles de tu mundo afectivo, y de cada minuto que no ocupan tus estudios. Has oído decir que no es bueno tener novio en la escuela porque eso provoca un cierto abandono de los estudios y el consiguiente deterioro de las calificaciones. En tu caso no ha sido cierto. Continúas obteniendo los cuatro puntos máximos, aun cuando eso no cause ninguna alegría particular en tu casa. Tu padre y tu madre siguen ocupados con tus hermanas, y para ti es natural que toda su atención esté puesta en ellas. A Matilde nada le importa lo que logres. La presencia de esta hermana en tu vida no es más que otra sombra de indiferencias. En cambio, descubriste temprano en la vida que obtener esos logros —a pesar de la aparente indiferencia de ellos— es un valor en sí mismo y que su apatía por enterarse de tus victorias o de tus problemas nada tiene que ver contigo. Continúas caminando tu ruta, con ligeros tropezones, con la determinación de quien sabe dónde está la meta y trazando tú tu propio rumbo.

Los miércoles y los viernes vuelven a ser los mejores días de la semana. Te encuentras con Abby bajo el árbol junto al *cyclone fence* donde pasas la próxima hora y media sin almorzar, hablando de lo mismo de siempre y tomándose de las manos en la infinidad de variaciones que se habían inventado, de modo que el leve contacto de los cuerpos les resultara más placentero. A veces van y vienen hasta la plaza sin importar el número de veces, para que él pueda echarte su brazo sobre el hombro y tú puedas colocarle el tuyo detrás de su cintura. Eso le permite acariciar tu cuello de cisne o alisarte el pelo que te nace de la nuca, en medio de un escalofrío que te endurece los pezones de adolescente ávida de nuevas sensaciones, y que se desliza vientre abajo, surcando tus humedales dispuestos, insertándose entre los tobillos y tus bermudas blancas, hasta morir en tus grandes pies apresados por tus mocasines negros. Casi siempre reaccionas dándole apretones suaves a la cintura o acariciándole con la tuya su mano sobre el hombro. Es lo más que pueden hacer en un pueblo en que toda expresión exagerada de afectos entre enamorados en público está mal vista. Mientras él y tú observen buena conducta será poco probable que alguien vaya a contar a tu casa que te han visto con un muchacho de manos por el pueblo; cosa distinta de si te ven apestillándote o en apretones y besuqueos con él por la calle.

Y en ese sentido no quieres tentar tu buena suerte. Ni tu padre ni tu madre te han preguntado alguna vez si tienes novio en la escuela. Y, si lo saben, nunca te lo han dejado saber. Siempre te ha parecido que tus padres son también indiferentes a este asunto de tu vida, lo mismo que en cuanto a otros. Nunca te preguntan qué notas obtienes y, cuando le entregas a tu padre tu tarjeta de notas para que la firme, se limita a escribir su nombre pero no te felicita por tus cuatro puntos. Es como si diera por sentado tu capacidad para el éxito. Así ha sucedido grado tras grado. No crees que serían igualmente indiferentes si se te ocurriera preguntarles si Abby puede visitarte en tu casa. Probablemente no aprobarían una cosa como esa, pues él ya es un hombre hecho y derecho, no estudia, no trabaja y tampoco tiene intenciones de ingresar al ejército. En el libro de tu padre, esas son las únicas opciones de un hombre de casi diecinueve años; no está inscrita la de haraganear o ir detrás de las muchachas de la escuela.

Ese mismo año, conociste a Paula, una estudiante del décimo grado que te acogió y te trató como si hubieran sido amigas por años. A veces ocurre así, que sin ser compañeras en un salón de clases, la relación que se establece en el patio y en los pasillos de la escuela no se fija en la diferencia de edad ni de grados. No era pedante, sino ingeniosa. Tenía una personalidad agradable y perspicaz, que eran rasgos que invariablemente te han atraído de otras personas. Resultó que su familia y la de Abby eran muy cercanas y vivían en el mismo barrio. Eso te permitió conocer también a Amanda, la hermana de él, que estudiaba en la escuela de su propio pueblo. A medida de que tu amistad con Paula se fue estrechando, ella te invitaba a quedarte algunos fines de semana en su casa. Desde allí participabas en las actividades de una u otra familia a las que Paula y Amanda acudían y, por supuesto, también él. Se trataba de bodas e, incluso, de las verbenas y novenas del santuario cercano. Podías estar horas con él en conversaciones asiduas, tus manos entrelazadas con las suyas, y la satisfacción de su trato afable y su sonrisa con reverberación en los ojos.

Un día te dio la noticia de que había conseguido un trabajo a tiempo completo en su pueblo y que eso le impediría venir a verte los miércoles y viernes. Fue una sacudida pavorosa de tu interior. Anticipabas que ahora se te harían interminables esos siete días de domingo a domingo. Cuando te recuperaste un poco —y solo un poco— de ese golpe categórico, preguntaste:

—¿Vendrás todos los domingos, sin fallar?

—Vale. —No sabes de dónde sacó la costumbre de decir «vale» ante lo que todo el mundo decía «*okay*» o meramente «sí». Era otro de sus hábitos insondables.

Otra vez él y tú tuvieron la dificultad de no verse los miércoles y viernes, algo que quedó compensado con las verbenas y los novenarios del santuario, las fiestas de marquesina en la casa de Lucy, así como con las bodas a las que las familias de él o de Paula eran invitadas y a las que tú terminabas yendo para encontrarte con él. Poco tiempo después, se hizo de un Volkswagen con el que solía pasar los sábados varias veces al día frente a tu casa para verte y para que lo vieras. El Volky era inconfundible porque tenía dos *spotlights*, uno a cada lado del parabrisas, que se veían a distancia. Tú sabías que no había otro igual en el pueblo. Aparecía por la misma curva que el Opel de Ernesto, e igual que este desaparecía por la opuesta.

En el verano se dirigía a su trabajo a la misma hora todos los días de la semana, y tocaba la bocina al salir de la curva. Entonces, tú tomabas una escoba que tenías dispuesta junto al palito de china, con la cual simulabas que barrías, hasta verlo pasar. Levantabas la cabeza y, generalmente, tu mirada y la de él se encontraban fugazmente y se sonreían. Aparte de estas breves coincidencias, si no había actividades familiares a las cuales pudieras asistir y encontrarte con él, debías conformarte con el encuentro semanal de los domingos después de misa. En esas ocasiones —debió haber sido por la urgencia que va creando la necesidad del contacto físico de las manos y de las palabras acarameladas dichas al oído—, te salías a mitad de la misa —después del sermón, que era lo que cambiaba de domingo a domingo— y te ibas a su encuentro en el banco más cercano al bar desde donde él aguardaba a que salieras del templo. Y hasta que terminara la misa no te ibas a caminar con él de manos por el centro de la plaza, todavía vacía, por lo inconveniente que resultaría que te vieran con él caminando por la plaza, en vez de estar dentro en el culto. Considerabas que lo más discreto era que se quedaran sentados en el banco, bajo el arbolito, con sus dedos entrelazados, hablando de la falta que se hacían y de la posibilidad de verse en alguna boda o en el santuario, o conversando de lo que fuera. En boca de él todo te parecía encantador o, al menos, no te importaba si lo era o no, con tal de que estuvieran juntos. Muchas veces te viste tentada a colocar tu cabeza en su hombro —¿recuerdas a Paul Anka?—, y guardar un silencio largo para sentir su piel solamente separada de la tuya por la tela fina de su camisa, para sentir la tibieza de sus palmas sosteniéndote con una mientras te apresaba mansamente con la otra. Te contenías ante la duda de si eso podría considerarse una expresión indecorosa de cariño para la gente de tu pueblo o algo normalmente visto.

De mes en mes llegó abril y cumpliste quince años, cuando Abby ya había cumplido diecinueve. Tenían también un año de noviazgo, un noviazgo que una vez fue de tres días a la semana, reducido ahora a solo los domingos, a las conversaciones inacabables, las tomaduras de manos, y las actividades sociales esporádicas facilitadas por la tía de Lucy o la complicidad de Paula. La cotidianidad de tu relación con él no permite que recuerdes hoy muchos detalles. Sí recuerdas tu desaliento porque no pudo ir a tu graduación, ni al baile que hubo después, porque él estaba trabajando el turno de la noche. Tuviste que conformarte con bailar algunas piezas con un muchacho desgarbado que también se presentó sin pareja y se puso a bailar con todas cuantas estuvieran en su misma circunstancia y accedieran a ir con él abrazados al compás de la música en medio de la pista de baile. Debes admitir que Abby no era un hombre celoso, y, como no te lo preguntó, no se lo dijiste.

13.

Lo de Abby duró veintidós meses. Tú estabas por cumplir los die-
ciséis y él ya tenía veinte. Te alarmaste un domingo. Recuerdas que
todo comenzó después de la Navidad: él se ausentó de la cita sin
avisar. Sabías que ahora no se verían por otros siete días. Sacaste la
cuenta: ciento sesenta y ocho horas, o diez mil ochenta minutos. A
esto habría que añadirle la parsimonia con que suele transcurrir el
tiempo en época de espera. Te había dicho «vale» cuando te prometió que vendría cada domingo, sin faltar, y no tenías por qué dudar
de su compromiso. «Algo grave debió haberle ocurrido», pensaste.

El domingo siguiente llegó la explicación. El Volky se quedó a
mitad del camino, te dijo. Un desperfecto mecánico puede ocurrir
en cualquier momento. Debías ser comprensiva. Y lo fuiste, incluso
ante una segunda ausencia que él pretendió justificar con que debió
llevar a su madre al santuario. A la tercera ausencia vino alguien —no
recuerdas con precisión quién, tuvo que haber sido Paula— a decirte
que él estaba enamorado de una esteticista de su pueblo, más o menos de su edad, con quien se le veía de manos por la zona urbana. Era
algo que habías presentido, solo eso, y no estabas lista para admitir
que fuera cierto. No podía ser que al cabo él viniera a comportarse
como lo había hecho Gustavo dos años antes cuando terminó tu noviazgo de un modo muy humillante para ti, paseándose por el medio
de la plaza, ante tu propia cara, de las manos de Susana. Bueno, al
menos Abby parecía dar muestras de cierto comedimiento al hacerlo
en su pueblo y no en el tuyo, pensaste, donde su acto de infidelidad
podría prescindir del gesto vergonzoso de Gustavo, pero daba igual,
porque se trataría de un abandono por la misma razón.

Lo curioso del caso es que Abby regresó a verte el domingo siguiente y tú no le reclamaste por sus muchas ausencias, ni lo con-

frontaste con el rumor de sus amoríos furtivos con la esteticista, ni con tus propias suposiciones. Aún no puedes explicarte por qué no lo hiciste. Te hubiera satisfecho que él lo negara. No necesitabas saber si era cierto o no. Querías seguir creyendo que todavía eras el centro de su vida como él lo era de la tuya, que te seguía queriendo igual, que nunca había habido artificio en sus palabras, que sus manos solamente tomaban y acariciaban las tuyas, que todo seguía como antes. Mas no fue así. Después de esta vez, él jamás regresó a verte.

Con él te pasó lo mismo que lo que a la esposa que pierde a su marido en alta mar y nunca recupera el cadáver para sepultarlo, hacerle un novenario y guardarle luto riguroso. Vive con la esperanza de que el hombre haya sobrevivido en una islita maravillosa en medio del océano de la que algún día será rescatado, o anhelando que le llegue la noticia de que fue salvado milagrosamente por un barco pesquero que viajaba al polo norte. Con él no había habido un diálogo en el que te hubiera expresado su decisión de terminar el noviazgo. Faltaba esa conversación al cabo de la cual tú supieras que ya no eras más su novia. No había habido un acto expreso de rompimiento de relaciones ni alguna pelea de novios de la cual inferir una terminación implícita. Se trataba simplemente de un abandono inesperado, una falta de noticias de su paradero, una desaparición de su cuerpo hermoso.

Mientras pasaban los días, esperabas que alguien te diera noticias de él: que estaba bien, que había tenido que hacer un viaje de emergencia a Estados Unidos, pero regresaría pronto; que la fábrica en la que trabajaba lo había puesto también a trabajar los domingos; que se había quedado sin transportación para los fines de semana, o cualquier otra razón que procurara justificar sus ausencias. Te mantenías toda la misa en ascuas, con la esperanza de que, a la salida, lo verías prodigiosamente sonriéndote desde el medio de la plaza, esperando para irse de manos contigo al banco bajo la sombra que habían hecho suyos. Desde el atrio, mirabas de hito en hito cada espacio de la explanada, cada banco bajo los árboles, cada individuo solo, cada pareja que caminaba de brazos, y no lo veías. Aun cuando te pareció innegable que él no vendría más ni que recibirías noticias de su paradero, querías seguir dudando de si considerar tu noviazgo terminado o no.

A tu manera, y sin proponértelo, comenzaste a guardarle luto. Porque ¿cuánto tiempo debías esperar por su regreso para considerarte «oficialmente dejada»: un mes, dos, seis meses, ocho, o tal vez un año? No era un asunto que estuviera estatuido en los códigos de conducta humana, ni que pudiera estarlo. Seis semanas eran suficientes para concluir que Abby ya no era más tu novio, muy a pesar tuyo.

Para esa época, la radio tocaba regularmente *Historia de un amor* y te pasabas todo el tiempo del que disponías para lamerte la herida escuchando a Lucho Gatica cantarla. Aún recuerdas los primeros versos: «*Ya no estás más a mi lado, corazón. / En el alma solo tengo soledad*», y la estrofa que sacudía tus emociones con cierta mezcla de desolación y ternura: «*Es la historia de un amor / como no hay otro igual, / que me hizo comprender / todo el bien todo el mal, / que le dio luz a mi vida / apagándola después. / Ay, que vida tan oscura, / sin tu amor no viviré*». La tarareabas y seguías mentalmente su letra sumida en una soledad espinosa. A veces, sonaba otra canción que Felipe Pirela había grabado años antes y cuya letra te insertaba en otro círculo de abatimiento: «*Sombras nada más / acariciando mis manos; / sombras nada más / en el temblor de mi voz. / Pude ser feliz, / y estoy en vida muriendo / y entre lágrimas viviendo / los pasajes más horrendos / de este drama sin final*». Te figurabas que eran canciones escritas para ti, que sus autores de algún modo misterioso conocían tu desconsuelo y componían esos versos para expresar lo que tú sentías, lo que no podías expresar sin que los demás se burlaran de tu nostalgia. Con el verso «*En el alma solo tengo soledad*», el compositor recogía exactamente las palabras que el fósforo encendido quemaba en tu garganta para impedir que las dijeras. Lo de «*acariciando mis manos*» lo creías especialmente atinado. La base de aquel noviazgo había sido el entrelazamiento de sus manos en sus intensas variantes y las incansables conversaciones que nunca acababan. Sus manos carnosas y tibias, entre y sobre las tuyas, pasaban a ser un recuerdo persistente de tus horas inconclusas junto a él. Es verdad que había sido una relación en la que estaban ausentes los besos y acariciamientos eróticos, pero no hicieron falta. A pesar de todas las novelas de Corín Tellado que habías leído, en las que los protagonistas agotaban sus energías hasta lograr un beso luego del clímax de la trama, tu propia vida escribía una novela distinta en la que nunca los personajes de la vida real se besaron. Nunca supiste si para Abby eso llegó a ser importante en su vida o no. A ti siempre te bastó su mera compañía y sus roces superficiales.

Lucy fue de poca ayuda para aliviar tu decepción, no porque ella no se lo propusiera, sino porque era difícil recomponer los añicos esparcidos de tus ilusiones en los espacios infinitos que te rodeaban. Jamás te dio por averiguar la certeza de la relación de él con la esteticista, o de si esta realmente existió. Pensaste que si no le dabas color a ese asunto, si lograbas que no te importara y te mantenías atenta a las señales de su corazón contrito, su retorno sería posible. Quizás porque las horas, semanas y meses de duelo que vivías sin él no disminuían y que, por el contrario, parecían extenderse más, rechazaste el acercamiento de quienes se sentían atraídos por ti conociendo que volvías a estar en libertad de escoger. Con todo, no tenías pensamientos para nadie más y soñabas con el día en que se diera lo del novio pródigo.

Abby reapareció ocho meses después, seco y sin rasguños. Lo viste una noche de fiestas patronales en tu pueblo. Estaba en la multitud, de pie junto a un par de amigos, en el borde de la acera, viendo pasar a las muchachas. Cuando pasaste junto a él fue inevitable que tu mirada y la suya se cruzaran y que tu corazón diera un vuelco y se agitara sin remedio. De seguro, él adivinó tu pulso acelerado aun a esa distancia porque tu rostro es transparente y ha delatado siempre tu modo de sentir. Y en verdad, sin querer, aún lo querías. Se trataba de un impulso más poderoso que tu voluntad. Él te sostuvo la mirada —es lo único que recuerdas— y tras varios segundos tú desviaste la tuya. No estabas preparada para ese momento, no habías anticipado que ocurriría de ese modo, no habías pensado en las distintas posibilidades por las que podrías optar llegado el momento de reaccionar a ese primer reencuentro. Fue un reencuentro de miradas desabrido y a la vez penetrante en el que no hubo la explosión espontánea de la alegría que suele haber cuando el náufrago rescatado y la persona querida que lo había dado por muerto se ven por primera vez. Sin embargo, era obvio que ya tenías un cadáver que sepultar.

Después de eso, no transcurrió mucho tiempo en ver que Abby reapareciera un domingo en la plaza. Un día, al salir de misa, lo viste colgado de la mano de Sofía, a quien conocías por ser ella estudiante de tu escuela. Debió haber sido por la rabia que eso te produjo que pensaste cómo, después de tú y él quererse tanto y de manera tan sencilla, lo de ustedes hubiera terminado así como así. Nunca lo entendiste, ni entonces ni ahora. Sería por eso que, al verlos, te infligías preguntas filosas como: «¿Por qué ella sí y yo no?, ¿por qué si es tan fea se ha fijado en ella?, ¿en qué no se parece a mí que tanto le ha agradado?, ¿qué le ha visto de especial a ella que no tuviera yo?». Revivías lo de tu novio Gustavo con Susana paseándose en tu cara, tomados de la mano por el medio de esa misma plaza; otro caso de descaro incalificable que nunca entendiste. Al igual que entonces, estabas en negación, no aceptabas que un hombre pudiera enamorarse de la mujer que le placiera sin que estuviese obligado a brindar explicaciones. El enamoramiento y la pasión no son ecuaciones matemáticas, y tú en esa época parecías no entenderlo.

Lo de Sofía no duró tanto como lo tuyo. Quizás por eso albergaste la esperanza de que lo de ellos no hubiera echado raíces y que Abby terminaría buscando una reconciliación contigo. No habrías exigido que te pidiera perdón por haber desaparecido de tu vida sin una palabra, sin una carta, sin una explicación, ni que te dijera si lo de la esteticista era cierto o falso, ni que tú eras más bonita que Sofía. Simplemente habría bastado con que te pidiera que volvieras con él, y punto. Pero no sucedió.

14.

HACE DOS SEMANAS QUE Lulú cumplió cuarenta y ocho años y hace tres días que no cesa de tirar todos los objetos y volcar los muebles de la casa porque se le ha perdido una lámina de un gorro y una bufanda de invierno que, por alguna razón posible, apareció en el *shopper* de Macy's de Plaza Las Américas en medio del verano eterno del Caribe. A los que se asombran de lo que parece una conducta obsesivo-compulsiva de los últimos cinco años, los aplacas con una comparación: Robert y tú compran libros, algunos para solo tenerlos, a sabiendas de que nunca los leerán. Los que leen los colocan luego en los anaqueles de la biblioteca para no volverlos a leer, ni siquiera prestarlos, sabiendo simplemente que están allí soportando el envejecimiento amarillo y polvoriento de su naturaleza. Pues Lulú hace más o menos lo mismo a un costo menor. Ella adquiere gratuitamente los *shoppers* que vienen los miércoles en *El Nuevo Día* que de vez en cuando llega a la casa, los hojea y ojea, selecciona los que le llaman la atención, y los coloca en cajas de zapatos que le has ido consiguiendo para que no anden desparramados por su cuarto. También le regalas cajas plásticas transparentes que son más vistosas que las de zapatos y provocan en ella las sonrisas más amplias cuando se las entregas. Además, son más fáciles de almacenar en su clóset y en las gavetas de su coqueta. Calculas que ya tiene sobre quinientas láminas de objetos variados que han salido a la venta. Todos tienen su temporada.

Una vez le dio por coleccionar los *shoppers* de los espejuelos que ilustran las ventas especiales de Pearle Vision Center y Lens Crafters. Lulú nunca ha usado espejuelos ni los necesita; en tu casa, solo Matilde y tú los utilizan a voluntad. Pero cuando alguien llega de visita a tu casa, Lulú sale como un bólido torpe a sus gavetas para extraer las láminas de espejuelos y mostrarlas, como quien muestra un pedazo de roca lunar traída por el Apolo 13. Entonces, su rostro adquiere un nuevo colorido, y mira insistentemente a la persona hasta que esta le diga alguna frase de reconocimiento al gran valor de su tesoro. Robert ya la conoce y, luego de tomar la imagen de que se trate en sus manos, hace como que la examina minuciosamente y luego arma una conversación imaginaria con Lulú que esta sostiene con movimientos rígidos de cabeza, generalmente de afirmación, y una expresión trinca de satisfacción. Así, con una sonrisa tan amplia que apenas cabe en su boca, se va contenta a guardar nuevamente la ilustración hasta que llegue alguien más a quien mostrársela.

Al principio, cuando tu padre vivía y la ilustración se refería, por ejemplo, a una muñeca, él se la compraba. Tu madre tomaba la muñeca en sus manos y luego le señalaba a Lulú su ilustración en el *shopper* para que ella fuese consciente de que se trataba de la misma muñeca. Lulú le daba una sonrisa sosa a tu madre y una mirada de indiferencia a la muñeca e iba a guardarla de inmediato al cajón dentro de su clóset, donde la muñeca reposaría indefinidamente junto a otros juguetes que Lulú nunca sacaba, pero notaría de inmediato si otra persona lo hacía. Cuando alguien ajeno a tu familia llegaba a la casa, Lulú buscaba el *shopper* con la ilustración de la muñeca para que el visitante la viera y repetir así el mismo ritual, como si la muñeca no estuviera en el cajón de su clóset esperando por sus mimos.

Lulú se cansó de coleccionar láminas de lavadoras eléctricas y comenzó a coleccionar cunas y corralitos de bebé. Tu padre ya había fallecido, y a tu madre se le hacía un poco difícil imponerle disciplina como en una ocasión cuando a Lulú se le perdió el *shopper* de las cunas y los corralitos, y decidió descargar su frustración tirando el *mattress* de su cama al suelo, volcando las sillas del comedor y lanzando otros objetos de la cocina contra las paredes. Al llegar de visita ese fin de semana, Robert y tú advirtieron la desesperación de tu madre, que llevaba ya dos días viendo su descontrol sin saber qué más hacer. Ambos rebuscaron todas las pertenencias de Lulú —entiéndase las gavetas y su clóset— mientras esta los observaba con una mirada ceñuda, los labios apuntados con rencor y los brazos de vikinga cruzados sobre el pecho. Ese *shopper* no apareció. A Robert se le ocurrió una idea. (No has dicho que él es un buen dibujante). Recordando los corralitos de tus hijos, él tomó una tarjeta blanca y un bolígrafo azul y dibujó un corral observando estrictamente las reglas de la perspectiva, su aspecto tridimensional, y las de luz y sombra. Fue un buen dibujo. De modo que Robert, quien siempre ha tenido gran empatía con Lulú, la llamó, le dijo que cerrara los ojos y le colocó en su mano la tarjetita. Tu madre y tú encomiaron a coro el dibujo como si se tratara de una obra de Durero sobre la ilustración perdida. Lulú miró el dibujo con cierto recelo, puso un rostro ambiguo y una sonrisa anodina, y lo retuvo sin seña alguna de aceptación ni de rechazo. Robert le echó el brazo y le dijo que él lo había hecho especialmente para ella. Fue cuando Lulú de algún modo se sintió importante, le dio una sonrisa de reconciliación y avanzó a guardar su nuevo tesoro sin volver a molestar a nadie por el hecho de que no apareciera jamás la lámina original.

Sin embargo, esta vez, la pérdida de la ilustración del gorro y la bufanda de invierno va a requerir otras estrategias. Robert dice que el comportamiento de tirar y romper cosas debe afrontarse de otro modo; que Lulú debe comprender que la pérdida de algo querido, especialmente de algo material, no puede ser excusa para esas rebascadas. Te dice, por supuesto, que cualquier medida disciplinaria debe estar diseñada para una niña de dos años, como, por ejemplo, privarle por media hora de ver los muñequitos en la televisión o de salir por igual tiempo de su cuarto. Tú no estás segura. Te preguntas si el hecho de que la vida de Lulú transcurra entre su cama, la mesa de las tres comidas y el sofá frente al televisor, sin poder leer un libro o ir al cine o enamorarse, es, por sí solo, suficiente castigo para ella.

15.

Tu MADRE ESCUCHA DE madrugada un ruido fuerte en el cuarto contiguo donde él duerme, como de algo grande y pesado que cae al piso sin ningún amortiguamiento. Cuando enciende la luz y camina hasta su cuarto, lo ve tirado en el suelo. Intenta ayudarlo a levantarse, pero se topa con el peso de un hombre de casi doscientas libras con el lado derecho de su cuerpo inerte. Con su poca instrucción y su mucha experiencia de vida, tu madre supone que es un infarto. Prende las luces y camina con urgencia domesticada, una suerte de calma resignada, hasta la casa de Matilde, y la despierta. Es Matilde, con una de sus reacciones típicas, quien entre gritos descontrolados llama al 911.

Tu padre ha llevado una vida saludable, una existencia de relativa tranquilidad. Buena alimentación y nada de bebidas fuertes que no haya sido una cerveza diaria en el almuerzo para calmar un poco el calor que produce el sol a la intemperie, especialmente en los días severos de verano, en la finca donde cría las vacas y mantiene apetecibles los cercados de yerba pangola. No hay nada en la vida simple de tu padre que te haga pensar que a los ochenta y dos años pueda aparecer una mañana con la mitad del cuerpo como una laja, y necesitado de tanta ayuda para sobrevivir. A pesar de que está también presente cuando la enfermera llama por ayuda para colocarle una sonda para la orina, Matilde permanece quieta. Se acercan Robert y tú. La realidad de Robert es que siempre ha sido tiquismiquis para estas cosas. Eres tú quien tiene que sostener el pene de tu padre para que la enfermera pueda hacer su trabajo. Nunca imaginaste que vendría el momento en que tuvieras que ver su desnudez, mucho menos participar en una manipulación genital que no fuera en el cuerpo mismo de tu marido, y todo por Robert ser tan melindroso para ayudar con lo de tu padre. Lo haces con la misma impasibilidad con que de seguro lo realiza todos los días en sus pacientes la enfermera a cargo de deslizar el tubito de goma por la uretra hasta la vejiga. Ella te felicita por lo bien que lo has hecho, y, Robert, que se ha limitado a mirar, elogia igualmente tu trabajo como si fuera el médico de cabecera.

Ese mismo día consigues que lo trasladen a un hospital de la capital, un hospital de bastante prestigio en el tratamiento de ese tipo de condición. Piensas que eso aumentará sus posibilidades de supervivencia y recuperación. Sabes que tomará mucho tiempo en restablecerse, particularmente en cuanto a sus movimientos y a su modo normal de hablar, que será cuestión de perseverancia y paciencia. Al menos de perseverancia él sabe. Con cuatro hijas retardadas en la casa y una esposa casi tan vieja como él que necesita de su ayuda, tú sabes que él hará su mejor esfuerzo y abreviará el tiempo de recuperación. De hecho, durante los días de la semana que sigue todos piensan que se repondrá. Habla con coherencia, aunque con dificultad para articular las palabras. Aun así estas son completamente inteligibles. A Robert le pide de continuo que le ayude a bajarse de la cama porque no soporta estar todo el día allí acostado. Robert se excusa con que no tiene la autorización de los médicos para hacerlo. Piensas que los dos podrían caer al suelo de haberlo intentado. Robert no tiene la fortaleza de tu padre. Dentro de su condición, tu padre no pierde su raro sentido del humor. A veces, se toma el brazo inerte con el hábil, y levantándolo dice: «Mira, una vaca muerta», mientras lo deja caer nuevamente para mostrar así que su brazo está absolutamente inmovilizado. Es evidente que sus pensamientos toman de referencia la finca y el ganado de los que alguna vez ha estado a cargo, el único esquema laboral que ha conocido, y se pregunta probablemente cuán rápido estará de regreso a su vida normal.

Una semana después, el médico de cabecera te informa que le dará de alta en uno o dos días más, y ustedes comienzan a hacer los preparativos para instalar un acondicionador de aire y una cama de posiciones en el cuarto de la casa a donde él irá a convalecer. Será la primera vez en la vida que tendrán a tu padre postrado en un cuarto de la casa. Serán veinticuatro horas de inutilidad diaria, de no poderse valer por sí mismo, de requerir atenciones a las que ni tu madre ni él están acostumbrados. Si bien es cierto que, desde que dejó de trabajar la finca como antes y comenzó a vivir estrictamente del seguro social, ya su tiempo no está comprometido, lo invierte en labores en el huerto y alrededor de la casa en faenas que no dependen tanto del sentido de la vista. Lleva ya algunos años ciego por glaucoma, como su padre. A pesar de todo, tu madre está ilusionada con su regreso y con asumir ella, con la ayuda del ama de llaves que le ha provisto el Programa de Retardación Mental, las obligaciones hacia él y tus cuatro hermanas. Tu madre nunca ha sentido el abandono del Dios de la misericordia y cita de continuo una frase que escuchó en alguna predicación: «Dios no da cargas mayores de las que pueden sobrellevarse». Y no se queja.

Temprano en la mañana del día que le darían de alta, Valdremina, la hija de tu tío José Miguel, que se había quedado a atenderlo esa noche, te llama al amanecer para decirte que tu padre ha dejado de respirar hace unos minutos, sin hacer ruido ni pronunciar palabra, sin decir que sentía mucho dejarlos con los preparativos para su regreso a casa y dejar a tu madre sola a cargo de sus cuatro hijas. No hubo tiempo para que se despidieran. Tú piensas que quizás no era necesario que él dijera nada, ni antes ni entonces. Quizás él y ella discutieron esos asuntos en la soledad por mucho tiempo, de lo que no te enteraste porque ninguno de los dos abordó ese tema contigo ni tú con ellos. Es algo de lo que jamás se habló, de lo que no era necesario hablar, algo así como si hubiera un pacto implícito que no era necesario reconocer para cumplirlo.

Cuando llegas al cuarto del hospital, ya su cadáver está colocado dentro de una bolsa plástica sobre la cama. Robert desliza un poco el zíper para que lo veas, toca su cuerpo tibio aún y lo cierra nuevamente. Desde el hospital llamas a tu madrina Celia para que le dé la noticia a tu madre. Ella no se atreve. Tampoco Matilde quiere hacerlo; dice que no está hecha para eso y es cierto. Matilde no está hecha para muchas cosas en la vida. Les tocará de nuevo a Robert y a ti.

Ni Matilde ni tu madrina Celia han tomado en cuenta la fortaleza de tu madre, que su carácter está hecho de granito y no podría resquebrajarse ante ese choque, ante los desenlaces que le trae la vida sin que esté en sus manos hacerlo. Esperas el momento oportuno para soltar la noticia:

—Papi murió esta mañana.

Ella no recurre a reacciones histéricas, no reniega ni blasfema por quedarse sola, a sus ochenta años, a cargo de sus cuatro «niñas». No solloza. A lo mejor esperaba este momento en la soledad de sus circunstancias. Simplemente te mira con sus ojos vacíos y responde, como quien pregunta si lloverá mañana:

—¿Pero no lo iban a dar de alta hoy?

—Le repitió el infarto; más fuerte que el de la semana pasada.

Entonces inclina la cabeza y sin decir palabra ni hacer algún gesto echa a caminar hasta el huerto que él acostumbraba trabajar. Tú no la abrazas porque en tu hogar los abrazos siempre estuvieron de más. Nunca los viste ni los recibiste, ni de grande ni de pequeña —salvo los de tu abuela muerta—, y no hay nada que te impulse a hacer una excepción ahora. Tampoco hay llanto en el entierro. Los ojos de tu madre lucen faltos de brillo y su mirada parece lejana. Al día siguiente, mientras saque la ropa y los zapatos del clóset de tu padre para regalarlos, le dirá al ama de llaves que la acompaña: «Mis lágrimas se secaron»; así, como si estuviera diciendo un verso de Pablo Neruda.

16.

DESDE LA DESAPARICIÓN del cuerpo de Abby, los acercamientos de otros jóvenes con interés en ti caían como gotas de agua sobre una coraza cubierta de cera. Seguías yendo a misa los domingos con la agitación que produce la expectativa de verlo cruzar la plaza hacia ti, con los brazos extendidos, como los del que se fue y, tras sufrir las penurias de su propia decepción, regresa para recomponer los estragos que causó al marcharse. No pasaba un domingo sin que, al salir a la plaza de los encuentros, miraras con cierto dejo de nostalgia a las parejas que conversaban en los bancos bajo la sombra de los árboles, y a las que caminaban de la mano por donde antes lo hacías tú adherida a las suyas. Así fue cómo los domingos llegaron a ser para ti días de desolación, de congoja imbatible, en los que no hallabas consuelo ni en galanterías ni en los piropos de muchachos guapos y bien intencionados. Te habías vuelto escurridiza para nuevos afectos y no sabías cómo ni cuándo los alfileres de aquel desencanto cesarían sus virulentas hincadas. En fin, que no te hallabas para nuevas aventuras teniendo a Abby en un lugar del que no podías desterrarlo.

Estabas en tu segundo semestre del undécimo grado, tu año final. Era una de las ventajas de pertenecer a ese llamado «grupo especial». No tendrías que esperar a que terminara el duodécimo para graduarte de la escuela superior y comenzar en la universidad. Lucy y Bertin seguían siendo tus mejores amigos. Ambos habían visto el desarrollo de tu noviazgo con Abby todo el noveno y casi todo el décimo grado sin jamás preguntarte por él. Y cuando fue evidente que Abby te había abandonado a tu propio abatimiento, ambos hicieron lo posible por consolarte, sin saber que era un desgarre que ninguno podía suturar.

Con su buen sentido del humor, nunca te faltaron las ocurrencias de Bertin para sacar tus mejores sonrisas. En la clase de Geometría no había libros suficientes para todos, y missis Abrahams tuvo que pedirles a muchos de ustedes que arrimaran dos pupitres para que se valieran de un solo libro. Bertin se ofreció a que tú y él compartieran uno. Pese a su carácter alegre, él no te distraía en la clase con sus bromas usuales ni sus comentarios hilarantes. Pero, un día notaste que apareció el dibujo de un corazón en su libreta de Geometría y, dentro del diseño simple, casi infantil, la palabra en mayúsculas WAMI, con letras estilísticas finamente dibujadas. Se notaba el esfuerzo que había puesto para lograr un buen trazado; para llamar tu atención. No le habías conocido novia, y en la escuela no existía ninguna estudiante con ese nombre ni ese apodo, de modo que te pareció un tanto extraña aquella sigla críptica.

Otro día se las ingenió para que advirtieras en su libreta de Física el dibujo de otro corazón igual. Fue cuando indagaste con la curiosidad que le es permitida a las buenas amigas:

—Oye, ¿quién es Wami, que lo escribes tanto?

—Es un secreto que no te puedo decir.

Después, notaste que los dibujos comenzaron a reproducirse en las libretas de las demás clases y él comenzó a brindarte un concierto de miradas y sonrisas enigmáticas que no eran las mismas de antes. En esto dicen que las mujeres son más perspicaces que los hombres: en detectar ciertos sentimientos varoniles, y tú no eras la excepción. Así que un día, estando en la biblioteca, tu curiosidad se volvió insoportable y le exigiste que te revelara el secreto. Rehusó hacerlo, al menos inicialmente. No necesitaste coaccionarlo para que develara el contenido de su piedra rosetta:

—La «W» es de Wanda, tu primer nombre; la «A» es de Alberto, el primero mío; la «M» es de Modesta, tu segundo nombre, y la «I» es de Ignacio, el segundo mío. Secreto develado. ¿Y ahora qué?

—Que te has vuelto loco, ¿qué quieres que diga?

—Ha sido sin darme cuenta, sin proponérmelo. No se supone que estas cosas pasen. Hemos sido buenos amigos por casi tres años, y por casi dos te vi con un novio que pienso que quisiste mucho.

—No me hables de él.

—No quiero hacerlo, solo quiero que sepas que, aunque me gustabas mucho, en todo ese tiempo te vi como lo que éramos: muy buenos amigos.

No tenías nada que replicar, simplemente le sonreíste a los ojos. Te sentiste cómoda con la declaración del amigo, quizás porque hacía un año del abandono de Abby, de que tu relación con él terminara en desencanto. De algún modo, habías intuido que la W y la A tenían algo que ver contigo. No obstante, no te habías detenido a reflexionar mucho al respecto porque pensabas que Abby ocupaba todavía el centro de tu existencia emocional. Además, aún te tenías prohibido formalizar ninguna nueva relación. Por otro lado, Bertin era un muchacho inteligente, agradable, bromista, con quien podías identificarte concretamente. A ambos les gustaban con pasión las ciencias y las matemáticas, y obtener buenas notas. No podías decir que satisfacía tus preferencias. Era varias pulgadas más bajito que tú y muy delgado. Tú hubieras preferido que fuera físicamente más desarrollado. Sin embargo, no era feo, y su aspecto medio rubio, de ojos de miel y perfil bien cuidado compensaban los otros peros. Realmente, tu reacción sorpresiva no fue de rechazo, sino de agrado. El blindaje que te cubría a partir del desprecio de Abby debía comenzar a perder su impermeabilidad. Bertin lo pondría a prueba. Tal vez había llegado el momento de botar el luto para siempre.

Los dos meses que quedaban para que finalizara el undécimo grado traería nuevas oportunidades para que compartieran más tiempo juntos. Se desataba una nueva urgencia porque se aproximaban los bailes de despedida, las fiestas de graduación, las caras de regocijo, y tú no querías estar en el lado triste de la ecuación. A ese apremio le seguían otros porque después vendrían el verano y la imposibilidad de verse, y, en agosto, tú irías al Colegio Regional de Arecibo y él a las antípodas de Mayagüez. Dos meses, solo dos meses para averiguar si te habías librado del fantasma de tu propia hechura que rondaba algún lugar de tus aposentos.

En esos dos meses participaron juntos en la preparación que se hacía en la escuela para el *class day*, la graduación y el *senior prom*. Habían conseguido a José Luis Moneró con la orquesta de Rafael Muñoz. Fue un novio intenso. El día del *class day* se celebró en aquel hotel fuera de tu pueblo, de piscina alegre y vista al mar. Bertin tenía una inteligencia práctica y te hizo ver que el área de la piscina estaba muy atestada, que caminaran lejos de la multitud por los senderos que tenían los jardines, entre el verdor de la grama bien cuidada que se alejaba del edificio principal. Por ser una actividad diurna, nadie de tu familia te acompañaba; solo tu prima Lucy que no podía ser tu delatora. Tomados de las manos caminaban con la parsimonia que demandaba el breve tiempo que les quedaba juntos y conversaban sobre el futuro inmediato que se aproximaba. Se detuvieron bajo un *gazebo* sin gente y él se recostó de espaldas a uno de los pilares y tú de frente a él. Luego Bertin, con una mirada similar a la de los galanes de las telenovelas que veías con tu abuela al anochecer, te atrajo con la suavidad de quien aspira a solo darte un abrazo, y así, sin más, hizo un movimiento sorpresivo que no pudiste eludir y te besó en la boca. Instintivamente hiciste un gesto de asombro e interpusiste tus manos fuertes entre su pecho y el tuyo para evitar tanta cercanía, lo mismo que hacías cuando bailabas con un desconocido que procuraba valerse del pretexto del bolero para pegarse demasiado a tu cuerpo. Tu reacción instintiva dio paso a la aquiescencia que brinda la docilidad del quererse, y por quince minutos estuviste sintiendo las réplicas de aquel primer temblor, que no lo era tanto por la agitación que causa lo inesperado, sino por tratarse de una nueva experiencia.

A pesar de que sabías que la tomadura de manos antecedía casi siempre a los besos de los enamorados, cuando los besos llegaron solamente sentiste el palpitar de la primera vez, del primer contacto de unos labios inciertos sobre los tuyos, pero también la sorpresa de que esa fuera la única sensación que traían a rastras. Quizás de tanto leer a Corín Tellado habías presumido que la primera vez que alguien te besara te desmayarías, que sufrirías un vahído del que solo habrías podido recuperarte en los brazos de la rana convertida en príncipe; que a lo mejor te recorrería el cuerpo un corrientazo más placentero que el de la primera vez que Gustavo o Abby te tomaron las manos.

Días después, sin la espectacularidad de ser el primer beso, vinieron los segundos besos en la jarana de la noche de graduación, que apenas recuerdas. Más tarde, llegaron los terceros besos en el baile del *senior prom* porque las canciones de José Luis Moneró al calor de los cuerpos juntos de frente, uno contra el otro, no incitaban a otra cosa que no fuera al abrazo vigoroso, desde la cara ardiente hasta los muslos firmes en movimientos consonánticos. A esto ayudaban la cadencia de los marullos del Atlántico que batían perseverantes las rocas que delimitaban la pista de baile por su lado norte, y el rocío salado que ocasionalmente sorprendía a los más cercanos a la orilla. Tu madre permanecía distraída conversando a la misma mesa con la madre de Bertin. Habían llegado juntas —ellas dos, Bertin, su hermana y tú—, por lo que no era difícil que tú y él quedaran protegidos por la impunidad que daba la multitud de las demás parejas que bailaban y la penumbra de las muchas luces apagadas. Quizás porque tu madre era pésima chaperona, Bertin y tú podían alejarse hasta el parquin sin ser vistos, ni provocar preguntas incómodas sobre la ausencia momentánea de ambos. Los arbustos de uvas playeras eran una guarida perfecta para los enamorados, donde podían recurrir a las más variadas muestras de afecto que no excedieran el besuqueo y los apretones de los cuerpos. En el caso de ustedes, los objetos idóneos en la superficie de la arena servían para nivelar un poco la diferencia en estatura que las dos pulgadas adicionales de tus tacones le añadían, de modo que él no tuviera que hacer en público mucho esfuerzo para besarte.

Era tu última noche de fiesta grande: sería la de la despedida, la del umbral del verano seco y escaso. De hecho, fue una noche de besos audaces. José Luis Moneró cantaba *Bésame mucho*, y tú la imaginabas como si también hubiera sido escrita para Bertin y para ti. *Bésame, bésame mucho, / como si fuera esta noche la última vez. / Bésame, bésame mucho, / que tengo miedo perderte, / perderte después*. No recordaste en ese momento que lo mismo habías pensado en la época en que solo Abby ocupaba la parte ancha de tu corazón. Y de seguro no lo recordabas porque sentías un nuevo entusiasmo con Bertin. Te considerabas otra vez agraciada por la compañía de otro de intenciones limpias, que se encontraba contigo los domingos en la plaza después de salir de misa y parecía quererte, que había sido una pareja perfecta para los bailes, y en quien confiabas sin reparos porque había sido tu amigo cercano desde el noveno grado, cuando aún eras novia del que luego te abandonó huyendo de tu lado en silencio.

Anticipabas que después del verano, Bertin y tú partirían a estudiar a recintos distantes, como distante tendría que ser a partir de entonces la nueva etapa de tu relación con él. En lo que llegaba agosto para afligir tu primer semestre de vida universitaria con la separación de cinco días a la semana, tendrías que satisfacerte con los encuentros dominicales en la plaza de los encuentros, siempre esperados, y con las vueltas que él daba en el carro de su padre para pasar frente a tu casa y conformarse ambos con decirse adiós. Él pasaba, tocaba bocina, viraba en el cruce que había a casi trescientos metros más allá de tu casa, y volvía a alertarte con la bocina al pasar de regreso. Hasta un día opaco en que notaste que esa vuelta de regreso se demoró demasiado sin ninguna explicación aparente. Entonces, se revolvieron en ti los malos augurios de los recuerdos de las dos traiciones inolvidadas, las de los abandonos por otros amores que usurparon inesperadamente tu espacio en el corazón de ellos. ¿Sería posible que cayera el rayo tres veces en el mismo lugar?

Había algo de verdad en las cavilaciones de aquellos días. No solo el retorno de su carro frente a tu casa comenzó a demorarse siempre, sino que el domingo siguiente Bertin tampoco acudió al encuentro de la plaza al salir de misa. La semana que le siguió no hubo vueltas en su carro ni los avisos con la bocina. Sencillamente se esfumó de tu vida hasta que dos meses después vino el desengaño. Entonces lo viste en las fiestas patronales tomado de la mano de una muchacha que vivía no muy lejos, después de tu casa. Era más bajita que él, de perfil excepcional, pelo negro, largo y lacio y, sobre todo, muy bonita.

Este tercer desaire hizo que se instalara en ti un nuevo desaliento, una desmoralización de un matiz distinto porque era un desencanto que, a diferencia de cuando desapareció el cuerpo de Abby, no desató lamento alguno por su huida ni llantos de luna. Fue una pena más bien racional, mientras que la de Abby fue del alma; a Bertin no lo habrías recibido de vuelta como a un novio pródigo por más que te lo pidiera; a Abby lo habrías recibido sin explicaciones, con el beso que nunca se dieron y tu dedo índice atravesado sobre sus labios para que no tuviera que decirte nada sobre su huida con la estilista y su posterior noviazgo con Sofía.

Tal vez la tonalidad diferente que siempre tuvo tu relación con Abby hizo posible que Bertin saliera prontamente de tus pensamientos, que tu vida universitaria acaparara toda tu atención y que te dieras cuenta de que nuevamente comenzabas a echar de menos al desaparecido. ¿Por qué no era posible que lo desterraras de una vez por todas? ¿Por qué tenía que venir una y otra vez a tus pensamientos sin sentirte vapuleada por su abandono, sino más bien dispuesta a recibirlo si te buscara? Era evidente que tus desilusiones habían hecho su acomodo y ahora volvías a extrañarlo sin ningún ánimo de reproche. Entrarías a tu primer año universitario y Abby seguiría contigo como el primer día del abandono, con la misma intensidad o, peor aún, con la misma única desesperanza.

17.

LA CIUDAD NO ERA un centro metropolitano desconocido para ti, sino más bien un pueblo grande con un entusiasmo chapado a los sesenta, a la que ibas desde los trece años, sin que nadie te acompañara, para comprar tu ropa nueva cuando fue evidente que tu madre no podría hacerse cargo de tus asuntos ni los de Matilde. Arecibo era también el lugar donde quedaba el Colegio Regional, el centro docente al que llegabas tan colmada de ilusiones.

Ya habías estado en la ciudad durante ese verano tomando un curso de Español que necesitabas para graduarte de la *High*, y un curso de mecanografía básica en el Instituto Royal, que considerabas te sería de gran utilidad en los estudios universitarios que se avecinaban, y que tu padre había accedido a sufragarte cuando le planteaste que te ayudaría en la preparación de tus *term papers* sin que tuvieras que pagarle a un servicio de transcripción. Y tu padre, que siempre tuvo una visión práctica de la vida y tomaba sus decisiones pecuniarias a base de un análisis tipo costo-beneficio, consideró apropiada la inversión. Calculó que algo se ahorraría con que tú desarrollaras algunas destrezas mecanográficas, que, de todos modos, podrían venir en tu auxilio en caso de que no pudieras completar la carrera que te proponías cursar y tuvieras que desempeñarte como la secretaria de algún médico o abogado del pueblo.

Ese verano, con la pérdida de Bertin aún a rastras y la herida abierta de Abby supurando desconsuelo, decidiste que debías fortalecerte. Un modo sería concentrarte en los estudios, rechazar acercamientos de muchachos interesados en conquistarte y dejar pasar el tiempo, aferrada a tus sueños de futuro. Fue por eso que las insistencias de Perazza, aquel compañero del Royal, no menoscabaron tus defensas y, por más empeño que puso, solo consiguió de ti que lo dejaras acompañarte al terminal de carros públicos en las tardes, por las cuatro semanas que duró el curso.

En agosto comenzó tu vida universitaria en el Regional. Las primeras semanas te hospedabas con tu tía Reina, quien vivía en Arecibo porque se había casado con un policía asignado al cuartel de la ciudad. Tenías tu propio cuarto, no te hacían preguntas sobre tu vida privada y las comidas eran suculentas. La única razón por la que decidiste abandonar el hospedaje de la tía fue por las costumbres de gente vieja que descubriste: conversaban sobre temas de ningún interés para ti, observaban los horarios de comida de manera muy rigurosa a la usanza española y, sobre todo, se acostaban a dormir temprano y, por ende, te sentías obligada a apagar las luces a las nueve, la misma hora en que tu padre te obligaba a ti y a Matilde a apagarlas. Eso hacía que, contradictoriamente, echaras de menos tu casa. Con todas las desventajas que suponía vivir con tus padres y tus hermanas, y viajar diariamente en carro público a Arecibo, decidiste volver a lo de antes.

Para viajar al Regional debías tomar dos públicos: uno hasta el pueblo, y otro hasta Arecibo. A pesar del tiempo que te tomaba, era el único modo de hacerlo. La única vez que trataste un medio distinto no resultó como hubieras previsto. Fue un día en el que esperabas el primer público frente a la casa. Pablo, un pariente de tu madre que vivía con su esposa e hijo en el mismo barrio, se detuvo a ofrecerte pon. A pesar del parentesco, los de su casa y la tuya no solían visitarse, quizás por la gran diferencia de edades entre él y tu madre, y porque, en el fondo, Pablo acusaba ciertos rasgos enigmáticos en su personalidad así como en la apariencia. Llevaba puesto un rostro inescrutable del que no había modo de inferir ni sus pensamientos ni su estado de ánimo. Desde antes de ese día ya te sentías incómoda con sus miradas glaciales e indiscretas, que te parecían querer hurgar en tu intimidad. No es que lo conocieras así de cerca. Eso no era posible porque realmente él era como diez años mayor que tú. Lo veías cuando pasaba en su carro lustrado frente a tu casa y miraba como miraría un sicario que ronda a su próxima víctima. Las pocas veces que habías hablado con él había sido en las reuniones familiares que se daban en la Navidad, en la casa grande de los abuelos, cuando estaban todos los primos y tíos presentes, y conversaban sobre temas de los que te podías zafar prontamente.

Pablo ofreció llevarte hasta el Regional cuando le dijiste a dónde ibas. Estaba tan arraigada en ti aquella amonestación de tu padre a tus seis años —«*nunca debes montarte en un carro sola con un hombre sin que alguien de la familia te acompañe*»—, que al principio dudaste de si aceptar el pon. Te tranquilizó el hecho de que, después de todo, Pablo sí era alguien de la familia, alguien en quien, por los preceptos de tu propio padre, debías confiar a pesar de aquel rostro enigmático del que nada se desprendía.

Antes de llegar a la número dos, Pablo hizo funcionar el radio y comenzó a buscar en el dial, entre miradas intermitentes hacia la vía de rodaje, una emisora de música. Se detuvo en una que transmitía ritmos instrumentales suaves basados en canciones populares, que te parecieron agradables porque prescindían de las estridencias de las otras emisoras. No es que se hubiese disipado aquella incomodidad que su presencia solía causarte, pero, al menos, que el interior de su vehículo se poblara de esos sonidos hacía menos embarazoso el silencio que viajaba con ustedes.

Al llegar a la número dos, Pablo, con cierta familiaridad inusual como la que acompaña a los iniciados en el disimulo, comenzó una conversación basada en generalidades que pronto te llevó a que le contaras qué y dónde estudiabas, y lo que te proponías hacer en el futuro. Nada que no se supiera de antemano en la familia, o entre los más allegados, pues no era secreto que querías ser odontóloga. Aprovechando lo animado de la conversación, él, despegando a cada tanto los ojos del camino, miraba de reojo hacia el área de tus largos muslos descubiertos por la minifalda, inconvenientemente deslizada hacia las ingles debido a la postura de tu cuerpo sentado sobre un asiento incómodo y bajito. Inquieta, comenzaste a halar la falda por el dobladillo hacia las rodillas. Aun así, la realidad es que aquella prenda no estaba hecha para cubrir tanta piel. Ya en la número dos, después de un prolongado silencio respaldado por las ondas de Radio Oro, te dijo lo insospechado:

—¿Sabías que siempre me has gustado mucho? —Y alargando su tentáculo derecho lo colocó sobre el área desnuda de tu muslo izquierdo.

Del sobresalto, pensaste en abrir la puerta y lanzarte del carro en movimiento. Optaste por un empujón instintivo que te quitó su extremidad de encima. ¿Cómo era posible que te pasara una cosa como esa con alguien de tu familia, uno que se crió y creció cerca de tu casa, que se casó y ahora vivía con su esposa en el mismo barrio? Esta ocasión no era igual que la vez de tu infancia en que te indujeron a acostarte sobre la tota enmarañada de aquella vecina adolescente en ascuas. Entonces, no habías despertado a la sexualidad, tenías ocho años y desconocías el juego que jugabas. Ahora era diferente. Era un hombre quien iba a tu lado, el primer hombre en tocarte con lascivia, que te mancillaba. Te parecía evidente que Pablo llevaba las mismas intenciones inherentes a los que van tras un rato de placer sin compromiso, porque ¿qué otra cosa estaba él en posición de ofrecerte en caso de que te hubieras mostrado interesada? Comprendiste la situación precaria en la que te encontrabas y temiste que fuera a desviar su rumbo hacia alguna playa solitaria de Camuy o Hatillo o a entrar a algún motel de los que había a la orilla de la carretera, donde se le habría hecho fácil tomarte por la fuerza. Pensaste nuevamente en la posibilidad de que tuvieras que lanzarte del vehículo en movimiento. La sola idea de que intentara tocarte de nuevo te desconcertaba; te mantenía en expectación. Continuabas sin entender el comportamiento desvergonzado hacia ti, que eras como su prima. Él debió notar tu perturbación, y al cabo de un instante de lucidez, dijo casi balbuciendo:

—Tranquila. —Y mantuvo colocadas sus dos manos sobre el volante.

Hoy día reconoces que fue quizás tu inexperiencia, o lo inesperado del evento, o ambas cosas actuando combinadamente sobre tu voluntad, que te dejaron paralizada, incapaz de pronunciar palabra alguna, de decirle que era un descarado, un confianzudo y que te dejara bajar del auto en ese punto. Afortunadamente, no hizo falta que te quedaras a mitad del camino ni que abrieras la puerta y te lanzaras del vehículo en movimiento, porque en el resto del trayecto supo comportarse. Te llevó al Regional en un recorrido plagado de un silencio voraz, de ansiedad y resquemor, y jamás volviste a viajar con él: primero, porque no se atrevió a ofrecerte nuevamente pon y, segundo, porque tú no lo habrías aceptado. Nunca le mencionaste el incidente a tu madre ni, por supuesto, a tu padre. Menos a Matilde, ni siquiera para alertarla. No sabes cómo ellos lo hubieran tomado. Solamente Robert llegó a enterarse; se lo dijiste cuando se hicieron novios. Reaccionó con una ocurrencia típica de él: «Siempre te he dicho que tienes unas piernas espectaculares, y si a estas le añades la minifalda encogida hasta el borde de los pantis, pues...».

El primer año en el Regional transcurría sin otros sobresaltos, aun cuando te resultaban inconvenientes los viajes diarios de ida y vuelta en carro público a Arecibo, y ya no te atraía el hecho de vivir en tu casa compartiendo la vida de tus cuatro hermanas y el cuarto con Matilde, quien, con cada día que pasaba, daba muestras de ir aumentando sus frialdades e indiferencias. Charito y Lulú continuaban con sus desatinos mentales y el afán por lograr acceso a tu cuarto, el cual, para evitar sus incursiones y que te registraran tus cosas, debías mantenerlo cerrado con llave. A Lulú le llamaban particularmente la atención las ilustraciones a colores de las revistas que también guardabas en las gavetas y, cuando podía, te las cogía.

Sobre todo, comenzabas a hastiarte de la vida incolora que te rodeaba y la sujeción a la autoridad de tu padre, quien seguía dirigiendo el hogar sin muchos asomos de democracia. Estabas por cumplir dieciocho años, y el roce de las cadenas paternales, aunque suave, comenzaba a manifestar sus abrasiones. Conforme a las normas de la Iupi, los estudiantes de los colegios regionales debían cursar en ellos los primeros dos años antes de poder continuar en el recinto de Río Piedras para completar el grado, en tu caso, de Bachiller en Ciencias, con miras a proseguir tus estudios de Odontología. Esto significaba que tendrías que pasar ese y otro año más en Arecibo antes de poderte marchar a Río Piedras.

Descubriste durante el primer semestre una excepción a esta norma que abrió otra posibilidad para adelantar tu mudanza a la capital: los que estudiaban Economía Doméstica o Terapia Física cursaban solamente un año en el Regional y pasaban al año siguiente al recinto de Río Piedras. Así que un día te apareciste al Decanato de Estudiantes a avisar que desistías de estudiar Biología para formarte en Terapia Física. Economía Doméstica estaba descartada porque evocaba desde entonces tu aversión a las labores domésticas, en particular la cocina. Eso sí, tuviste que hacer una prematrícula en Terapia Física para convencer a los burócratas de Arecibo de que tu cambio era genuino. Y lo lograste. Ahora ibas a Río Piedras antes de tiempo y, junto a los cursos mandatorios de Terapia Física, tomarías todas las clases electivas en Biología. Realmente el cambio sería genuino solo en parte.

Los de tu casa no se interesaron en la noticia de que ya no vivirías más con ellos por irte a estudiar a San Juan. Matilde seguía atada a sus manías y desapegos, llevando una vida aislada de la tuya y perseverando con buenas notas en sus estudios de undécimo grado en el pueblo. Ahora ella sentía el alivio de no tener que compartir más el cuarto con doña Perfecta, uno de los nombres que te pondría durante tu vida. Cuando te fueras a Río Piedras solamente se verían los fines de semana. Para ella, eso era mucho.

18.

BEBA, LA PRIMA DE Amanda, que se hospeda un piso más abajo que el tuyo, y se prepara para ser maestra de música, va a estudiar todas las noches a la Sala de Música de la Biblioteca General. Es un espacio tranquilo y muy poco utilizado, previsto primordialmente para los estudiantes de Apreciación Musical, si bien abierto a todos los estudiantes interesados en escuchar ese lenguaje universal que nos transporta a todas partes sin necesidad de alfombras mágicas. Quizás por eso comenzaste a acompañarla con el rigor de las amigas que comparten los momentos de soledad para diluirlos. La Sala no es muy amplia, si acaso tiene diez o doce cubículos con mesas para tocar los elepés, espacios que se llenan fácilmente con los que llegan temprano.

Beba y tú solicitan los vinilos que están a cargo del joven relamido del mostrador que toma su trabajo de custodiar el monumental acervo con la misma seriedad del can Cerbero a la puerta de los infiernos. Beba va por los compositores e intérpretes asignados por su profesora y tú, con la curiosidad de los podencos que lo olfatean todo antes de escoger nada, sueles pedir en el mostrador música indefinida de algún país abandonado que te luzca extraño, generalmente del continente africano.

Ambas se acomodan en cubículos contiguos de los que quedan más alejados de la puerta de entrada y salida, y echan a girar incesantemente el elepé sobre un tocadiscos sobrio de pocos botones. Te ajustas los audífonos para permitir que aquellas melodías invadan tu sistema y lo hagan planear en un vuelo sin tensiones, a pesar de que terminas escuchando ritmos procelosos unos, y dóciles otros, que de algún modo misterioso alisan tu espíritu y disponen tu cerebro para estudiar calmadamente. Es en medio de tu incomunicación con el resto del mundo que alzas la vista para descansarla —lo cual es para un miope tan importante como lo es un oasis en el desierto para un sediento—, y ves las formas imprecisas del muchacho de la mesa de enfrente, en diagonal, que hace un movimiento tenue con la cabeza, como marcando el compás de lo que escucha.

Tiene que haber sido por intuición que te da por colocarte los espejuelos para enfocarlo mejor, pero lo cierto es que tu cerebro tarda nanosegundos en procesar su imagen. Ya restaurada, piensas que quizás el luto por Abby podría haber terminado, que por fin podrías fijarte en otro hombre con el mismo interés que pusiste cuando lo conociste a él. Es un muchacho rubio, de ojos claros, y pelo lacio y reluciente como las briznas de las mazorcas tiernas, e irradia el encanto de los seres que guardan las puertas del paraíso.

Lo miras del mismo modo sereno de quien, alzada sobre la temporalidad, contempla un serafín juguetón distraído en su vuelo lúdico. Él, al sentir tu mirada de mucho rato, levanta la vista y ve que le sonríes. Te devuelve una sonrisa neutral, como de cortesía, y regresa a su música y su compás. Eres consciente de que le corresponde al varón tomar la iniciativa. Sin embargo, tú, aunque no eres mujer voluntariosa, estás dispuesta a hacer una excepción ante lo que te parece tanta apostura para un solo hombre. Es por eso que la segunda ocasión que levanta la vista, repara en que aún lo miras y le sonríes. Él te devuelve la sonrisa, esta vez sin disimular su falta de neutralidad. Ahora no regresa de inmediato a su tarea y eres tú quien no le sostiene la mirada y vuelves a tu libreta, intentando en vano recuperar el sosiego y, sobre todo, tu concentración.

A las diez de la noche, hora en que Beba y tú deben regresar al hospedaje, se levantan a devolverle los elepés al cancerbero. Mientras lo hacen, frente al mostrador, el adonis dorado hace lo mismo y va a colocarse en turno. Por su proximidad en la fila resulta inevitable que te hable.

—Soy Georgie, ¿y tú? —Suelta las palabras como haciéndote revivir en cierto modo el estremecimiento inicial que te produjo cinco años antes el rito de presentación de Abby un domingo al salir de misa. A diferencia de aquella vez, no entras en el juego pueril de si es suficiente con que conozca tu apodo únicamente y no tu nombre porque es feo.

—Soy Wendy —le dices—, y esta —tomando ahora a Beba por un brazo para que no haya duda de que te refieres a ella— es Beba.

No se dan la mano porque ustedes no han extendido primero las suyas y él conoce las reglas aprendidas de la caballerosidad. Un color bermejo inusual en el rostro de Beba hace patente que Georgie parece haber causado en ella el mismo efecto que en ti. Sin embargo, no es el momento de hacer concesiones, ni siquiera en honor a la amistad. La etapa en que concedías victorias fácilmente sin defender lo que más querías o lo que te correspondía por derecho propio, había llegado a su fin. En adelante todo sería distinto.

Así que das el primer paso, el demarcatorio. Tan pronto entregan sus discos y echan a andar hacia la puerta, le haces claro a Beba que Georgie te ha gustado sobremanera y que, si vuelves a verlo en la Sala de Música alguna otra noche, utilizarás tu ingenio para atraer su atención. Beba entiende el mensaje y opta por no ser tu rival, sino tu aliada.

Georgie devuelve su disco al joven del mostrador y sale apresuradamente. Las alcanza en el vestíbulo del primer piso, y va a situarse al lado tuyo. Con esto, Beba confirma que después de todo habías sido tú la agraciada de sus atenciones.

—¿Se hospedan juntas?

—Sí y no —contestas, como para provocar con esa contradicción una simple conversación resuelta.

—¿Qué significa el sí y qué significa el no?

Beba permanece callada; sabe que la cosa no es con ella.

—Que nos hospedamos en el mismo edificio, pero en pisos diferentes. Con quien comparto la habitación en el segundo piso es con la prima de ella, Amanda. —Y sin esperar a que Beba intervenga en cuanto a su parte, añades—: Beba vive en un cuarto del primer piso con otras muchachas.

Al llegar a las grandes puertas de cristal de la biblioteca Lázaro, Georgie se les adelanta un poco y abre y sujeta una de las hojas para que pasen. Le agradeces con otra de tus mejores sonrisas su gesto caballeroso. Le toca a Beba decirle gracias. Fuera, en la pequeña plazoleta de la entrada, donde les hubiera correspondido despedirse y expresarse mutuamente la fórmula para tales ocasiones —que había sido un placer haberse conocido, que ojalá se vieran alguna otra noche y conversaran de nuevo, etcétera—, simplemente dices:

—Nos hospedamos en Santa Rita, en la esquina de la Humacao y la Amalia Marín. ¿Y tú?

—En la avenida Universidad.

—Pues, somos casi vecinos.

—¡Sí, qué pequeño es el mundo!

—Puedes caminar con nosotras, digo, si quieres.

Caminan en dirección de la Torre, bajan frente al edificio de Ciencias Naturales y logran salir por el portón de la Ponce de León y la Gándara, que justo a esa hora los guardias de seguridad se aprestan a cerrar. Entran a Santa Rita por la Amalia Marín, pasando el Burger King. Durante el camino, Georgie va confesando sus circunstancias personales y tú las tuyas. Es natural de Vega Baja y estudiante de farmacia en su tercer año. Beba cumple su rol de mera acompañante y caminará en silencio, a menos que tú o él le pregunten algo en específico, lo que ella contestará parcamente y sin ninguna ilusión.

—Yo quería ser dentista —le sueltas a riesgo de que piense que buscas formas de agradarle.

—¿De veras? —Se muestra sorprendido de que tuvieras esa vocación—. ¿Y qué pasó?

—La Física, no pude bregar con la Física.

—Lo entiendo.

Su respuesta parece sincera. Su voz y el aspecto indefinido que asume de momento delatan que se siente algo incómodo por haber tocado una fibra neurálgica con su pregunta. Y, ciertamente, en esa época te habías sentido medio vapuleada porque habiendo obtenido siempre calificaciones sobresalientes en todos tus grados y en el examen de ingreso a la universidad entre los de tu grupo especial, ¿cómo era posible que no entendieras bien algunos aspectos de la Física? Con el tiempo sabrías que no hay respuestas satisfactorias para todos los planteamientos de la vida y que, aun así, podemos ser felices. Como feliz eres caminando con ese hombre apuesto a tu lado, que te devuelve la ilusión que sentías cuando ibas de las manos de Abby.

En la Amalia Marín, Georgie las invita a comerse un sándwich y tomarse algo en la tiendita de don Rafa —un militante independentista viejo, con la cara y el perfil de Popeye el Marino, sin la pipa de tabaco—, que queda a cincuenta metros, antes de tu hospedaje. Beba sabe qué hacer, y declina con varias excusas anodinas su generosa invitación antes de seguir de largo. Georgie y tú piden jugos de china, además de tostadas de pan criollo con mantequilla, y los consumen de pie. Hablan casi una hora esa primera noche.

Quedan en verse al otro día, en el vestíbulo de la facultad de Pedagogía, donde estudias. Es el mejor indicio de que tu iniciativa ha rendido sus frutos y estás alborozada. Vuelves al hospedaje comentando y riendo en torno al evento de Georgie. Ya Beba se ha ocupado de darles la noticia a las compañeras suyas, incluso a Amanda, porque estos lugares adoptan los usos de los hormigueros en las horas de ajetreo. Cuando llegas, ya se sabe en ambos pisos del hospedaje lo de tu gran conquista. No pueden hablar mucho porque, fuera, el bullicio de los altoparlantes y la música de Roy Brown exhortando a participar en el mitin del día siguiente contra el militarismo norteamericano dentro del campus de la Iupi y la guerra de Vietnam, hacen difícil cualquier conversación. Y tu excitación por haber conocido a Georgie, necesita ser apaciguada por otros medios.

Al otro día, Georgie ya está en el vestíbulo de Pedagogía cuando bajas de una de tus clases. Desde la escalera, te parece un ángel extraviado, confundido, con sus alas caídas en medio de la agitación estudiantil que incrementa en torno a él, a quien debes rescatar para que no vaya a ser lastimado. El vestíbulo de tu facultad es el escenario repentino de una marcha espontánea —de ahí que un poco desorganizada— que aparentemente se ha originado en la Facultad de Ciencias Sociales —¿dónde si no?— y ha llegado a Pedagogía para agregarse más adeptos y más furia en los estribillos. El griterío de las consignas exacerban su mirada asustadiza: «¡Fuera el Rotecé de la universidad!, ¡Jíbaro sí, yanqui no!, ¡Policía colonial, que se vaya pa' Vietnam!, ¡Pa' arriba, pa' abajo, los yanquis pa'l carajo!, ¡Fuego, fuego, los yanquis quieren fuego!». Son las consignas usuales, las que incendian los ánimos para incitar a la solidaridad, a la marcha por todos los edificios de las facultades del recinto, y aproximarse a los cuarteles intrauniversitarios del *Reserve Officers Training Corps* —el Rotecé— del Ejército de Estados Unidos. De allí pasará delante del Centro de Estudiantes y terminará frente a la Torre, donde se hallan las oficinas del rector, emblemas del poder político-colonial en la Isla. Este es el ambiente que caracteriza estos días el entorno estudiantil en la universidad. Justamente, esta semana se conmemora el primer aniversario del asesinato de la estudiante Antonia Martínez Lagares a manos de la Policía en medio de una protesta estudiantil contra la presencia del Rotecé dentro del campus de Río Piedras, y hay mucha frustración acumulada. Tu padre ya te lo ha advertido: «A la universidad se va a estudiar, no a hacer política. No te metas en esos revoluces». Realmente no hacía falta ese apercibimiento. Tu crianza en el seno de una familia extendida afiliada por décadas al Partido Estadista Republicano hace de ti una creyente de los símbolos y valores norteamericanos, y no ves por qué razón el programa del Rotecé deba ser expulsado de la universidad. Tampoco estás de acuerdo con las protestas de los vociferantes, y no participas de las expresiones públicas, ni a favor ni en contra de nada. Tienes claro que quieres estudiar, graduarte y trabajar; nada más.

En ese momento, el único revolú al que te enfrentas es sortear la ruta entre los que protestan para llegar a Georgie, o hacer que él note tu presencia en la escalera. Entonces ves cuando él mira sobre sus alas —Georgie es más alto que tú (¡por primera vez te enamoras de un hombre más alto que tú!)— y puede verte a lo lejos. Debió ser porque el encuentro con tu mirada le hace olvidar que puede volar hasta ti; simplemente se abre paso a empujones hasta la escalera. Para vencer el ruido que hacen los vociferantes con sus consignas, se acerca a tu oído y la voz de Georgie exclama que caminen hacia la salida contraria a la escalera, la que lleva al parquin entre tu facultad y la de Derecho. Así lo hacen; tú con el palpitar trémulo que te produce caminar junto a él, y él con la sonrisa enigmática que trae puesta. Una vez fuera, conversan largo rato en lo que el tumulto de la protesta se va alejando y pueden volver a un vestíbulo más sosegado, donde aún consiguen un banco en el cual sentarse. Hacía años que no invertías de tu tiempo conversando entre clase y clase con alguien cuya compañía disfrutaras tanto, junto al cual el transcurrir del tiempo sufre una alteración desconcertada que lo gasta a un ritmo más acelerado que a un bloque de hielo bajo el sol de verano.

Almuerzan juntos y otra vez se ven esa noche en la Sala de Música, donde tú vuelves a pedir elepés de cadencias kenianas, y él otro cuyo compás marca con movimientos sutiles de su cabeza. Ocupan cubículos contiguos y han estado mirándose —ya no de reojo— y sonriéndose mutuamente gran parte de la noche. Tú piensas que es un buen momento para que al menos te tome una mano. Quizás podrías sentir las ondas del ritmo que laten bajo su piel nacarada cruzar hasta tu cuerpo y desafiarlo a una excitación sin rebordes. Nada sucede. Georgie continúa observando sus normas de caballerosidad y se mantiene todo el tiempo a la distancia perpleja de tus ansiedades. Estás por descubrir que es un muchacho apegado a las normas más conservadoras del trato entre hombre y mujer.

Regresan caminando a las diez hasta el puesto de don Rafa a consumir lo del día anterior y, luego, hasta tu hospedaje. Permanecen de pie en la acera, frente a la escalera de entrada del hospedaje, hablando, simplemente hablando, porque lo importante es que estás junto a él. Así mismo hacías con Abby, con la notable excepción de que este te tomaba las manos de mil y una maneras y Georgie no da muestras de querer hacerlo. De seguro tus compañeras de hospedaje —las del primer y segundo piso, incluso Beba y Amanda— estarán espiándolos por las persianas de sus cuartos oscuros, para ser testigos de ese momento. Al cabo de una hora, Georgie se despide sin siquiera darte un beso en la mejilla. Quedan en verse al día siguiente en la Facultad de Farmacia.

Al otro día, vas temprano a la cita y comienzan a disfrutar de un jueves feliz, de almuerzo juntos y conversaciones prolongadas en las que la relación con Georgie comienza a adquirir la forma perseverante de los amoríos de pasos cortos y firmes. Es evidente que Abby ya no está más en tus pensamientos, que ha quedado postergado a una esquina de tus recuerdos —de tus gratos recuerdos, eso sí— y que al fin hay un espacio holgado para Georgie. Y sabes que le gustas, que tienes una gran oportunidad de ser su novia.

Esa noche, después de estar juntos en la Sala de Música, regresan a pie al hospedaje observando la distancia respetuosa que es su sello distintivo. Consumen el jugo y las tostadas en el negocito del hombre de aspecto de Popeye el Marino sin pipa, y vuelven a situarse al pie de la escalera de entrada al hospedaje, donde conversan por una hora, seguramente bajo el escrutinio de muchos ojos abiertos ubicados tras las lamas de las ventanas de los cuartos de luces apagadas. Cuando está por despedirse te dice:

—Mañana voy a un círculo de oración, ¿quieres venir conmigo?

Te toma por sorpresa una invitación como esa porque hasta este momento él no ha dado muestras de practicar alguna religión en particular, y, aunque su trato ha sido afable y su aspecto seráfico, no lo asocias con ninguna religación con Dios. Tú sabes lo que es un círculo de oración; has visto grupos de estudiantes debajo de los árboles algunos viernes al mediodía. Son estudiantes de ambos sexos vestidos sobriamente que se reúnen formando un círculo tomados de las manos y pronunciando oraciones y jaculatorias de alabanza a Dios. Estás acostumbrada a verlos y continuar la marcha porque ni la religión ni su práctica te atraen. Lo más cercano que has estado de esta ha sido en los domingos aquellos en tu pueblo que te servían de excusa para salir después de misa a la plaza a encontrarte con tus novios; lo cual no puede decirse que marcara una devoción a toda prueba. Ahora, el querubín que tienes frente a ti te ofrece la experiencia de orarle a Dios, algo que francamente no te llena de entusiasmo. Aun así, la fuerza de tu atracción hacia él es tal que decides aceptar su invitación. Es otra oportunidad de pasar un rato a su lado y quieres parecer una persona receptiva a sus actividades sanas.

—Dime dónde nos encontramos y a qué hora.

Al día siguiente, al mediodía, caminas junto a él hasta el frente del Centro de Estudiantes. Toda la semana ha sido de mucha agitación en el campus, de protestas, marchas y algarabías estudiantiles por aquello del militarismo en la universidad y la guerra de Vietnam. Quizás está justificado un alto en esos ajetreos para pedirle al Dios de los Ejércitos un poco de paz. Mientras se acercan, notas a las muchachas con melenas a la cintura y faldas de ruedo largo y vuelo ancho; algunas con blusas de mangas a las muñecas. Al llegar al grupo —hay como veinte personas, la mayoría mujeres—, te fijas en que ellas no llevan maquillaje, no se depilan las cejas, sus blusas no tienen ningún tipo de escote y usan zapatos sin tacón. Tú vas con el atuendo usual: blusa con escote y una minifalda que deja al descubierto tus piernas y muslos despampanantes. Todos cantan y oran.

Al incorporarse ustedes al grupo, cesan los cánticos y las oraciones para darle la bienvenida a la «hermana» que acompaña al «hermano» Georgie. Él te presenta al grupo y tú respondes con una tímida mueca de agradecimiento ya que, en verdad, te sientes fuera de lugar y lo que ves no es de tu agrado. Después, prosiguen con oraciones de bendiciones a la «hermana» que llega al grupo, y se reanudan los cánticos pentecostales, en los cuales Georgie participa alegremente porque se los sabe de memoria. Permaneces en el grupo en silencio, y si no has salido corriendo y dejado a Georgie allí plantado es por mera urbanidad. Aun cuando para participar del círculo alguien te toma una mano y Georgie la otra —la única vez que has sentido su mano tibia tomar la tuya—, decides que no volverás. Se lo dices al dispersarse el grupo cuando te pregunta si la experiencia ha sido de tu agrado:

—Realmente, no. —Tu franqueza lo sacude—. No soy una persona religiosa, Georgie, y no tengo intención de convertirme. Me sentí incómoda. No pretendo que por mí dejes de ser lo que eres. Respeto tu devoción y tu religiosidad.

—Pero, Wendy, esta es la primera vez. A medida que sigas viniendo verás que te irás sintiendo más cómoda.

—No lo creo, Georgie. Me conozco muy bien para saber que no podría volverme, ni rápido ni despacio, en una persona religiosa.

La despedida es parca. Esa tarde tú regresas a tu pueblo por el fin de semana y él al suyo.

El lunes, con el beneficio de dos días sin estar a su lado y la oportunidad de evaluar la situación, no lo ves durante el día ni vas a la Sala de Música por la noche. De hecho, aunque en el mismo edificio de la Biblioteca General, acudes al área de Referencia a estudiar. El martes él te busca en Pedagogía e insiste en que hablen.

—Me estás sacando el cuerpo, Wendy. Por el día no nos vimos y anoche no fuiste a la Sala de Música.

—Georgie, quiero ser justa contigo. Tú me agradas y me siento a gusto en tu compañía, pero no estoy en disposición de transigir esta cuestión. Realmente siento aversión por el tema religioso. No vale la pena que nos sigamos viendo.

Él luce desconcertado. La verdad es que si Georgie adoptara otra posición más razonable, tú podrías conciliar el desacuerdo. Estás lo suficientemente interesada en él como para hacer un esfuerzo si él desistiera de que lo acompañes a sus actividades, si él se conformara con ir sin ti a los círculos de oración, si respetara tu desapego a la religión. Sin embargo, es evidente que aun cuando él se haya enamorado también de ti no querrá hacer concesiones en este asunto. Probablemente quiere una novia como las del grupo al que asiste, aceptada por este, con sus mismos valores y costumbres, con el mismo afán de avivamiento y sin minifalda.

El ambiente sigue tenso en la universidad y, dos días después, se desata un encontronazo entre una cohorte de estudiantes antimilitaristas que protestan contra la presencia del Rotecé en la universidad y la guerra de Vietnam, que produce la invasión policial de los predios del recinto. Lo has sabido al salir de una clase de Apreciación del Arte y cruzas la calle para dirigirte a otra. El asunto no es contigo. No tienes intención de inmiscuirte —viniste solo a estudiar—, si bien te atrae la novelería. Avanzas en dirección a la Lázaro y te confrontas con el cordón de policías de la Fuerza de Choque que, rotenes en mano y muy malas caras, vienen desalojando el campus a empujones y golpes. Tienes que correr hacia fuera para protegerte de su furia. Ves las caras de zozobra a tu paso, la agitación de pies y manos en la carrera desenfrenada de todos hacia la Ponce de León. Al llegar a la avenida todos se dispersan mientras ves pasar incontables patrullas de la policía. Al fin llegas al hospedaje y escuchas la noticia: tres personas —el jefe de la Fuerza de Choque, otro policía y un estudiante cadete del Rotecé— acaban de morir a tiros en la refriega. La Policía culpa a los «estudiantes comunistas y fupistas » por estas bajas. Esa misma noche el rector ordena el cierre indefinido de la universidad y, al día siguiente, regresas a tu pueblo a esperar por su reapertura. A Georgie no vuelves a verlo.

19.

HACE TRES SEMANAS, desde la reapertura de la universidad, que no vas a estudiar por las noches a la Sala de Música por tal de no coincidir con Georgie. Supones que él continúa yendo allí porque es su lugar habitual de estudios, o quizás porque espera que tú regreses la noche menos pensada a recuperar tu rutina de escuchar ritmos africanos y, entonces, habrá ocasión para reanudar una amistad sin tropiezos. Tú también has sentido alguna curiosidad de saber si él continúa acudiendo a la sala de los vinilos negros, apegado a su afición de marcar el compás del ritmo con movimientos tenues de la cabeza. Fuera de eso, ni siquiera abordas a Beba, que sigue yendo allí, para preguntarle. Ella sabe que has desistido de esa amistad debido al rumbo pío, devocional, que él le había impartido a la relación en su afán por redimirte de tu vida expuesta al pecado —pequeños pecados realmente— y no quieres dar pie a ninguna confusión. Con todo y esto, a un sicoanalista le fascinaría analizar el hecho de que acudes al área llamada de Referencia —un espacio amplio de muchísimas mesas esparcidas por todo el área de estudio— y que escoges siempre para sentarte la misma mesa; mesa que no está muy distante del lugar por el que los usuarios tienen que pasar para ganar acceso a la sala, y que, de todas, siempre ocupas la silla que queda de frente.

Una noche de un martes de abril te acomodas en la silla a pesar de que, cuando llegas, ya hay un estudiante ocupando el asiento contiguo —es una mesa redonda, no muy grande, de cuatro sillas— y que, sentados solos a esa mesa, quedan perpendicularmente uno junto al otro. Entre tu mesa y la puerta de entrada, hay otra ocupada por un estudiante solitario a quien ves fuera de foco cuando tu miopía exige los cortos momentos de descanso visual. A veces son solo segundos, los necesarios para que tu vista se recupere del esfuerzo continuo de

121

deslizarse y tropezarse con las palabras escritas de seguido en los folios de tu libreta. ¿O sería para asegurarte de que Georgie no vendrá a tu encuentro?

Son casi las nueve y hace frío, como en todos los edificios grandes del país aclimatados por los gigantescos acondicionadores de aire centrales. Te preguntas si él estará todavía en la Sala de Música echándote de menos. Aunque has tomado la decisión de no darle continuidad a esa incipiente relación timbrada por sus aficiones veterotestamentarias, no puedes negar que continúas ilusionada con él. Ocasionalmente piensas que así te pasó con Abby, aun cuando sabes que lo de Georgie es diferente. Este es un hombre tan diferente, tan considerado y gentil. Con él hubieras querido formalizar un noviazgo de mayores ilusiones y posibilidades. Si en su psiquis no estuviera tan arraigado lo de la vida después de la muerte, si te hubiera dado espacio en otros aspectos de la existencia, quizás todo habría sido diferente. Pero no, no quieres ir a la Sala de Música a averiguarlo, a hacerle suponer que has cambiado de opinión cuando te vea entrar. Aun así, descubres en ti esa sensación extraña, indefinida, que se tiene cuando lo anhelado se encuentra tan cerca y tan lejos. Tendrás que arreglártelas en frío, como hiciste con Abby cuando te abandonó por otra y el mundo se te vino encima.

Has perdido la concentración cuando más la necesitas porque estudias para el examen de Educación que tendrás mañana. Levantas la vista, tratas de recuperar el sosiego extraviando tu mirada miope hacia el ingreso del salón. Aun así, no te das cuenta de que el muchacho que está sentado a la mesa frente a la tuya la ha abandonado y se acerca. Estás muy absorta en las notas que debes repasar. Adviertes su presencia cuando, aún de pie, te hace una pregunta cuya contestación él debía conocer de sobra:

—¿Está ocupada esta silla? —Se refiere a la que queda libre, a tu izquierda, de frente al otro estudiante que está a tu derecha. Has despegado momentáneamente la vista de los apuntes que estudias y respondes con la indiferencia que se merece aquel estudiante flaco de aspecto desabrido:

—No. Está libre.

—¿Puedo sentarme? —No sabes por qué te hace una pregunta

como esa. Tú no eres dueña de las sillas de la biblioteca y están allí justamente para que cualquiera las utilice.

—Claro que sí. —Respuesta de indiferencia, de sosera intencionalmente neutral. Y vuelves a lo tuyo.

20.

7:25 — Me presento cinco minutos antes, por aquello de que no es bueno llegar tarde a una primera cita. Pero no entro al lobby como acordamos, sino que me detengo a esperarla afuera, frente a las puertas inmensas de cristal que sirven de entrada al edificio. Desde allí me aseguro a través de los vidrios, por si acaso, de que ella no haya llegado primero que yo. No, no lo ha hecho. Estoy de pie, mi mano izquierda en el bolsillo de mis pantalones, y la derecha sujetando un libro que he llevado para reafirmar mi condición de estudiante frente a la biblioteca. Hay que andar siempre con un libro para también parecerlo, ¿no?

A esta hora el flujo de usuarios es mayormente para entrar. La biblioteca aún no adquiere el trajín de hace un mes, cuando la Policía aún no había ocupado el campus ni habían muerto el comandante Juan Birino Mercado, el guardia Miguel Rosario, ni el cadete del Rotecé Jacinto Gutiérrez, en medio de la operación policíaca para aplacar la protesta estudiantil. Porque el presidente de la Universidad no termina por entender que los universitarios no queremos la presencia de un gajo de las fuerzas armadas norteamericanas dentro del recinto, y que rechazamos ir a pelearle a Estados Unidos la guerra que ha desatado en Vietnam. Después de la riada de hombres azules de ese día y de que se llevaran los cuerpos de los caídos a la sala de autopsias, la universidad estuvo cerrada por un mes y solo hace unas semanas que la han reabierto.

Aprovecho, en lo que llega Estelita, para ver las caras de los que entran y salen, tratando de descifrar el ánimo que permea en estos días de latente convulsión, esa sensación de que nada ha cambiado, de que pronto se reanudarán las marchas y los piquetes porque no habremos de rendirnos. Desde donde estoy puedo ver las nuevas cámaras de circuito cerrado que el rector ha querido poner para vigilarnos: hay una sobre mí —más bien detrás de mí, en la pared, sobre las puertas de entrada— y veo otra en lo alto del techo del edificio que me queda enfrente, apuntada hacia la acera peatonal que conduce a La Torre y que, además, cubre todo el frente del museo. Todo tiene el visto bueno del presidente de la universidad; Jaime Benítez se ha vuelto nuestro Big Brother.

7:30 — Le pregunto por la hora a una estudiante que entra. Quiero comprobar que mi reloj no esté atrasado ni adelantado. Mira su muñeca y, sin detenerse, me la dice. Tiene un minuto de diferencia con el mío, mas, qué importa. Sé que es la hora convenida. Hora puertorriqueña me digo, es cuestión de esperar. Vuelvo a mirar hacia el lobby, no vaya a ser que haya entrado por otro lugar, si bien es cierto que este es el único acceso que conozco.

Estoy ansioso por ver de nuevo a Estelita. Toda la tarde me la he pasado planificando este encuentro: la conversación que tendremos, la invitación a, primero, ir a comer helados frente a la plaza Colón y, luego, a dar una vuelta por el Viejo San Juan en Macario, mi deslustrado Volky de diez años que aún hace la travesía de tres horas y media desde mi pueblo hasta la capital, superando las curvas y las pendientes de La Piquiña como el mejor de los Chevrolets de la línea Ramos-Oliveras. Todo está previsto, mi plan debe ser el inicio de una gran conquista. Todo menos entrar a la biblioteca. Leo una oración, levanto la vista; leo otra y miro. No es ninguna de las muchachas que entran.

7:43 — Cierro el libro, desisto de seguir un texto que no me conduce a nada. La revolución cultural china no es tan sugerente como creía, y menos si leo mientras espero por alguien como ella y el libro es en inglés.

7:55 — La hora puertorriqueña se considera puntual hasta con treinta minutos de retraso. Ni modo, faltan cinco. La afluencia de estudiantes a la biblioteca ha disminuido y Estelita no aparece.

Ahora pasa lentamente un carro de la Policía, no tiene biombo de luces azules ni ninguna otra marca que lo identifique. ¡Como si fuéramos tan pendejos para no reconocerlo! Sus ocupantes son inconfundibles. Van dos al frente y dos atrás. No llevan gafas de

sol como suelen hacer durante el día, pero da igual porque sus ros-
tros se disimulan en la penumbra de la cabina. Los del lado de acá
miran en dirección de donde me encuentro. Hago que no los veo e
instintivamente levanto el libro y vuelvo a leer sobre la revolución
cultural en China. No puedo negar que me pongo nervioso; con los
guardias nunca se sabe, y menos ahora que ven en cada estudiante
un potencial asesino de policías. No se aplacará su saña siquiera
ante el hecho de que tienen detenidos a dos sospechosos: a los que
la policía alega que mataron al comandante y al guardia. Yo tomo
clases en Ciencias Sociales con uno de ellos, Miguel Hudo Ricci, y
el otro —Humberto Pagán— sé quién es porque es un amigo espe-
cial de Lucy, una de mis compañeras de clases, y se pasa continua-
mente con los de nuestro grupo. Podrían decir que ambos son mis
amigos. ¿Mas, lo sabrán estos cuatro? ¿Qué hacen a las ocho de la
noche rondando frente a la biblioteca? ¿Acaso no comprenden que
este sería el lugar menos indicado para preparar cocteles molotov
o esconder bolsas de piedras y otras municiones? Siguen de largo.

8:15 — Me planteo por primera vez la posibilidad real de que
no venga, de que me haya dejado plantado, me haya jugado una
broma de mal gusto, o yo no le haya resultado igualmente atrac-
tivo. No hay estudiantes entrando y saliendo como antes. Ahora el
tráfico es mínimo.

8:30 — Me rindo ante la evidencia. Atravieso el lobby, entro al
área de Referencia y busco con la mirada a Estelita. Es un espacio
abierto con mesas redondas y rectangulares. No puedo discernir su
rostro entre las que estudian o caminan por la sala. Entonces opto
por hallar un espacio disponible. Lo encuentro justo en la primera
mesa, bastante cerca del ingreso. La imagen de Estelita riendo y
hablando conmigo al mediodía contrasta por los fueros de su au-
sencia obstinada. ¿Qué habrá pasado? ¿Por qué no ha venido? La
imagen de Margarita se cuela en mis divagaciones y solapa mo-
mentáneamente la de Estelita, y la empujo fuera de mí. No quiero
pensar en ninguna otra. Ni siquiera en Eva María a quien tanto he
querido. Es Estelita la que ocupa ahora todas mis atenciones.

Abro el libro en busca de la página por la que voy. Advierto que
con tanta manipulación del libro y de las páginas mientras daba

tiempo al tiempo, he perdido el marcador. Lo de Estelita sigue ta-
ladrando mis pensamientos, irrumpe de continuo en mi concentra-
ción. Alzo la vista. Miro hacia la mesa que me queda de frente. Es
una mesa redonda de cuatro sillas, dos de las cuales están vacan-
tes. Las otras las ocupan una pareja de novios: ella está sentada de
frente a mí y él a su derecha, de perfil a mí. Ambos leen: él, un libro,
y ella, una libreta. Lucen concentrados en el material de estudio; él
más que ella, pues de momento noto que esta levanta la mirada y la
tiende en mi dirección, al menos, en dirección de la mesa que ocu-
po. Me le quedo mirando y ella no cambia la vista. Unos instantes
después vuelve a su lectura. Yo la sigo mirando con el mayor disi-
mulo de que soy capaz, que es casi ninguno. Afortunadamente, su
novio no ha levantado la vista. Pasan unos minutos y ella repite lo
anterior: levanta la vista de su libreta, mira en mi dirección por un
momento, y regresa a su lectura. Me está curioso que no se hablen,
que novio y novia no se miren ni se tomen las manos. La tercera
vez que ella levanta la vista decido fijarme bien en su rostro. No
se parece en nada al de Estelita, ni al de Margarita, ni al de Eva
María. Es un rostro cuadrado, distinto: cejas arqueadas, ni finas
ni gruesas; nariz respingona —siempre me han gustado esas na-
rices—, y boca proporcionada. A la distancia que me encuentro no
puedo apreciar bien sus ojos; tampoco su sonrisa, ni siquiera se ha
sonreído con el novio insulso que tiene a su lado. Aun así, me pare-
ce atractiva. Entonces, se me ocurre por primera vez: ¿Y si no son
novios? Pero es que no me tiene sentido que estén sentados en las
sillas contiguas. Si no fueran novios, el que de los dos hubiese llega-
do último, habría ocupado la silla de enfrente, dejando vacante un
asiento a cada lado del que llegó primero. ¿Y si es que cuando aquel
llegó había otras personas ocupando las sillas ahora vacías? ¿Y si
meramente se sentaron así al azar y no existe ninguna explicación
racional para ese acomodo de asientos?

En medio de esta disquisición, ella vuelve a alzar la vista y yo
decido que, ahora que mira en mi dirección, es el momento de es-
clarecer el misterio. Cierro el libro, me incorporo y regreso la silla a
su lugar. Camino hasta la mesa de la pareja y me acerco a ella por
su lado izquierdo.

21.

AHORA SÍ QUE ESTOY casi convencido de que no son novios. Hace al menos media hora que ni se hablan ni se miran ni se cogen las manos. ¿Y si lo son y simplemente están enojados? ¿Y si de un momento a otro hacen las paces y todo sigue en orden? Debo actuar con cautela. Ha alzado los ojos de la libreta y mira en dirección de donde antes estaba yo sentado. Aprovecho la oportunidad.

—Hoy el aire está muy frío. —Ella se vuelve, sonríe y no dice nada. El novio no se da por enterado; continúa su lectura. Insisto, si bien en voz baja para no molestarlo—: No sé por qué tienen que bajar tanto la temperatura.

—En la Sala de Música es peor —me aclara ella, algo que ya sé porque a veces acudo allí y tengo que salir fuera varias veces en la noche para calentarme.

—Sí, pero como se está entretenido con la música y los audífonos puestos, uno no lo nota tanto —miento con la intención de extender la conversación, porque lo cierto es que allá el frío es cojonudo.

—Pues, a mí de nada me sirven la música y los audífonos. Soy friolenta. Por eso llevo siempre este suéter. —Tira suavemente de la solapa del que tiene puesto, como para reforzar la idea de que no es un artículo imaginario, sino uno que calienta de veras.

—¿Te gusta la Sala de Música? —pregunto.

¡La Sala de Música!, ¡has dado lugar a que te pregunte por la Sala de Música! ¿Cómo has podido hacer referencia al lugar donde conociste a Georgie, donde te encontrabas con él en las horas de estudio, adonde te gustaría dirigirte ahora para ya no sabes qué? Además, reparas en que has mencionado algo muy personal, eso de que eres friolenta. ¿Qué le has visto a ese muchacho que te ha impulsado a contarle estos detalles? No se habla de eso con un desconocido.

—Sí, me gusta la Sala de Música. Antes iba mucho, pero ya no tanto.

—¿Y por qué no?

El otro ha levantado la vista para mirarnos. Espero por la reacción de ella, a ver si se hablan. Nada. Reconozco de inmediato la razón: él está molesto porque nuestra conversación lo distrae. Le sonrío, más bien hago una mueca a manera de disculpa, sin que él reaccione de algún modo. Sin embargo, su gesto de darnos esa mirada silenciosa es muy revelador para mí. ¡No son novios! Si lo fueran, él le habría dicho a ella que ya era suficiente, que se callara o, cuando menos, que bajara la voz. Aprovecho la coyuntura y estimo que es el momento oportuno para jugar mi próxima ficha:

—*Voy a salir al lobby a tomar agua, ¿me acompañas?*

Has dicho que sí y no estás segura de por qué. Solo que tus dos horas de estar aquí sentada te tienen las nalgas entumecidas. Además, necesitas distraerte de los pensamientos recurrentes de Georgie. Después de todo, tienes examen mañana, ¿recuerdas?

¿Estelita? ¡Al carajo con Estelita!

—Soy Robert. Y tú, ¿cómo te llamas? —Te hace la pregunta con el mismo afán con que se la hicieron una vez Abby y Georgie el día que te conocieron. Afortunadamente ya esta no te causa extrañeza. Le dices el nombre completo y tu apodo—. ¿Wendy? Me gusta ese apodo. —Te sonríes mientras caminas mirando siempre al frente.

Antes de atravesar el torno de la salida te vuelves hacia él y reparas nuevamente en su perfil. Es la cara más larga y la quijada más afilada que has visto en tu vida. «¡Diantre, el Hombre-Luna!». Él no advierte tu asombro interior y continúa su conversación como si nada.

Me impresiona su estatura. Es más o menos tan alta como Eva María. Sentada no lucía que lo fuera tanto. Debo llevarle escasamente dos pulgadas; yo mido cinco diez. Le cedo el paso en el torno de la salida y, viéndola desde atrás, también me fijo en sus hombros redondeados y en sus piernas largas y sensuales de pantorrillas de realismo renacentista, bien formadas, que no lograba ver cuando estábamos sentados a la mesa.

Vamos a la fuente de agua más cercana y caminamos intercambiando información sobre nuestras circunstancias: de qué pueblo venimos, qué estudiamos, qué año cursamos, cómo nos transportamos a Río Piedras, cuándo viajamos, cómo nos ha ido este semestre de tantos quebrantos y tragedias en el campus. Le digo que quiero ser abogado, una carrera que toma siete años de estudio en la que voy por el tercero.

—Yo quería ser odontóloga —me dice—, pero la Física estropeó mi aspiración. —Me cuenta los detalles de su frustración con el curso.

Contrario al aire acondicionado, el agua de la fuente no está fría. Aun así la ingiero; Wendy también. Le ofrezco el pañuelo para que se seque la boca. Nos detenemos frente al mural de Diego Rivera, Prometeo encadenado. *Entonces, tras una pausa cambia al tema de la familia.*

—Mi papá es agricultor, tiene fincas, y mi mamá es ama de casa. Somos seis hermanas; yo soy la segunda. De las cinco restantes, cuatro son retardadas mentales.

Directo al grano, sin miramientos ni adornos que alteren la realidad de la que es dueña, con la naturalidad del que dice que tiene un lunar en el cuello y lo muestra. No lo niego: el asunto me desconcierta. ¡¿Cuatro locos en una misma familia?! ¡Rayos! ¿Cómo se vivirá en esa casa? ¿Y quién los atenderá cuando sus padres falten? «Bueno, no sé por qué me lo pregunto. Realmente no debe impor-

tarme —me consuelo—; después de todo, no pienso casarme con ella».

Faltando diez para las diez, Robert te pregunta si puede acompañarte al hospedaje, una especie de *déjà vu*. Se repite lo de Georgie, solo que esta vez, junto a ti, irá un muchacho común y corriente que no compara con tus anteriores pretendientes. No es tan guapo como Georgie ni como Abby, lo sabes bien. Eso de momento no te importa. En los cincuenta minutos que has hablado con él, has descubierto algo que te hace sentir muy cómoda. Quizás su espontaneidad, su elocuencia, los sueños de futuro que tiene —quiere ser abogado— y, ¿por qué no?, sus ojos almendrados de pestañas largas rizadas al final. Sí, porque te han gustado sus ojos, claro, sus ojos.

22.

AUN EN EL TRÓPICO puede haber noches frescas. Esta ha sido una de ellas. Cuatro días antes, abril trajo tu cumpleaños —diecinueve— y también, esta noche, el encuentro con un muchacho que posee ciertos atributos que te animan a decirle que podrán verse al día siguiente. Aunque no se detuvieron en el kiosco de Popeye el Marino sin pipa, como hacías con Georgie, se quedan hablando largo rato al pie de la escalera de entrada, hasta que dan las once y dices que es hora de retirarte a descansar. Tienes examen al día siguiente. Acuerdan que él te recogerá en la tarde para acompañarte a la biblioteca. Amanda —tu amiga de los tiempos de la *High* y hermana de Abby que ahora se hospeda contigo en el mismo cuarto— te espera en la habitación con una expresión tétrica que no es la usual.

—De ese muchacho, Wendy, del que te acabas de despedir —te dice colocándote una mano en el hombro y mirándote con fijeza infinita—, Beba acaba de subir para contarme algo que debes saber antes de que te ilusiones con él.

Así que han probado ser ciertas tus especulaciones: las muchachas del hospedaje espían por las ventanas y te han visto hablar con Robert al pie de la escalera. Beba pudo habértelo dicho directamente. Entre ustedes existe la confianza necesaria para pasarte la información sin temor a que le atribuyeras motivos perversos ni de envidia. Supones que ha preferido valerse de su prima Amanda, pensando, de seguro, que ella tendría una mejor oportunidad de contártelo en la intimidad de una habitación de puertas cerradas. Escuchas lo que Amanda tiene que decirte. Te asombras ante la casualidad de que haya una yaucana que conozca a Robert hospedándose con Beba. Guardas cuidadosamente los detalles del relato en el compartimiento secreto de tus desencantos, el que creías rebosante y sin más espacio para preservar otras intrigas. Curiosamente es Amanda, la hermana del autor de la traición más atormentadora, quien te lanza un salvavidas al cual aferrarte.

Después de escuchar la revelación, no hablas más por esa noche ni en la mañana. Solo interrumpes el silencio cuando bajas al primer piso a tomar el desayuno, y das los buenos días. Incluso a Elena, la amiga que ha dado la información sobre Robert. A esta la conoces de vista; nunca has hablado con ella. No puedes negar que, por alguna razón incomprensible, te sientes incómoda sentada frente a ella al otro lado de la mesa. Las demás hablan entre ellas. Elena contesta los saludos, pero no se embarca en ninguna conversación prolongada de las que llevan las que están a su lado. Adivinas que, entre ustedes, aletea un silencio calamitoso que termina posándose sobre sus espaldas.

Por la tarde, poco antes de las siete, escuchas la voz de Robert que te llama desde abajo, en la calle, mirando hacia tu ventana miami entreabierta. Tal como quedaron, viene a buscarte y acompañarte a la Lázaro a estudiar. Por mucho que tratas de imaginar el modo en que habrás de afrontar la situación, no te concibes yendo donde él para decirle que no quieres tener nada más con él, que el engaño le duró muy poco y que parecía mentira que lo hubiese intentado contigo.

Te vuelves a Amanda, que está terminando de pasarse el *blower* en el pelo, y la reclutas de inmediato:

—¿Podrías hacerme un favor enorme? —De seguro ella ha escuchado la voz de Robert y debe suponer lo que se avecina.

—Claro que sí.

—¿Podrías bajar y decirle a Robert que no voy a bajar y que no voy a verlo más?

Amanda no articula aceptación ni rechazo. Aunque es la responsable de que sepas en qué situación te encuentras, no es la responsable de resolverte el problema. De hecho, le estás pidiendo más de lo que debe pedírsele a una amiga. Aun así, ella desconecta el aparato del receptáculo, enrolla su cable retorcido por el uso y lo deposita en la maleta de su clóset. Es entonces que se vuelve hacia ti y con una sonrisa apesadumbrada, accede:

—Bajo enseguida.

Vuelves a escuchar la voz de Robert desde abajo, esta vez impulsada por mayores decibeles y un sentido adicional de urgencia que puede deberse a su desconocimiento de si lo has escuchado o no. Amanda sale del cuarto estirándose la blusa sobre las caderas del mahón prensado que lleva puesto y tú te diriges a la ventana para mirar por las rendijas que forman las lamas entreabiertas. Robert permanece inmóvil frente al portoncito de entrada a las escaleras, sobre la acera, esperando en la penumbra de la calle a que aparezcas, sin anticipar que esta vez será una emisaria y no tú quien irá a su encuentro para decirle que no acudirás a la cita. No sabes qué palabras utiliza ella para que a él le haga trepidar menos la frigidez de sus palabras. Puedes adivinar la lividez de su rostro por su comportamiento de llevarse las manos a la cabeza y gesticular firmemente entre frases que no logras escuchar. En determinado momento él mira hacia tu ventana y tú instintivamente te retiras para que no te vea. Escuchas que llama tu nombre en un tono que, más de súplica, parece de exigencia. Vuelves a asomarte con cuidado y Robert continúa de pie junto a la escalera. Ya Amanda no está. De hecho, sientes que se abre la puerta y ella entra.

—Vas a tener que bajar, Wendy. Dice que no se irá hasta que *tú* le digas personalmente qué ha pasado de anoche para acá.

No te consideras una mujer pusilánime. Eres renuente por naturaleza a dar explicaciones, a nadie ni por nada. No estás como para enfrascarte en una discusión insensata con un muchacho a quien acabas de conocer hace apenas unas horas, con quien no tienes ninguna atadura emocional y con quien no parece buena idea establecer un vínculo nuevo, ni siquiera de amistad. No después de lo que te has enterado. Recapacitas. Te planteas, entonces, qué mal puede haber en que bajes y le digas la verdad. ¿No has sido acaso tú una de las mayores víctimas del engaño de los hombres de tus noviazgos? ¿No te has puesto a pensar que nunca quisiste confrontar a alguno de ellos por sus artificios y que, al día de hoy, esperas por sus explicaciones? ¿No es esta acaso una gran oportunidad para confrontar a uno que ha querido también engañarte?

Miras por las rendijas de la ventana y observas a un joven nervioso, cabizbajo, que ocasionalmente mira en dirección de tu ventana y se mantiene adosado a la columna que sostiene el portón. Te arreglas el pelo, le das un tironcito a la minifalda y decides bajar. Cuando sales y Robert te ve, ensaya una sonrisa que tú no devuelves:

—Dime qué quieres saber. —Es todo el saludo que le das.

—Tu compañera de cuarto dice que no quieres verme más. Tiene que haber pasado algo y quiero saber qué fue. ¿Dije anoche alguna impertinencia, alguna frase ofensiva, alguna...?

—No, no, no. Nada tiene nada que ver con lo que hablamos o nos dijimos anoche. Es sencillamente que después que entré al cuarto recibí cierta información de ti que impide que sigamos viéndonos.

—¿Información de mí? ¿Pero qué?, ¿qué clase de información?

Haces una pausa para encontrar el sosiego necesario y las palabras correctas. Entonces añades:

—Que tú eres casado y tienes tres hijos.

Su semblante se demuda y su quijada larga y afilada parece descolgarse en el vacío. No sabes si se debe a la impresión de saberse sorprendido en el engaño o a qué. Hasta tartamudea:

—¡Pe... pe... pe... pero quién te ha dicho una cosa como esa! ¡Eso es absolutamente falso!

—Ya dije lo que tenía que decir. Ahora me voy. —Y comienzas a girar sobre tus pies para marcharte.

—Wendy, por favor, tienes que decirme quién ha tenido la insolencia de decir una mentira como esa.

No te sientes particularmente obligada a revelar la fuente de tu información y antes de alejarte le indicas:

—Eso no importa. No tengo interés en relacionarme con hombres casados... o con los que tenga dudas de si lo son o no.

Robert continúa en su estado de excitación, de incredulidad, de muchos sentimientos fuertes. Si no fuera porque de algún modo te sientes herida por su intento de engaño, podrías decir que sientes pena por él. Es obvio que se encuentra en medio de una gran perplejidad y desesperación porque te dice:

—Wendy, creo que debo saber quién te dio esa información y creo tener derecho a confrontar a esa persona, a que en mi presencia y la tuya repita su infamia. Después de que lo haga, te prometo alejarme de ti y no buscarte más.

Estas palabras evocan en ti una sinceridad casi infantil y te hacen recapacitar sobre tu decisión de dejarlo tirado al pie de la escalera desangrándose. ¿Y si la mentira estaba en la información que tus amigas y tú habían recibido de Elena? ¿Acaso no repudias la mentira como tal, bien sea la dicha por Robert o la contada por Elena, si este fuera el caso? Si él está en disposición de confrontar a su acusadora, ¿no sería justo que tuviera la oportunidad de limpiar la imagen de truhán que suele venir con este tipo de acusación? ¿Acaso no te consideras una persona razonable, imparcial? Después de todo, él promete desaparecer de tu vida si resulta ser cierto lo de su matrimonio y los tres hijos.

—La información se la brindó a Beba una muchacha de tu pueblo, y Beba se la pasó a Amanda, mi compañera de cuarto.

—¿Una muchacha de Yauco? ¿Quién?

—Elena, no sé el apellido.

Robert hace como si hurgara en su memoria las caras que pudiera asociar con ese nombre, y dice:

—Por ese nombre nadie me viene a la mente. Ve y búscala, para que venga aquí y repita esa información frente a ti y a mí. Esto hay que aclararlo.

Claro que hay que aclararlo y quién mejor que la autora de la información para hacerlo. En eso, sale a la calle con un bolso al hombro una de las muchachas hospedadas en la planta baja. Robert le pregunta si conoce a Elena. Inicialmente, la estudiante se muestra dubitante. Tu presencia de alguna manera la tranquiliza y responde que acaba de verla, que es su compañera de cuarto.

—¿Podrías hacerme el favor de pedirle que venga a hablar con nosotros? —le indica Robert—. No tienes que decirle mi nombre; ella parece que me conoce bien.

Elena aparece un minuto después por el vano de la puerta. Luce un tanto desencajada y muestra una palidez que de modo alguno pudiera atribuírsele a la falta de maquillaje. En efecto, Elena conoce a Robert puesto que el hermano de ella estudió con él toda la escuela superior y son amigos. Si no fuera suficiente debe agregarse que Elena coincidió con Robert el último año de la *High*. Además, Yauco es un pueblo donde casi todo el mundo se conoce. Robert ya está a cargo de la situación. El aturdimiento sufrido hasta hace unos momentos ha dado paso a un nuevo estado de templanza que le permite hacer las preguntas apropiadas:

—Elena, tú y yo nos consideramos amigos, ¿correcto?

—Claro. —La voz vacilante delata el palpitar acelerado de su corazón.

—Conoces a Wendy, ¿correcto?

—Sí, es una de las compañeras del segundo piso.

—Acabo de enterarme de que a ella le han dicho que soy casado y tengo tres hijos; y te han identificado a ti como la autora de ese rumor. ¿Es eso cierto?

—Bueno, yo le comenté a Beba que te conocía y que creía que eras casado. Lo de los tres hijos nunca lo dije porque no te conozco hijos. Pero fue un comentario inocente, no lo dije para que se lo fueran a decir a Wendy.

—Pues, se lo dijeron. Eso de ser casado, no sé de dónde lo has sacado. De mí solo puede decirse que conviví cuatro meses con Eva María, una prima mía que vino de Nueva York, y que se regresó el año pasado cuando terminamos.

—No lo sabía, lo siento.

Más aliviado, Robert la despacha. Elena asciende los escalones lo más rápido que puede y se pierde tras la puerta. Tú respiras profundo para sostenerle la mirada a Robert que busca en la tuya alguna reacción de tu parte. Como continúas sin pronunciar palabra, te reta:

—Si aún no crees que todo es una mentira, te invito a que vengas a Yauco conmigo: mañana, el fin de semana, cuando digas... Y si no quieres ir conmigo, hazlo por tu cuenta, consigue quién te lleve. Puedo ayudarte en eso.

—No es necesario, Robert.

Si bien es cierto que llevas a rastras un escepticismo cebado, con lo que ha pasado hoy no dudas de que él pudiera estarte diciendo la verdad. Lo dices más bien por una intuición apuntalada en su arrojo de confrontar a Elena del modo en que lo hizo. Aunque ella quizás propaló el rumor sin mala fe, no por eso deja de parecerte que fue obra de su desdén por solo atender asuntos propios. Supones que ahora podrás reanudar con Robert el proceso interrumpido por el que puedas conocerlo y dejar atrás el fracaso de la incipiente relación con Georgie.

Si Elena solo hubiera dicho la verdad, lo habría arruinado todo. Si solo hubiera dicho que Eva María se había marchado definitivamente en diciembre y que no me quedó más remedio que hacerme novio de Margarita, una muchacha buena y enamorada, en la que he distraído mis pensamientos absolutos de desolación. Lo de Margarita lo he tenido que intentar no porque pareciera lógico, sino por lo que lo venía escuchando de pequeño: que un clavo saca a otro clavo. Si Elena solo hubiera dicho que mi novia me espera en Yauco todos los fines de semana, los viernes y sábado, en la sala de su casa, ante las miradas vigilantes de su madre y su padre, para conversar largamente —bueno, hasta que den las diez—, pues ellos están chapados a la antigua y Margarita es el fruto de la cosecha anterior a su climaterio. Es casi un noviazgo de nombre, de visitas sociales que podrían pasar por encuentros de amigos porque ni siquiera hay la oportunidad para besos o abrazos. Si solo hubiera dicho: «Dile a tu amiga que tenga cuidado con ese muchacho porque tiene novia en Yauco», Elena lo habría arruinado todo porque Wendy habría tenido un motivo irrefutable para no verme más, para mandarme a decir que me fuera al infierno, que bien merecido me lo tenía, porque qué carajo te has creído, ¿que puedes ir por allí representando a todo el mundo que eres un muchacho sin ataduras cuando tienes una novia buena que se pasa toda la semana suspirando por que llegue el viernes para verte? Y yo no habría podido responder a eso, a menos que insistiera en mis desafíos a la verdad, en la utilización de los disfraces que me suelo poner cuando conozco a una mujer que me gusta.

Esta vez, sin embargo, se trata de algo distinto: he sido yo el engañado. No por Margarita, sino por mí mismo que no he podido diferenciar mis sentimientos; que he actuado precipitadamente al decirle a Margarita que aun desde que estaba con Eva María tenía pensamientos para ella. Porque una cosa es que me gustara Margarita y otra creer que ella pudiera ayudarme a arrancármela del lugar en que estuviera incrustada. Anoche me sentí tan cómodo en compañía de Wendy que ni siquiera me detuve a analizar por qué yo no experimentaba sentimientos de culpabilidad por estar traicionando la fidelidad debida a Margarita. Para mí está claro: Wendy me gusta más que Margarita. Solo debo averiguar si es tan buena muchacha como ella.

Y voy junto a Wendy, caminando por la Amalia Marín rumbo a la Arzuaga, donde hay una heladería china en la que también venden helados de pistacho. Hemos desistido de ir hoy a la biblioteca. La excitación que nos produjo la confrontación con Elena ha ido cediendo a un nuevo impulso de intercambios renovados en los que los temas se suceden con bastante rapidez y espontaneidad. Me vienen a la mente las cuatro hermanas —¿me dijo cuatro?— que son retardadas mentales. Sí, cuatro, la quinta, la llamada Matilde, no lo es. En las pocas horas que hace que la conozco, Wendy me ha impresionado por su gran aplomo de carácter y su fina inteligencia, por lo que tal desproporción en la asignación de neuronas sanas y útiles en su hogar me parece francamente un despropósito de la naturaleza. Aun así nada digo, pues no es la familia a la que voy a incorporarme por matrimonio. Solamente estoy en busca de una novia que me ayude a extraer el clavo ardiente de Eva María que llevo incrustado donde duele más.

La heladería no tiene clientes a esta hora pasado el crepúsculo y la plaza de la Convalecencia solo reúne a unos cuantos transeúntes que salen de misa vespertina. Wendy pide muestras de algunos de los sabores preparados y se decanta por el de coco; yo, como de costumbre, por el de pistacho.

Caminamos despacio de regreso al hospedaje de las aclaraciones, por la Brumbaugh. Pasamos frente a El Caporal y doblamos por la Robles hacia la Ponce de León. A la derecha puede verse la Funeraria Escardille en cuyo interior, de seguro, aguarda un embalsamador en espera de que se muera alguien más que no sea estudiante o policía de las refriegas contra la guerra de Vietnam y el militarismo en la universidad. A la izquierda, a nuestro paso, puede verse el New Victoria, *en cuya marquesina se anuncia con letras grandes la película de la semana:* Love Story. *En caracteres más pequeños, están puestos los nombres de* Ali MacGraw *y* Ryan O'Neal. *Como el título me parece muy a propósito y sugerente, me da con preguntarle:*

—¿Te gustaría que la viéramos mañana?

Acepta con un gesto de agrado, que me parece disipar cualquier remanente de tensión que pudiera haber quedado aferrado entre nosotros. Y tomo su respuesta como un augurio feliz de que llegaré indemne a las primeras cuarenta y ocho horas de haberla conocido.

23.

DE MOMENTO, SOLO LE DICES que, como el servicio de amas de llaves cubre únicamente doce horas diurnas, las restantes doce nocturnas tendrán que dividirlas entre ustedes dos. Piensas que tu madre hizo bien en esperar para morirse a que Matilde y tú estuviesen ya jubiladas. Ni siquiera te imaginas qué habría sucedido si la orfandad hubiera sorprendido a tus cuatro hermanas mientras ustedes dos trabajaban todavía. Son los designios de Dios, te decía Valdremina, misteriosos e inescrutables. De seguro era una frase que había escuchado en los sermones del domingo pero que entrañaban mucho de verdad, una verdad con la que estuviste conviviendo desde que viste a tus padres llegar a los ochenta y comenzar a ponerse realmente viejos, cuando sabías que ellos estaban a punto de empezar a arrastrar los pies al caminar, que sus dedos habían comenzado a torcerse y a inflamarse por las articulaciones, que dependerían más de los ungüentos mentolados para suavizar esos dolores, que las arrugas de la cara, así como la piel de cebolla de sus brazos, era un reflejo impostergable del deterioro de sus fuerzas para seguir adelante. Hacía unos cuantos años que habían comenzado a envejecer a un ritmo preocupante.

Ambos, más tu madre que tu padre, se esforzaron por esperar a que ni tú ni Matilde tuvieran ya excusas para que los relevaran, para que decidieran cómo manejar aquella situación de familia que veías acercarse y en la que ni ellos ni tú pensaban. Hasta que llegó ese día menos pensado. Ahora Robert y tú vendrán de San Juan y dormirán en casa de tus hermanas tres días a la semana; y Matilde, por ser la que vive al lado, hará las otras noches. Nada arduo si lo miran bien. Después de la jubilación, Matilde lleva una vida sedentaria de reclusión que, de no ser porque está repleta de exabruptos y griterías hacia la hija adulta que aún vive con ella, hubiera podido ser de anacoreta. El carácter de Matilde no siempre fue así de agrio aunque los rasgos que después despuntaron ya estaban presentes. Hubo una época en que ella podía funcionar con cierto nivel de adaptación social sin que luciera los desquicios que muestra ahora.

Recuerdas cuando se casó con Marcelo, un maestro de matemáticas que trabajaba con ella y del cual sabía muy poco porque venía de otro pueblo. Ella conocía solamente sus atributos de enamorado virtuoso, lleno de aquellas exhibiciones de afectos y buenos modales con los que los hombres abruman a las mujeres para seducirlas. Marcelo tuvo un gran desempeño en sus esfuerzos para convencer a Matilde de que él era un buen partido y supo ocultar con la sagacidad de la serpiente su debilidad por las bebidas espirituosas durante todo el noviazgo. Cuando ella abrió los ojos, ya tenían un niño y una relación tan deteriorada que hizo crisis el día en que él la golpeó frente al hijo en una de sus acostumbradas borracheras. Matilde llegó a casa de tus padres con una maletita en una mano y el niño en la otra, cruzó los quince pies que separaban la casa de ellos y la de Isabelo, y le informó al tío que se había dejado del marido y se quedaría provisionalmente en el cuarto que había sido de tu abuelo hasta que se resolviera la situación. Isabelo los acogió porque la generosidad era uno de sus rasgos distintivos. Ella era su sobrina y la residencia tenía tres habitaciones. Además, era la hija de la hermana que le cocinaba todos los días y no estaría bien visto que él le negara albergue a su sobrina en momentos tan impetuosos.

Frente al primer cuarto quedaba la sala y, a su lado, el comedor; más allá el cuarto de baño y después la cocina; de modo que, con el deseo de reciprocar la hospitalidad de Isabelo, tu hermana se dedicó por completo a descargar sus obsesiones por la pulcritud de su entorno y en unos cuantos días se convirtió en el ama de aquella casa. Lo favorable de su presencia era que barría, pegaba manguera, mapeaba, limpiaba las ventanas, cepillaba los azulejos de los baños y brillaba los topes de los gabinetes como una demente, con tanto esmero que la casa comenzó a respirar un nuevo aire, como si fuera otra y no la que atendía tu abuela antes de morirse. Eso sí, desde el primer día quedó establecida la pauta del uso de la estufa: Matilde se suscribiría a los almuerzos y cenas que hacía tu madre, lo mismo que Isabelo, y, a partir de entonces, sería así per sécula seculórum. Utilizaría la estufa para hacer el café con leche en las mañanas o calentarlo en las tardes, para nada más.

Hubo un intento de reconciliación que indudablemente llevaron a marido y mujer a algún encuentro furtivo del que no resultó el restablecimiento de la relación, sino la preñez de Matilde. Marcelo continuó su vida de beodo y Aleida nació sin el padre presente, quien era obvio que no tenía el don de la ubicuidad y no podía dividirse entre los bares del pueblo y la casa donde vivían su mujer e hijos. Este fue quizás el punto culminante, el de no volver el rostro atrás. De allí en adelante Matilde comenzó a manifestar a niveles enfermizos sus inconformidades con la vida y sus comportamientos extraños, sus desvaríos inexplicables, su loco impulso de expresar todo tipo de quejas, cualquier cosa que considerara negativo, su especialidad de reparar en la paja del ojo ajeno, sin medir palabras, sin mirar las consecuencias, sin que le importaran los resultados. Con los años, añadió la insidiosa manía de averiguar la vida de los demás, principalmente de familiares y allegados, como materia prima para su chismorreo constante, para el desprestigio vicioso, la difamación insensata. Ahora Matilde nunca abandona la casa a menos que sea para hacer compra o ir a misa los domingos, o para cruzar hasta la casa de las muchachas a intervenir destempladamente en los asuntos que manejan con maestría las amas de llaves.

El acomodo que ahora le propones a Matilde no intervendrá con su rutina. Podrá ver televisión hasta las tantas, como ha hecho siempre. Ninguna de las cuatro hermanas se levanta de noche, y duermen de corrido hasta que llega el primer turno de amas de llaves en la mañana. Y podrá dormir a pata suelta hasta que el calor de la mañana interrumpa la placidez que le brinda el estado de semiinconsciencia que le producen los somníferos que ingiere al acostarse. Viéndolo objetivamente, nada oneroso para ella. Aun así, mantiene trincas sus mandíbulas y deja ir la mirada por encima de tu hombro hacia el infinito, como si buscara detrás de ti, a lo lejos, algún motivo por el que preocuparse. Te preguntas con qué saldrá ahora, qué arranque de testarudez estará planificando para que una proposición tan razonable luzca como la más perversa maniobra para endosarle a ella sola el cuidado de tus hermanas. Aprovechas su silencio para añadir:

—Voy a hacer los arreglos para que una ambulancia venga a buscar a Tati mañana. —Te refieres a que, desde antes del fallecimiento de tu madre, Tati había comenzado a mostrar un recrecimiento desmedido del tejido que cubre la tráquea—. No debemos postergar más el examen de esa masa.

Inicialmente, el médico de familia que había venido a verla —Tati no sale de la casa— pensó que se trataba de un funcionamiento anormal de la tiroides —el mal corre en la familia: primero fue tu madre, y luego tú—, pero descartó el diagnóstico después de ciertos exámenes de laboratorio. Además, la tumefacción de la garganta parecía ir de mal en peor y eso era un indicio de que algo grave estaba pasando. El médico te entregó un referido para un otorrino de Arecibo. Fue tu prima Leonor, que es enfermera quirúrgica, quien te orientó en cuanto a que ese era trabajo para un cirujano, y que no debías perder más tiempo. «Si vas a la oficina privada del cirujano, este tendrá que ordenar estudios de resonancia magnética, radiografías y laboratorios. Lo mejor es que vayas directamente a la Sala de Emergencias del Coll y Toste. Allí, en un solo sitio y de una sola vez, los realizarán y harán todo lo que haga falta», fue su consejo.

Consejo sabio porque a Tati hay que llevarla siempre a sus citas médicas en ambulancia. No porque ella no pueda caminar, sino porque no se quiere sentar: ni en la sala de la casa, ni a la mesa en el comedor, ni en ningún otro lugar que le recuerde una silla. El asiento de un carro es uno de esos. Es una de sus grandes excentricidades, quizás la más importante porque incide en su estilo de vida y en el de los que la rodean. Lleva en esto como veinte años, desde que se cayó en el patio y se fracturó un tobillo. A Robert este trastorno no le tiene sentido, su aversión debería ser a caminar, no a sentarse, razona cada vez que surge el tema. Lo que Robert no acaba de comprender al cabo de treinta y pico de años de estar insertado en tu familia es que las obsesiones de tus hermanas no pueden explicarse con la lógica de los niños-genio, porque ¿cómo explicar la obsesión de Lulú por los *shoppers* siempre que sean a colores y en papel satinado? Se trata a todas luces de misterios reservados a la psicología, quizás a la neurociencia o a la psiquiatría en las que ninguno de ustedes ha tenido la curiosidad de irrumpir.

La única curiosidad que Robert te ha manifestado alguna vez al respecto está relacionada con la genética. Ya desde novios te preguntaba si tu padre o tu madre —o siquiera tú— tenían alguna conjetura con respecto a lo profusa que había sido la retardación mental en la prole. No obstante, cuando le dijiste que ninguna y comentaste, sin ánimo de que esta fuera la explicación plausible, que tu padre y tu madre eran primos, a él se le ocurrió una: «Ellas son las Aureliano de tu estirpe. Aureliano es el hijo de su tía Amaranta Úrsula, y de su primo Aureliano Babilonia, quien nació con cola de cerdo por ser el fruto de un amor que, aunque verdadero, era incestuoso». Nada de inmoral, te aclaró de inmediato, pues él mismo había convivido por unos meses con su prima Eva María. Aclaración innecesaria puesto que, por generaciones, en tu propia familia era usual que los primos y primas se casaran entre sí, y esos matrimonios no eran vistos con malos ojos. Años después, Robert volvería a traerte el tema solo para indicarte que con el desarrollo tan extraordinario que ha tenido la eugenesia, quizás era tiempo de persuadir a algún profesor de la Escuela de Medicina de que se adentrara en el mundo del ADN de tu familia, a ver si era posible esclarecer el misterio de las colas de cerdo.

—Ya hablé con Valdremina para que me acompañe mañana —le dices a Matilde para que supiera que ni para eso la importunarías. Tu prima Valdremina viene siempre en auxilio de las necesidades de tu casa, es la que se queda a cuidar a los enfermos de la familia en el hospital cuando nadie más se ofrece, la única que estuvo junto a tu padre cuando murió. Y también es la que le canta las verdades más inconvenientes a Matilde cuando se lo merece.

Ante el silencio de Matilde, Robert pregunta que quién quiere café. Él es quien lo prepara siempre. Dice que cuando hay un yaucano presente nadie más tiene licencia para colarlo.

—Negro —respondes con fruición.

—¿Y tú, Matilde?

—¡Será pa' que me cague encima!

Entonces, Matilde se embarca en un recuento interminable de las veces que el café le ha caído mal al estómago. Robert te mira con la cara que pone cada vez que la escucha quejarse de algún asunto nimio, y tú supones que él debe estarse preguntando por qué le ofreció la bebida si ahora ella está casi implicando que él lo hizo para que se le descompusiera el aparato digestivo. Robert la deja con la palabra en la boca y se aleja hasta la cocina pasándole por el lado a Lulú, que está viendo el *Cartoon Network*. Luego lo oyes manejar los trastes sobre la estufa. Minutos después, percibes el aroma fuerte que suelta al aire el grano arábigo cuando el agua hirviente percola su harina en el fondo del colador de algodón ennegrecido.

Mientras tanto, Matilde pasa de un tema a otro con la velocidad del corredor de obstáculos que domina su oficio y supera las vallas sin tumbar ninguna, como si la anterior constipación de palabras en su garganta se hubiera deshecho en riadas de lamentaciones que ya no puede contener sin que se altere el balance del mundo que la rodea. Ese tema del tumor de Tati, la ambulancia y el viaje a la Sala de Emergencias mañana, sale fuera de su zona de interés morboso. Y eso es todo lo que ella necesita para soltar al aire sus cantaletas inoficiosas.

Tomas sorbo a sorbo el café caliente que Robert te ha traído y esperas —¡qué otra cosa puedes hacer!— a que ella haga una pausa para tomar el aire y tú recuperar el hilo. Así transcurre otro tanto antes de que Matilde acabe de verter la bacineta de sus deshechos espirituales. No sabes cómo interrumpirla. Supones que sería un riesgo comparable al de despertar a un sonámbulo en medio de su caminata. Robert se percata de que solo hay borras en el fondo de la taza y la retira de tu mano. Regresa con un vaso de agua para mitigar el regusto que la bebida te deja en el paladar y que, además, ha teñido de oscuro el anverso de tu lengua. (Él, como siempre, atento a tus pequeñas manías que tú, invariablemente, agradeces con una sonrisa amplia). Cuando ya es evidente que Matilde ha desparramado todo el contenido de sus insatisfacciones momentáneas, la interpelas con cierta naturalidad sobrepuesta:

—¿Bueno, en qué quedamos para mañana?

Para sorpresa tuya, esta vez no titubea:

—En que Valdremina no tendrá que ir contigo; yo te acompañaré.

24.

AL TERCER DÍA ENTRELAZA sus manos con las tuyas. Ni siquiera la ternura de la película que vieron la noche antes te indujo a permitirle que te tocara cuando iban de regreso al hospedaje. No es que él no lo intentara, sino que ya tú habías decidido que eso no podía ocurrir tan recientemente de la confrontación con la correveidile del primer piso que trajo a cuento lo del matrimonio y sus tres hijos. Si tenía verdadero interés en ti, esperaría a que lo consintieras.

Aclarado todo, el jueves fue un día especial porque lo pasaron juntos en la biblioteca, en las calles de Santa Rita y Río Piedras, en las veredas del recinto, en la escalera de entrada al pie de tu hospedaje. Robert, a su manera, comenzaba a parecerte un buen seductor. Es verdad que Georgie le llevaba la ventaja de su apariencia física, sin embargo, Robert lo aventajaba en su conversación fácil, variada, que resultaba ser con bastante frecuencia una eclosión de ideas novedosas que nada tenían que ver con la salvación del alma. Robert, sin saberlo, ha comenzado a ayudarte a superar los reiterados pensamientos sobre el Georgie de los audífonos puestos marcando el compás de las melodías con la cabeza cada vez que pasas cerca de la Sala de Música. Tienes claro que la Sala de Música no es un sitio para ir con Robert y por eso nunca accederás a sus esporádicas sugerencias de que cambien de ambiente y suban a estudiar a ella. No mientras Robert no sepa a lo que te expones; ni tú misma lo sabes. ¿Para qué resaltar las intrigas de tu subconsciente si con el aporte de esta nueva relación quedan satisfechas tus necesidades, aparcadas tus frustraciones, activadas tus esperanzas? Del mismo modo que tampoco le hablarás acerca de tus noviazgos anteriores; ni siquiera de Ernesto. Sobre todo, no de Abby, no en este momento en que no podrías jurar sobre la Biblia que lo has desterrado para siempre de tus zonas de rescate. Porque ¿te has detenido a pensar qué sucedería si llegando a tu casa el fin de semana él apareciera a pedirte perdón y a proponerte que reanuden el romance que, ahora que estás en la universidad, promete una vida de madura permanencia?, ¿que donde fuego hubo, cenizas quedan?, ¿que nunca es tarde si la dicha es buena?, ¿que el compromiso con ese novio que tienes no puede ser tan fuerte como lo nuestro?, ¿que por qué no lo tratamos de nuevo, Wendy, sin las anteriores limitaciones que imponían tu corta edad y el hecho de que aún vivías con tus padres?, ¿que tenemos tiempo para recobrar la ilusión que una vez tuvimos, para darnos los besos que nunca nos dimos? No piensas en las respuestas ya que no las sabes, en todo caso serían conjeturales.

Lo innegable de tu inteligencia emocional es que las conversaciones sin pausa con Robert, la proximidad durante el caminar perseverante y, por qué no decirlo, la agradable sensación de que esta vez marchas al lado de un joven que comienza a gustarte con un entusiasmo diferente, hacen que al día siguiente no opongas resistencia al roce de sus manos. El sábado irán a las justas interuniversitarias, y nada más natural que te desplaces con él por las gradas del parque como si ya fueran novios. Esta vez, sin embargo, cuando llegado el momento Robert una su mano a la tuya, al contacto de sus manos y por alguna razón que supera tus suposiciones, no experimentarás maripositas en el estómago, aunque debes admitir que sí irrumpirá animosamente en tu cuerpo el confort que trae un nuevo nivel de intimidad.

Los días se suceden deprisa y Robert y tú comienzan a internarse en el laberinto fácil de los enamorados. Los domingos en la tarde, cuando regresas de tu pueblo y él del suyo, van a Mastro Pizza con una asiduidad mayor que la de ir a misa (de hecho, ni tú ni él asisten a iglesia alguna). En las noches de los jueves, si no van al cine, pueden ir a estacionarse al parquin de la playa del Escambrón, donde otros enamorados no invierten mucho en palabras ni tienen que pagar por su ingreso, como les sucede a otras parejas que están dispuestas a costear la tarifa fijada en el estacionamiento del Caribe Hilton a cambio de mayor seguridad para los momentos de gran embelesamiento. A ti y a Robert lo que les importa es hablar ratos largos sin interrupciones. Solo añadirán contactos deliciosos después del primer beso que te dará en la playa, entre el Capitolio y el Atlántico, ante la visión de la estatua incómoda de San Juan Bautista que mira con el ceño fruncido, el brazo extendido y el dedo en alto. Aquel fue un primer beso que, lo mismo que el de Bertin, no vino uncido al rugir de las tronadas ni a las posibilidades trémulas de las novelas rosa de Corín Tellado en tu adolescencia.

Ahora que han transcurrido los meses llenos del sosiego de una relación de bienestar y comodidad, consideras la posibilidad de que Robert conozca a tu familia. Es la ilusión de tener por primera vez un novio a quien no debas disimular ante tu padre y tu madre, un novio a quien no tengas que decirle que se conforme con pasar en su carro frente a tu casa y tocar bocina. Tienes diecinueve años y eres ya una universitaria que en un par de años será mayor de edad, tendrá una profesión y se marchará lejos de la casa a iniciar una vida nueva.

Había quedado con ella en estar en la plaza a las diez y media de la mañana, pero llegué al pueblo un poco antes de las diez. Nunca me ha gustado llegar tarde a los sitios y esta cita era muy importante como para tomarme riesgos en el camino. Además, estaba deseoso de verla. Era el verano y el receso de la universidad impedía que nos viéramos como cuando había clases, así que la última vez que nos vimos me había despedido con la promesa de esta primera visita para conocer a sus padres y hermanas. El pueblo, con sus calles estrechas y desoladas, apenas se sacudía de la modorra que produce despertar de una noche de sábado sin novedades, y los pocos transeúntes que pudiera haber a esa hora de seguro estarían congregados en la misa, lo mismo que Wendy. Volteando la plaza en mi escarabajo azul celeste, comencé a sentir algunos retortijones estomacales. Al principio, no les presté mucha atención. Suelo padecerlos en situaciones de apuro o de mucho estrés, y esta, definitivamente, era una de esas.

Era la segunda vez que entraba al pueblo. La primera había sido precisamente un año antes, cuando René Marqués, nuestro maestro del taller de redacción de cuentos en la Iupi, nos llevó a la plaza frente a la iglesia y nos mandó a que hiciéramos preguntas a la gente que por allí estaba sobre quiénes eran «Pura Machete» y «Monchín del Alma». En ese tiempo, no había oído hablar de Pura Machete. En cambio, la alusión a Monchín del Alma no me era ajena. Recordaba su aparición en la novela escrita por él mismo, La víspera del hombre, *que yo había leído unos años antes para mi clase de Español en la* High. *Ese día, René —hacía que lo llamáramos de este modo, sin la formalidad del título, lo cual permitiría a partir de entonces que sus alumnos y él nos hiciéramos también amigos—, nos llevó a la oficina del juez de paz, que ubicaba en el segundo piso de un edificio situado a uno de los costados de la iglesia. Fue una experiencia decisiva en lo que sería después mi vida de escritor. Vimos ante el juez Meco Chaves los distintos conflictos que presentaban las personas llevadas bajo arresto a su presencia por la Policía. Ese día descubrí que hay relatos más verosímiles en las tramas de ficción de la literatura que en la realidad que nos circunda, algo que confirmaría años después en mi vida como abogado. Quizás esa era la idea que tenía René al llevarnos allí, y si lo fue, la lucramos con creces.*

En ese momento no podía imaginar que un año después estaría de vuelta en este pueblo de calles estrechas y poca gente para saber algo sobre otras personas que no fueran Pura Machete o Monchín del Alma. Lo único que unía los personajes a los que aludía René Marqués en el taller con la parentela de Wendy era mi curiosidad por lo extraordinario. Hacía un par de meses que estaba de novio con ella, y solo conocía de oídas a Loli, Tati, Charito y Lulú. Wendy ni siquiera me había mostrado fotos de ellas. Y yo, que en esa época no tenía una consciencia clara de lo que era la retardación mental, me sentía ese día como si fuera de picnic a casa de Los Locos Adams. Y eso que Wendy, por su experiencia de años junto a sus hermanas, y por sus estudios de pedagogía, transmitía perfectamente la ilusión de una normalidad sin titubeos en una familia fuera de lo común, constituida en parte por seres humanos que, a lo sumo, podían caracterizarse como especiales.

Giré a la izquierda en la esquina del aún cerrado cafetín Deliz para entrar a la San Justo en busca de dónde parquear mi Volky.

Entonces debí posponer hacerlo porque una avalancha de borborigmos y punzadas repetidas en el abdomen presagiaba que, de no encontrar de inmediato un lugar para vaciar el vientre, indudablemente me evacuaría encima. El cuartel de la Policía o el Parque de Bombas, pensé —aclaro que en ese tiempo no había establecimientos de comida chatarra en el pueblo en los que hacer esa gestión—, recordando que de entrada al pueblo, por la Socorro, había visto el Parque de Bombas a mi izquierda. Llegué hasta allí. No hizo falta ninguna explicación elaborada para que los dos bomberos que atendían la estación vieran en mi cara de angustia que necesitaba usar su cuarto de baño cuanto antes, si era que no querían ver una verdadera catástrofe no incendiaria a horas tan tempranas de la mañana.

Este incidente no habría tenido mayores repercusiones para mí de no haber sido porque, dada la abundancia de los desechos que salieron expulsados de mi interior con el mismo apremio que produciría una sobredosis de laxantes, el inodoro no hizo desaparecer en el fondo de la taza aquel contenido fétido, por más que accioné repetidamente su manija, y terminó desbordándolo hasta ver los desechos flotando sobre el suelo. Cuando me pareció evidente que nada obtendría con seguir intentándolo —y que ya no era posible que me volviera a sentar—, abrí cuidadosamente la puerta y esperé a que uno de los bomberos se retirara de la entrada y a que el otro contestara el teléfono en la mesa del retén, para escurrirme hasta el estacionamiento y salir a toda prisa del lugar sin ser visto y sin siquiera darles las gracias por su generosidad. ¿La repercusión? Que por años estuve sin pasar por la calle Socorro ante el temor de que alguno de ellos pudiera reconocerme.

Ya aliviado del vientre, regresé a la plaza entre ruegos interiores de que aquello no me repitiera, y esperé por la salida de la misa. En ese momento, ya el cafetín Deliz había abierto sus puertas y una súbita afluencia de jóvenes adultos, en espera de la salida de la misa —igual que yo—, comenzaba a darle vida a la plaza.

Es la misma plaza en la que te veías con Abby y Bertin los domingos a esta hora: los mismos bancos, los mismos árboles, las mismas aceras, los mismos negocios cerrados junto al único bar abierto en el que él solía esperar a que salieras de la misa. Claro que la ilusión no es la misma. Ya no tienes quince años, ni es impensable que lleves un novio a tu casa, y aunque sigues considerando a Abby el primer gran amor de tu vida, hoy, al salir de la plaza, no será él quien te espere, sino Robert, un muchacho del que ahora estás enamorada. Y piensas que él de ti.

Tampoco caminas junto a Lucy. A tu lado va Matilde, que te ha acompañado para facilitar que regreses a tu casa en el Volky con Robert. En Río Piedras ustedes salen solos a todas partes, sin otra vigilancia que la de tu consciencia, pero tu pueblo sigue siendo tu pueblo, y debes cuidar las apariencias. Tu padre no te permitiría que viajaras sola en un carro con un hombre que no es de la familia. Aun cuando has vivido en carne propia la falacia de que el parentesco es suficiente garantía de seguridad, tu padre no sabe lo que pasó con Pablo. Es la única razón por la que Matilde sale a tu lado al atrio de la iglesia como solía hacer Lucy en tu adolescencia. No hay que tomar en cuenta que ella mostrara algún interés por conocer al joven que ahora le daba cuerda a tu vida sentimental. De hecho, era muy poco lo que ella sabía de él, muy poco lo que le habías descrito, muy poco lo que quisieras contarle. Debes decir a su favor que, si bien ella y tú no acostumbraban ir juntas a misa, no puso reparo cuando la invitaste a que te acompañara para encontrarte con él y traerlo a la casa. Parecía que, después de todo, su curiosidad por conocer a tu nuevo novio era un aliciente más eficaz que su deseo de ser indiferente a tus asuntos.

Tiendes la vista sobre el gentío que forman los que acaban de salir del templo y lo ves de pie, en el mismo lugar en que alguna vez divisaste a tus otros novios esperando por ti, junto al banco en el que también te sentaste con ellos. La presentación de él y Matilde es breve y cordial. Robert te dirá después que tuvo una buena primera impresión de ella: bonita e inteligente. A pesar de esto, no parecía tu hermana. Era rubia (y tú no lo eres), bajita (tú eres alta), de nariz estirada (la tuya es respingona y corta), y de un hablar con pronunciación nasal (el tuyo es limpio). Su apreciación inicial de que

154

no parecía tu hermana, Robert la comprobaría con el correr de los años cuando estuviera en posición de comparar la personalidad y el carácter de cada cual.

Esta vez Robert y tú no se detienen a conversar en la plaza. Irá de visita a tu hogar, donde podrán hablar por las horas que estarán juntos antes de que él regrese por la tarde a su pueblo. Los planes son que se quede a almorzar. No sabes lo que tu madre le habrá advertido a tu padre. Solo sabes que has prevenido a tu madre con la información esencial, sin los detalles que pudieran resultar embarazosos para una primera visita, como lo sería, por ejemplo, que Robert tuvo una relación concubinaria de varios meses con una prima. No sabes cómo ellos tomarían situaciones como esa, y decides que, por lo pronto, lo mejor es no averiguarlo. Correspondía a tu madre comunicarle a tu padre que hoy vendría a conocerlos un muchacho de Yauco que está en la universidad contigo y se ha enamorado de ti. O, más bien, para ser precisos, que ambos están enamorados. Le hablas a tu madre de él y, al hacerlo, solo has obtenido por respuesta una pregunta: «¿Dices que es de Yauco?», y nada más.

Este detalle sobre el pueblo de origen de Robert tendrá importancia para ellos. Tu familia ha estado vinculada a ese pueblo desde que eras pequeña. De hecho, supones que de niña pasaste a pocos metros de distancia de la casa de él, cuando este debió tener apenas ocho años. Y es porque tu madre fue operada de tiroides en un hospital de Aguadilla, donde mismo estaba recluido en un cuarto contiguo un joven yaucano que había sufrido quemaduras graves en gran parte de su cuerpo. Por la facilidad para socializar que tenía tu abuelo Pepe, no tardó mucho en trabar una amistad tan emotiva que, en adelante, el joven Caraballo —que así se apellidaba— comenzó a considerar y llamar «padrino» a don Pepe y este, a su vez, a tratarlo como a un verdadero ahijado. Luego del alta, tu familia y los Caraballo comenzaron el hábito de visitarse una o dos veces al año, alternándose los turnos de quién visitaba a quién. Y fue de este modo que tú, con tan solo seis años, fuiste con tu abuelo y tu abuela a ver a los Caraballo al barrio Duey, para lo cual debían pasar por el sector La Trocha, en donde —te enterarías algún día en que ya no tendrías seis años, sino diecinueve— vivían para esa época Robert y su familia.

Llegas a la casa con la natural ansiedad que produce la incertidumbre de cómo Robert será recibido por tu familia y, sobre todo,
cómo él asumirá la tuya. Es la primera vez que un novio tuyo debe
relacionarse con tu padre, tu madre, Matilde y tus demás hermanas.
Ni siquiera recuerdas que alguno de tus novios anteriores se hubiese
interesado ni un instante por el asunto de la condición de tus hermanas. La verdad sea dicha, los noviazgos anteriores en medio de tu
adolescencia de alborozo eran de una persistencia indecisa: la plaza,
las calles del pueblo y la escuela. Aquellos amoríos estuvieron enmarcados en el cosquilleo placentero que brinda el contacto de la piel
en las manos, las conversaciones usuales de temas anodinos, y, en el
caso de Bertin, los besos que te dio las pocas veces que estuvieron a
solas. No fueron amoríos enmarcados en la ilusión de un futuro de
permanencia, de previsiones de casamiento. Con ellos, la relación de
noviazgo había sido de día a día. Estaba tan centrada en la inmedia-
tez que da el goce de la mera presencia del otro que no había tiempo
para soñar con nada perdurable. En cambio, la relación con Robert,
sin proponértelo, comenzaba a manifestar ciertos rasgos de estabi-
lidad, como si estuvieras en una zona desmilitarizada, en una franja
de seguridad entre dos mundos en conflicto: el mundo de la adolescencia y el de la adultez. Esta vez, transitando la ruta universitaria,
percibías que caminabas junto a él con paso firme hacia el mundo
de los adultos, el caracterizado por los compromisos laborales que
garantizarían tu propia subsistencia y una vida familiar autónoma.

Se estaciona frente a tu casa, a la sombra oblicua del árbol de
mangó de tronco áspero que ahora está en época. El sonido brioso que produce el tubo de escape del pequeño escarabajo atrae la
atención de los de la casa y, de inmediato, desde dentro, Charito y
Lulú salen corriendo hacia el portón. Le siguen Tati, y detrás Loli.
Tu padre y tu madre se asoman al balcón. A los once y nueve años
el comportamiento de Charito y Lulú será como el de niñas de dos y
tres años. Ya se lo has advertido a Robert. Y no te hacen quedar mal.
Ambas inician su acoso infantil sin inhibiciones, como si lo hubieran
visto el día antes y él fuera su compañero de juegos. No se abstienen
del contacto físico. Lo rodean y lo tocan, como hacen las beatas con
la imagen de los santos los días de misa votiva o el curandero de la

aldea con el ídolo de piedra. Dan la impresión de que procuran comprobar con el sentido del tacto la realidad del aparecido. Ellas no creerían en su existencia a menos que vieran, palparan y quedaran convencidas de que es de carne y hueso. Lo halan por las manos, le tocan los brazos, la camisa, y mientras ustedes se abren paso entre ellas por la acera hasta el balcón, balbucean los desparpajos que emiten en un idioma que solo los de tu casa conocen bien y del que tú traduces para Robert cuando él te busca con la mirada.

Tu padre se adelanta al encuentro del visitante, de quien solo conoce la poca información que le habrá dicho tu madre. Tan pronto pone un pie en el balcón, Robert estira la mano con una sonrisa que, quizás por los nervios, se asemeja mucho a una mueca, y que tu padre reciproca con efusividad comedida.

Afortunadamente, los retortijones del bajo vientre me habían abandonado después de salir del inodoro de los bomberos dejándoles aquel desastre que no quise imaginar cómo habrían resuelto. De camino a San Antonio, Matilde, desprovista de la timidez que cabría esperar de una persona que acababa de conocerme, formuló unas cuantas preguntas con mayor empeño del que pondría un fiscal al interrogar a un sospechoso sobre los pormenores de su crimen. Traté de responder a todas con la gentileza que demandaba la circunstancia de tratarse de la hermana de mi novia, sin abundar con muchas explicaciones. Noté de inmediato la incomodidad de Wendy ante el interrogatorio al que Matilde me tenía sometido. Para distraer un poco su atención, prendí el radio y recorrí el dial hasta que encontré una emisora que transmitía música de Los Beatles. Con el pretexto de identificar el título de la versión vocal del grupo inglés —yo sabía que tocaban Hey Jude, una de mis favoritas de McCartney—, logré pasar la hoja de la conversación para que Wendy y yo pudiéramos gastar el tiempo en otros temas socorridos antes de llegar a la casa. Aunque hacía comentarios ocasionales a expresiones concretas de alguno de nosotros, ni Wendy ni yo desplegamos las velas que ella pudiera soplar, y bien fuera porque se cansó de intentarlo o porque comprendió nuestra falta de entu-

siasmo por reaccionar a sus acotaciones, Matilde permaneció en silencio el último tramo del camino.

A la carretera aún le quedaban flamboyanes florecidos que mostrar a nuestro paso y, más allá de las alambradas que separaban las fincas de la vía de rodaje, podían verse los variados tonos de verde —esmeralda, oliva, chartreuse, cadmio— en los extensos prados donde pacían las vacas manchadas de ordeño. Para mí, que venía de un pueblo cafetalero en el que la mayor parte de su topografía es montañosa y carece de una industria bovina, era como estar de vuelta en otro país. Al poco rato, siguiendo las indicaciones de Wendy, llegamos a nuestro destino y pude estacionarme frente a una modesta casa de hormigón pintada de crema.

En verdad no sabía qué esperar de esta visita. La primera vez que ella me habló de sus cuatro hermanas, no habían transcurrido ni quince minutos de habernos conocido, y mi reacción interior había sido un tanto insensible: «No sé por qué me lo dice, pues no pienso casarme con ella», pero, ahora, que estaba tan aficionado a su fina inteligencia, aferrado al aroma y suavidad de su piel, la tesitura de su cabello y sus muslos firmes y sus piernas largas y sensuales, ese pequeño detalle comenzaba a dejar de importarme. Además, a los veinte años, ¿a quién le preocupa lo que pudiera sucederle a los sesenta? Por supuesto, a esa edad tampoco era una preocupación hipnótica la condición mental con la que quizás pudiera llegar al mundo nuestra propia prole porque, algún día, cuando me detuviese a recapacitar sobre el tema, sabría por las teorías de Mendel que había estudiado en el curso básico de Biología, que nuestros hijos podrían heredarla por el carácter recesivo de esos genes corrompidos, siempre presentes y dispuestos a dar sorpresas como esas.

La realidad es que yo era consciente de que al bajarme del carro, entrar a la casa y extenderles la mano al padre y a la madre de Wendy, a la voz de: «Papi, mami, este es mi novio Robert», sería como imprimir mis iniciales al margen de un acuerdo en el que todas las cláusulas y condiciones estaban por escribirse, que se trataba más bien de hojas en blanco que ellos llenarían después que me conocieran y quedaran convencidos de la seriedad de mi compromiso. En todo caso, se trataba de cláusulas y condiciones implícitas. Pero, sobre todo, innegociables, no tanto porque se tratara de personas intratables u obcecadas incapaces de llegar a acuerdos razonables, sino porque no había espacio para tales vaivenes. Porque desde que la conocí todas las circunstancias, por no decir los planetas, habían comenzado a alinearse para deshacer el conjuro de aquella noche —«no pienso casarme con ella»—, y permitir que cada día pensara menos en las consecuencias de asociarme a una familia de características tan inusuales. Después de todo, ¿qué elementos hubiera podido negociar con ellos? Si algún día Wendy y yo llegáramos a casarnos y ellos dos —padre y madre— faltaran o se incapacitaran, ¿nos haríamos cargo de las cuatro?, ¿de solo dos?, ¿acaso de una y Matilde de tres, o a la inversa?, ¿las llevaríamos a nuestra casa o nos tendríamos que mudar a la de ellas (que es ahora la de la familia)?, ¿absorberíamos el costo de hacernos cargo de ellas o él dejaría algún dinero para eso?, ¿podríamos internarlas en algún asilo o deberíamos tenerlas en nuestra compañía hasta que la muerte nos separara? ¿La verdad? Yo ya estaba demasiado enamorado de Wendy como para que las respuestas a tales preguntas tuviesen alguna relevancia. Además, por más grande que fuera mi embelesamiento, no podía descartar el hecho de que toda relación sentimental tiene un componente imprevisible de contingencia. Entonces, ¿para qué importunarme en los buenos ratos a su lado si el futuro no existía?

Lo crucial era que, por el convenio a punto de rubricar, quedaría autorizado a presentarme a su casa en días y horas oportunas, sujeto a las condiciones que ellos pudieran establecer y, más aun, con el entendimiento de que algún día, si las cosas marchaban bien y Wendy no se arrepentía, me convertiría en el primer forastero en acceder al mundo cotidiano de la familia.

Descendí del Volky con un entusiasmo fingido para que no se notara mucho lo ansioso que me sentía, y lo rodeé para abrirles la puerta a Wendy y Matilde. Se dirigieron frente a mí hasta el portón a donde momentos antes habían llegado corriendo entre risas auténticas, casi salvajes, dos niñas como de nueve y once años.

—Esta es Lulú —me indicó Wendy colocando su mano izquierda sobre el cabello rubio de la más bajita—, y esta Charito —poniendo su derecha sobre el hombro de la trigueña. Ambas tenían estrabismo por lo que, como era de suponer, no podía adivinar, ni aunque pasaran cuarenta años, para dónde miraban—. Y él es Robert, Ro-o-bert —les dijo a ellas.

A partir de entonces, incorporaron mi nombre a la breve onomástica de sus conocidos, pronunciándolo con las limitaciones de su condición: Óel, Óbel. Lulú y Charito celebraban el evento con alegría y risas sonoras. No perdieron tiempo en darme la bienvenida. Con una curiosidad desvelada, comenzaron a asegurarse de que yo era de carne y hueso sujetándome por los brazos y tomándome de las manos, como lazarillos, mientras caminaba por la acera angosta hacia el balcón. A la próxima que Wendy me presentó fue a Tati, que a sus trece años ya era más alta que yo, y mantenía sus ojos perfectamente alineados. Era esbelta, blanca sin ser rubia como Lulú, y tenía rasgos de actriz de cine. No reía estrepitosamente; por el contrario, era más bien de sonrisa davinciana, y no repitió mi nombre cuando Wendy se lo dijo. Simplemente se negó a contestar cuando le pregunté cómo se llamaba y dio la vuelta pronunciando frases para mí ininteligibles, mientras se alejaba del balcón para adentrarse en la sala. Loli no, Loli respondió de inmediato a mi pregunta de cuál era su nombre y reaccionó a mi saludo corporal extendiéndome la mano, en medio de una sonrisa apretada. Era casi tan alta como Wendy, blanca a más no poder, y con la misma desviación ocular que hacía imposible saber hacia dónde miraba. Ni ella ni Tati se interesaron en saber si yo era de carne y hueso. Y cuando Wendy quiso comprobar con una pregunta que había registrado mi nombre en el lugar apropiado de su cerebro, pasó la prueba con creces:

—¿Este? Él se llama Róbel. —Que, de no haber sido por la lateralización de las consonantes finales de mi nombre, habría podido decirse que respondió en perfecto español.

El balcón se hizo pequeño para celebrar la novedad de mi presencia, así que Wendy tuvo que sacarme de encima a Charito y a Lulú, y pedirle a Loli que entrara a la sala. Solo que entonces no dijo: «Papi, mami, este es mi novio Robert», sino: «Papi, mami, este es Robert», como si se tratara de una escultora que presenta en medio de la sala de un museo su nueva creación plástica. Quizás era temprano para invocar el adjetivo «novio», o tal vez ya lo había usado antes en privado con ellos —posiblemente con la madre, a sabiendas de que así el padre se enteraría—, mas no lo supe de inmediato. Me tomó un poco por sorpresa la simple alusión a «este es Robert» porque me estuvo que era como decirles: este es el nuevo porteador de El Nuevo Día que me lo encontré allá fuera bajo la llovizna y lo invité a entrar para que no se mojara. Sin embargo, la fórmula empleada nada tuvo que ver con la amabilidad con que su padre me ofreció la mano, a cuyo contacto pude descifrar de inmediato la vida de trabajo rudo que llevaba. Era una mano burda, áspera, con dedos de tamaño agigantado, cada uno el doble de los míos, y de muchas callosidades. Comprendí que sus manos ponían fin a dos brazos musculosos, sin ninguna flacidez, velludos, e irrigados por venas más protuberantes que las de las estatuas de Miguel Ángel, con un poder que, de seguro, podrían levantar en vilo cualquier peso en la finca, que para eso los usaba. El apretón de manos no hizo que precisara de otras evidencias de su fortaleza física, que era la que veía entonces frente a mí, porque su fortaleza de carácter era superior, según averiguaría más tarde cuando lo conociera. Medía como seis pies dos pulgadas y tenía el mismo aspecto recio de los guanches de las islas Canarias de donde eran oriundos sus ascendientes. Era rubicundo, de ojos ambarinos, patas de gallo profundas y un surco insondable en cada mejilla que me hacían recordar los close-ups de la cara de Clint Eastwood en los spaghetti westerns, y que no eran compatibles con que aún no hubiese cumplido los cincuenta años.

La madre me ofreció igualmente la mano. La suya no era áspera ni tosca, sino más bien reseca porque, presumiblemente, el contacto excesivo con el jabón de fregar los trastes y el almidón de los tubérculos que cocinaba a diario impedían que cuajaran en su piel, como debían, los aceites naturales del cuerpo. No me dio un beso de bienvenida en ese momento; aún no estaba de moda saludarse de ese modo, como tampoco me lo daría después cuando ya se hiciera rutinario ese besuqueo festinado que se da hoy día, aun entre desconocidos. Descubriría con el tiempo que ella, sencillamente, no era *así. Ella probaría ser bastante retraída, no porque no fuese familiar en su trato, sino por una timidez difícil de explicar. Se sonrió con un apocamiento mayor que el de Loli, y pude advertir una mirada indescifrable proveniente del brillo casual de dos ojos cansados. De momento, no pude hacer otras observaciones que no fueran la de su baja estatura en un hogar de gente alta y la de unas piernas que, aunque más cortas, eran de líneas conformadas a las que heredó Wendy. La invitación a que pasara a la sala apenas esperó.*

Nada más que de sentarme en una de las butacas forradas de vinilo, Lulú y Charito se me encimaron a tocarme el pelo y las orejas entre risas revueltas. Don Felipe demostró de inmediato el control sobre la manifestación de las emociones de ellas. Golpeó con la palma de la mano abierta el brazo derecho de su asiento un par de veces y, dando un silbido moderado, les dijo:

—A estarse quietas. ¡Váyanse abajo!

Ellas, sin dejar de reír, salieron al escape por la puerta hacia el balcón. No desaparecieron. Se ubicaron detrás de la ventana miami enrejada y me miraban con el mismo interés con que se mira a un simio hacer monerías en su jaula. Yo les devolvía una mirada de incomprensión, pero les sonreía con el agradecimiento del mono a quien le han lanzado un guineo dentro de su mazmorra. Ellas se turnaban en pronunciar mi nombre a su modo, Óel, Óbel, y decían cosas que no entendía y que Wendy no podía interpretármelas porque ya se había ido a la cocina con su madre a preparar un poco de café. A Loli, en cambio, don Felipe le permitió permanecer sentada a su lado. Esta, salvo por sus soliloquios desencajados, no interrumpía nuestra conversación. De Tati no tuvo que ocuparse, ella estaba en circulación constante. Por momentos se mantenía de pie junto a la butaca de él, me miraba por unos segundos con fijeza extrañada y, entre murmullos ininteligibles, desaparecía después en dirección de la cocina, para reaparecer al instante sonriéndose. Entonces, volvía a situarse de pie, con sus brazos cruzados sobre el pecho, en el mismo lugar de antes y se esfumaba otra vez por donde vino. Como si con esas desapariciones y reapariciones estuviera intentando un ejercicio de bilocación.

Don Felipe resultó ser un gran conversador. A los veinte minu-

tos de estar hablando conmigo, yo ya me había hecho una idea de lo que él pensaba sobre distintos asuntos, sobre todo, de aquellos en que opinábamos diferente —Wendy me había prevenido de algunos— y en que teníamos ideas irreconciliables. Él, naturalmente, me llevaba la ventaja. Como padre de mi novia, podía precipitarse en los temas que quisiera sin temor a ninguna consecuencia grave. Yo, en cambio, dependía de agradarle todo lo posible para ganar su confianza y tener acceso a aquel hogar para visitar a Wendy en el futuro. Debía cuidarme de no parecer hostil ni recalcitrante; mucho menos soberbio, particularmente porque ese día él argumentaba con firmeza a favor de la anexión de la Isla a Estados Unidos como estado cincuenta y uno, y yo exponía algunas de mis ideas independentistas. Él decía que los estudiantes debíamos ir a la universidad a estudiar y no a formar revoluces, ni a cambiar el estatus político, y yo afirmaba que debíamos ir a estudiar, a pensar por nosotros mismos y a tratar de cambiar las cosas que estaban mal, especialmente lo del estatus, el militarismo en el campus y la guerra de Vietnam. Sus convicciones eran las mismas que Wendy profesaba cuando nos conocimos, y que ella había ido cambiando a raíz de nuestras largas conversaciones de novios sobre el tema. Era obvio que su padre quería demarcar bien el territorio ideológico de él y de la familia para que yo no me llamara a engaño; hacer claro desde el principio a qué familia me estaba aproximando; constatar que su hija no estaba de novia de uno de esos revoltosos estudiantes comunistas que se la pasaban tirando piedras, quemando edificios o matando policías en la universidad. Yo no tenía por qué culparlo. Cualquier otro padre hubiera hecho lo mismo: comprobar, a base de las limitadas oportunidades que ofrece una conversación inicial, la entereza moral de un advenedizo que amenazaba con entrar de súbito a su familia. Con todos los riesgos que suponía expresar mis opiniones, no me retractaba ante sus refutaciones, aunque tampoco permitía que los argumentos continuaran evolucionando a nuevas discrepancias. Por eso, tan pronto pude, cambié el tenor de la conversación.

—Las vacas que vi al lado de la casa, ¿son suyas? —Me refería a unas diez o doce que vi pastando al otro lado de la verja cuando *me bajé del carro.*

—Son novillas de adelanto. —Y como vio la perseverancia en la falta de expresión en mi rostro, añadió—: El dueño de la vaquería me trae las novillas cuando han cogido toro. A mí no me cuestan nada. Las cuido hasta que están a punto de parir, y entonces él se las lleva.

—¿Y qué usted gana?

—Lo que el animal haya adelantado en mi cuidado.

—¿A qué se refiere? —Mi interés era genuino; mi desconocimiento total.

—Cuando la novilla llega a la finca, sabemos lo que pesa en arrobas. Cuando se va, la vuelven a pesar y me pagan por las arrobas de diferencia, a tanto por arroba.

Con este tema yo había puesto a vibrar varias cuerdas tensadas de mucha sonoridad y, a medida que le iba haciendo otras preguntas, él iba ejecutando con la destreza de un virtuoso nuevas melodías: el tiempo que se tomaba adelantarlas, qué sucedía si se enfermaban o se morían, quién asumía los costos del veterinario y los fármacos, qué consumían, qué sucedía si se escapaban, en fin, si eso de adelantar novillas era para él un negocio lucrativo. No que a mí me importaran las finanzas del hogar de Wendy, se trataba más bien de mi curiosidad sobre cómo era el mundo de los agricultores y ganaderos, de esas personas que probablemente no tuvieron la oportunidad que tuve yo de asistir a la universidad y se vieron obligados a quedarse a trabajar bajo un sol implacable en sus fincas o en las de otros. Yo había sido socio del Club 4-H en mis años de escuela superior, una agrupación juvenil creada en Estados Unidos para futuros agricultores que promovía la enseñanza de temas agronómicos —como la naturaleza y tipos de suelos, la labranza de la tierra, la alternancia de los cultivos—, así como la reproducción y crianza de animales para consumo de su carne o de sus productos. Cuando lo puse al tanto de aquel interés por la tierra, a don Felipe le brillaron los ojos del único modo posible: con el fulgor que producen esos temas en quienes aman la intemperie, las siembras, las labranzas, los animales domésticos, la naturaleza viva. Claro está, no le dije que no era cierto que alguna vez yo hubiera considerado la agricultura como una opción de vida —de hecho, nunca me han gustado las faenas agrícolas—, pero el club, del cual era secretario, me ayudaba a desarrollar destrezas de redacción, de liderato y de discusión en grupo para botar un poco la timidez que entonces me acompañaba a todos lados, y eso constituía un aliciente adecuado para el compromiso de pertenecer al club.

Se incorporó y me invitó a que fuéramos a ver de cerca el ganado. Bordeamos la casa por la acera que la abarcaba por los cuatro costados, seguidos por el alboroto de Lulú, Charito y Tati, y traspasamos un pequeño portón de *cyclone fence* atado con una soga de nilón amarilla. Wendy alcanzó a verme detrás de su padre a través de la persiana de la cocina y bromeó en voz alta desde su ubicación frente a la estufa:

—¡Ten cuidado con las vacas, que fajan!

Don Felipe mantuvo un silencio cómplice y, de seguro, sonrió. A mí no se me ocurrió otra cosa que gritarle:

—¡Soy buen torero, Wendy, no te preocupes! —Por supuesto que no era buen torero y, peor aún, le tenía repelillo a las reses, como se lo tenía a los perros. Como no era el momento de demostrar tales debilidades, respiré profundo y decidí caminar lo más cerca que pude detrás de su padre, ocupando las huellas que dejaban vacantes sus pisadas enormes sobre la yerba y los bejucos que se entretejían sobre el suelo.

Ni tu padre ni tu madre comentan nada cuando Robert se marcha. No sabes la impresión que ha causado en ellos, qué opinan de él, ni puedes inferir de ese silencio glacial cuáles son sus sentimientos al respecto. Es un rasgo idiosincrásico de ellos. Así ha sucedido desde que tienes memoria, aun ante eventos que a otros pudieran parecer asombrosos. La llegada de cualquier persona a la casa, aun de los que son tus parientes, no suscita ninguna reacción en ellos. Es como una película que muestra a tus padres exponiendo lo usual: al visitante saliendo por el portón y ellos dos volviendo a sus ocupaciones de siempre, sin ninguna reacción a cualquier tema que hubiese surgido en la conversación, y sin ningún comentario siquiera sobre la apariencia física o la vestimenta del que se ha ido. Siempre ha sido como si con la despedida del visitante se cerrara con un hermetismo decidido un paréntesis en el decurso del día que no es necesario acotar con algún tipo de comentario.

Solamente Matilde tiene comentarios; siempre los tiene. Los hace cuando entra al cuarto y ve que comienzas a cambiarte de ropa por la de estar en la casa. Se tira sobre su cama (en el cuarto hay dos camas pequeñas; la de ella, junto a la ventana). Es cuando abre la boca.

—Yo esperaba que fuera guapo. —Con alguna dificultad te sacas el traje por la cabeza y las enaguas por los pies; te dejas puestos los mismos pantis y el *brassiere*.

—A mí me gusta —dices con cierta frialdad. Hubieras preferido no contestar, sin embargo, consideras que con esta respuesta quizás se desanime para continuar con el tema. Pero te has equivocado, como sueles equivocarte a diario con ella cuando procuras tratarla con franqueza.

—Abby es más guapo. —(¿Y qué contestarás ahora que te ha restregado sal en una herida que sigue aún sin cicatrizar del todo? Porque, impertinencia aparte, la apostilla de Matilde no deja de ser cierta. Una cosa es que estés enamorada de Robert y otra que hayas podido arrancar de tus neuronas lo que de Abby aún persevera en ti).

Subes el zíper y abrochas bajo tu ombligo el mahón corto de ruedo deshilado que has deslizado muslos arriba. Te colocas por la cabeza el polo blanco que tiene pintado en letras rojas sobre la espalda la sigla UPR, y luego te pasas la peinilla. A Matilde no la desanima tu silencio incómodo, quizás precisamente por eso: porque es fastidioso y útil para importunarte un rato. Vuelve a la carga:

—Robert tiene la cara muy larga y es chumbo.

Ahora te sonríes de espalda a ella, para que no sepa que lo dicho te ha parecido gracioso. Porque, ¿qué otra cosa puedes hacer ante esa descripción de Robert y los contrastes que ha establecido con dos características de Abby, quien es de cara normal, ovalada, y nalgas protuberantes? Pues, nada, así que desplazas tus pies en el mullido azul de las chanclas de goma, abres la puerta que puso obstáculo a que sus palabras viajaran hasta la sala, y resurges de la habitación sin apostillas adicionales que te enconen, dejándola con las palabras de otras comparaciones atascadas en su garganta, y con las ganas de ella saber tu sentir sobre lo que te ha dicho de Robert y Abby.

25.

EL DÍA QUE CHARITO golpeó a traición a Fredeswinda supiste que había llegado la hora. Desde una semana antes, su comportamiento había sido un tanto errático. Robert y tú ya lo sospechaban. La última noche que se quedaron a dormir en la casa, Charito ni durmió ni dejó dormir a nadie, como si se hubiera desatado en la oquedad de su idiotez una tempestad de alucinaciones formales. Desde que la luz dejó de escurrirse sobre las paredes blancas de su cuarto, comenzó a dar voces que al principio eran como de conversaciones lejanas por su intensidad decaída, para convertirse luego en perfectas galimatías que saltaban de sus cuerdas vocales dando tropiezos incontrolables hasta llegar al cuarto en que Robert y tú intentaban dormir. Después, de rato en rato, intercalaba entre los borbotones de frases truncas una risa desaforada que parecía tener vida propia. Y no es que Robert y tú no estuvieran acostumbrados a oírla hablar sola o a reírse sin razón aparente. Las cuatro, unas más que otras, hablaban para ellas mismas o para otros, o para otros y ellas mismas a la vez, dependiendo de su estado de ánimo, porque no tenían una programación definida ni sus itinerarios vocales estaban sincronizados. A lo que ustedes no estaban acostumbrados era al tono colérico de sus gritos, a la persistencia de sus alocuciones inmoderadas, a la inconsciencia de no distinguir la hora del día, o más bien de la noche, en que tales delirios se apoderaban de su voluntad.

Al principio pensaste que, quizás, Fredeswinda había saltado la dosis de alguno de los ansiolíticos o antipsicóticos que Charito debía tomar —todas tus hermanas los tomaban—, pero la contabilidad de las pastillas en el compartimiento del estuche plástico destinado a las de ese día demostró que no era asunto de haber omitido alguna de las píldoras. Debía de ser algo distinto, de origen desconocido, tal vez una regresión a los instintos anteriores a nuestro caminar erguidos sobre el suelo, alejados de las ramas de los árboles. De repente, no parecía reconocer siquiera la mano que le daba de comer o la bañaba o la aseaba en sus menstruaciones y defecaciones. Y cuando cualquiera de las amas de llaves se le acercaba a llevarle el plato de comida y le hablaba, comenzaba a lanzar puños al aire, sin un objetivo definido que los recibiera, como si peleara con las sombras de sus alucinaciones tenaces, o contra el acecho de un enemigo imaginario que la torturaba en la precariedad de sus ofuscamientos.

Robert fue el primero en notar su ceguera. Le intrigaba que ella girara la cabeza en dirección de quien se le acercaba, únicamente si la persona hablaba o hacía algún otro ruido que le dejara percibir su cercanía. Cuando te lo dijo, no le creíste. Haz la prueba, te desafió, y tú, siguiendo sus instrucciones, te descalzaste y caminaste sigilosamente hacia ella, casi sin respirar para que no oyera el ruido que producía el paso forzado del aire por tus conductos nasales congestionados, haciendo movimientos cruzados con tus palmas abiertas ante su cara. Y era verdad, ni siquiera parpadeaba ante el vaivén de tus manos abiertas. Te fuiste por su lado derecho y la llamaste por Rosario, no por su apodo, con la suavidad con que llamas a alguien que duerme y temes despertar. Entonces, comenzó a voltear la cabeza colocada al final de su cuello largo, con un movimiento que te hizo rememorar la escena del giro de cabeza en *El exorcista*. La de Charito no siguió girando, se detuvo justo a la par de donde hablabas, como se detiene una cámara a control remoto que busca enfocar su objetivo y lo encuentra. Y lanzó el puño inesquivable.

Fue por este descubrimiento que Robert y tú llegaron a pensar que la descomposición del humor de Charito se debía quizás a los dolores y molestias que pudieran estar asociados a un desprendimiento de retina, por ejemplo, pero lo descartaron porque nunca apreciaron, ni ustedes ni las amas de llaves, que Charito se llevara las manos a los ojos o a la cabeza como indicio de alguna dolencia. Como en los días que se sucedieron la furia y los manotazos de Charito no aminoraron y, por el contrario, trajeron nuevas agresiones a otras amas de llaves, no tuviste más remedio que hacerla trasladar en ambulancia al San Lázaro, un hospital privado que se especializa en servicios de tratamiento de condiciones psiquiátricas, muy cerca de la capital, y cuyos tratamientos no eran ajenos a tu familia porque hasta allí habían ido a recibir atenciones exitosas en épocas previas dos de tus primos.

Fue un día largo. Desde el día anterior, habías hecho los arreglos de ambulancia con la funeraria del pueblo —que prestaba este servicio a los enfermos, aunque no estuvieran para morirse—, por lo que apenas acabando la madrugada llegaron a buscarla. Ellos estaban acostumbrados a trasladar todo tipo de enfermos, menos a pacientes con desórdenes mentales. Lo supiste porque no vinieron aprestados con una camisa de fuerza, y uno de los dos paramédicos fue el primero en recibir un puñetazo tan pronto habló muy cerca de Charito y esta pudo identificar su ubicación exacta. Cuando trataron de sujetarla, a pesar de la corpulencia de ambos, tuvieron que forcejear con aquel cuerpo de seis pies y mente aturdida que se sacudía con la misma violencia que el pez que enganchó Santiago en *El viejo y el mar*. Hizo falta que Robert interviniera y aún tuviste que llamar a uno de tus primos que vivía enfrente, para que, entre todos, pudieran controlar sus sacudidas aparatosas y atarla a la camilla. A falta de una camisa de fuerza, los paramédicos tuvieron que improvisar con algunas sábanas de algodón tupido que les conseguiste, envolviendo a Charito de hombros a pies como si fuera una momia egipcia a ser colocada en un sarcófago, y luego atándola con las correas de la camilla y otras de cuero que pertenecieron a tu padre y que habían quedado olvidadas en el clóset, luego del resaque que había hecho tu madre de sus cosas cuando él murió. Y eso funcionó.

Ustedes apenas tenían una idea de lo que el día les deparaba. A veces en el camino, cuando la ambulancia se topaba con un tapón, hacía sonar su sirena por si algún conductor no había visto la palabra clave AIƆИAJUꓭMA revertida correctamente en su retrovisor, o siquiera los destellos de sus luces intermitentes. Cuando les abrían paso, Robert, que los seguía como un *Hell Driver* en su carro, aprovechaba para probarse como conductor de proezas y se mantenía como si él fuera una cola curiosa adherida al *bumper* trasero del vehículo blanco alborotado.

Ahora, dos horas después, llegan al San Lázaro. En su Sala de

Emergencias los reciben con la indiferencia y el desafecto que suelen demostrar los que han estado demasiado tiempo cerca de las desgracias humanas y comienzan a verlas con la naturalidad con que se ven las arrugas en las caras viejas. Poco importa que a esa sala no solamente acudan los perturbados por la influencia de los afanes de la vida cotidiana que no han podido manejar adecuadamente, los que más o menos pueden sobreponerse con simples atenciones farmacológicas, sino también los genuinamente psicóticos y esquizofrénicos que no trajeron en su embalaje los genes correctamente indicados, y requieren encerramientos prolongados y tratamientos audaces. Es un mecanismo de protección, le contestas a Robert cuando te hace el señalamiento de tanta insensibilidad; los empleados necesitan regresar a sus casas cada día con la cordura que la naturaleza o las circunstancias les han negado a los que vienen a recibir servicios atados a una camilla o vendados en sus muñecas para cubrir las heridas transversales que debieron haber terminado y no terminaron con sus desolaciones. Si es que quieren regresar a trabajar al otro día, añades.

Entrar a la Sala de Emergencias ha sido como entrar a una prisión que no necesita barrotes porque sus puertas están aseguradas con cerraduras magnéticas que resisten empujes de hasta dos mil libras de presión. Una vez se entra, no puede abandonarse el lugar a menos que el personal facultado desactive el mecanismo del imán pulsando una contraseña en un pequeño teclado numérico instalado con ese fin al lado de la puerta. Todas las entradas y salidas funcionan del mismo modo, y Robert, que es un kafkiano recalcitrante, comienza a bromear contigo: *Qué tal si le digo al loquero que la enferma eres tú, que todo esto es un teatro hecho con la ayuda de Charito para que tú accedieras a entrar a este lugar, pero que es a ti a quien deben retener, a quien vestir con el camisote de inmovilización que va atado a la espalda para que no te escapes;* qué gracioso eres, que no hagas que le cuente a ellos tus manías para que te enteres de a quién es que van a dejar recluido; *pero si es broma, mujer, de dónde viene ese genio, que pasa el tiempo y no acaban de llamarla, que claro que sí, que apunté su nombre, pero es que esto está lleno, voy a ver si alguien me abre la puerta para salir a comprar un café con leche para nosotros y un jugo para Charito, que aunque sea con un sorbeto habrá que dárselo.*

El área de espera se mantiene repleta. La de ustedes es la única camilla en el área arrimada a una de las paredes para que no estorbe. Charito luce más tranquila en una especie de duermevela, sin hablar ni molestar a nadie, como si el bamboleo del viaje y el ulular de la ambulancia la hubieran sedado. De las demás personas que aguardan sentadas en las sillas para ser atendidas, algunas se muestran menos aplacadas, y otras un tanto alteradas. Es difícil adivinar, especialmente para ti que no eres psiquiatra ni psicóloga, cuál es la naturaleza del desorden que aqueja a cada cual. Solo sabes lo que ves: algunas miradas tendenciosas en rostros que mueven la quijada para emitir sonidos enigmáticos o dejar caer cascadas de baba clara sobre sus camisas y blusas ya mojadas, o cuerpos de acentuados tics nerviosos que alternan ocasionalmente con una especie de temblor en sus manos, o risotadas referentes a asuntos inapreciables a simple vista, o torsos que se mecen hacia adelante y hacia atrás sin cansancio definido. Cada cual se atiene a su propia congoja, se ajusta su propia máscara, para que nadie dude de que por algo está allí, que no es asunto de fingimientos, sino cosas del destino, porque el destino puede ser así de cruel aunque no lleguemos a enterarnos del porqué. En fin, que en ese espacio pequeño de gente similar y al mismo tiempo tan diversa, de repente se mezclan universos muy disímiles, discordes, mundos reales e imaginarios, planos tangibles y esotéricos, futuros inciertos y fronterizos. Es todo lo que puede acumularse en esta burbuja extraña y ajena en lo alto de la colina, ignorada por muchos, o más bien descartada por los que transitan veloces en sus carros por el expreso cercano haciéndose, como si aquel reducto de demencias no existiera.

Cerca del mediodía, llaman el nombre de Rosario, quien para ese momento había comenzado su letanía dando a entender que sus gritos eran de desesperación para que le aflojaran las correas. Robert le pide a uno de los paramédicos que haga algo y este se aleja hasta el escritorio de una mujer de mediana edad vestida toda de azul celeste y zapatos de goma blancos, que escribe en una computadora de la que solo ves la parte posterior del monitor y el cableado, y quien le contesta algo en un susurro que para escucharse no requiere que ella levante la cabeza ni que lo mire. Es su turno, ahora van ustedes, es lo que la empleada le dice, que el personal tomará cierta información y después le harán las evaluaciones que mandan estos casos, que no nos desesperemos, que en este sitio lo mejor es tener paciencia. Como si tú no hubieras tenido paciencia ese día o todos los anteriores; como si fuese cuestión de vencer una desesperanza hecha a la medida de sus desvaríos. Habías vivido junto a Charito y tus otras hermanas durante tu infancia y adolescencia y eso, pese a la condición de ellas, no era por sí desesperante, nunca lo había sido. Todo lo contrario era cierto, esa convivencia con cuatro retardadas mentales en tus años de formación te había fortalecido, lo mismo que a tu padre y a tu madre, para afrontar una cotidianidad distinta, una vida de costumbres alejadas de la normalidad de los otros, un mundo negado por los que no lo entienden o, peor, por los que no lo quieren entender, percibido como el fracaso de alguien o de algo, o la expiación de sabrá Dios qué pecados abominables de tus padres, o de los padres de tus padres, o de cualquiera de tus ascendientes hasta Eva, porque alguna consecuencia debía de tener la insolencia primigenia de aquella primera mujer que ha cargado desde entonces con la culpa de todos nuestros males de siempre. Hacer frente a un modelo de vida distinto, incomprendido para los demás, no es motivo para desesperarse y tú lo sabes, así que no venga la doña esa a hablar de paciencia o serenidad, porque de ambas ha habido de sobra en tu casa, para consumo propio y para repartir, que tu madre nunca tuvo una palabra de queja, tampoco tú ni tu padre, solamente Matilde gastaba saliva en sus querellas inútiles, en sus sonsonetes infinitos que siempre habían procurado perturbar, sin lograrlo, el sosiego de tu madre.

A Charito la conducen al área de revisión médica mientras Robert y tú llenan los papeles que la mujer de azul extrae de una de las gavetas y que hacen metástasis sobre su escritorio. Luego el historial familiar, y adviertes las cejas arqueadas de la empleada, porque aquí hemos tenido casos de tres dementes —dice dementes, no retardados— en una misma casa, pero es la primera vez que veo un hogar de cuatro, que cómo es posible, por Dios Santo, que ustedes puedan

174

manejar tantos casos juntos —dijo casos, no personas retardadas— si con uno basta y sobra y dos serían demasiados, que para eso están los anticonceptivos, le faltó decir, si bien no era necesario articularlo una vez más porque tu tío José Miguel ya se lo había dicho a tu madre, precisamente antes de que Charito se asomara al mundo con su cerebro divergido, y de que tu abuela tronara contra esa injuria al Cielo y a Pío XII. Poco ha faltado para que saltaras de tu asiento, la agarrases por el gaznate y la confrontaras con su insolencia, como se merece, porque, ¿con qué derecho se atreve a opinar sobre un asunto de familia, de la tuya no la de ella, tan sensible?, que para eso ella no está aquí, sino para cumplir las formalidades de los documentos y, si acaso, exigir el pago. La salva de tu protesta que no ha llegado a mencionar lo de las píldoras, pues en ti la paciencia, cordialidad y tolerancia tienen sus líneas muy bien definidas.

La mujer de las zapatillas blancas coloca ante ti una pequeña paca de formularios, la mayoría de letras pequeñas y en inglés, y, con un bolígrafo que te entrega, te hace firmar sobre cada línea en que ella ha hecho una marca de cotejo azul con el suyo. Comienzas a firmar en la primera hoja y Robert, de inmediato, no pudiendo resistir la tentación de actuar como abogado a toda costa, te pregunta si no piensas leerlo primero, que uno no debe firmar nada a ciegas, Wendy, y menos en un sitio como este al cual entras y no sabes si saldrás, ni qué procedimiento estás autorizando para tu hermana, que a lo mejor es para darle electrochoques, que no seas ridículo, Robert, que ya eso no se usa, eso es terapia del siglo diecinueve y estamos en el veintiuno, siempre tan exagerado, caray, que no te pongas ahora como Matilde, por Dios, y la mujer, como si no fuera la misma de antes, oye esta discusión sin inmutarse, con cara de a mí plin, grapando formularios de otros pacientes y colocándolos en distintas bandejas montadas unas sobre otras que están identificadas con pequeñas etiquetas: ADMISIONES, FACTURACIÓN, FARMACIA, LABORATORIO, RAYOS X, ENFERMERIA (así, sin la tilde), y otras tantas que no te tienen sentido pero que indudablemente le facilitan el trabajo a ella.

Con la última hoja firmada, pones a un lado el bolígrafo, las colocas todas juntas formando un paquetito, lo golpeas suavemente de canto sobre la mesa para que ninguna hoja sobresalga y queden perfectamente alineadas, y se lo entregas a la mujer, quien, forzando un gesto para que parezca sonrisa de agradecimiento, te dice que regreses a tu anterior asiento y esperes a que te llamen o, por mejor decir, a que escuches el nombre propio de Charito. Para esto tiene que transcurrir otra hora más. Un enfermero abre la puerta por la que tiempo antes había desaparecido el cuerpo que aprisiona la poca mente de Charito, emburujado con la sábana a manera de camisa de fuerza. El hombre negro, recio y corpulento, vestido también todo de azul, lee tu nombre y pregunta si eres tú y qué parentesco tienes con la paciente. Aclarado que eres su hermana y además la encarga-da —tienes que explicarle brevemente que aún no has obtenido las cartas testamentarias de tu padre y tu madre en las que figurarás como tutora— te permite pasar a donde está Charito estacionada en su camilla.

—Él no puede entrar —te dice señalando a Robert.

—Es mi esposo, es quien me ayuda con ella.

—Lo siento, señora. Es por la ley HIPPA, si por mí fuera...

Esta vez Robert no desencadena la tormenta que él es capaz de desatar en un vaso de agua, no aduce que es abogado, que de le-yes él sabe y que la interpretación que el enfermero le está dando al estatuto federal es a todas luces errónea, que si no lo dejan pasar tienen que permitirle ver al director, y que si aun así le deniegan el permiso, que se atengan a las consecuencias porque los demandará, que a él nada le costará litigar, que para eso es abogado; y al hospital, de seguro, los suyos le facturarán honorarios a razón de trescientos cincuenta dólares la hora, por lo menos. No obstante, Robert luce relajado, más bien abatido por las exigencias de un día de horas dila-tadas que promete extenderse fuera de las veinticuatro. Sobre todo, él sabe escoger sus batallas legales y a sus contendientes. De modo que hace un gesto con la mano al aire, como quien dice: «Lo que us-ted diga», y se aleja afirmando que te esperará afuera, que para eso anda siempre con un libro encima.

Al psiquiatra no le toma mucho tiempo explicarte la situación.

—Ella no es autosuficiente para atender sus necesidades inme-diatas. Por lo que veo, Rosario solo sabe comer por sí misma, pero no va al baño sola, y no sabe asearse ni cepillarse los dientes. Todo habría que hacérselo. Este hospital no presta servicios a pacientes que no puedan desempeñarse en lo cotidiano sin ayuda.

Ha sido mejor que Robert no estuviera oyendo estas explicaciones con las que el hospital pretende denegarle tratamiento médico a Charito. De inmediato le habría preguntado al médico si eso significaba que el San Lázaro discrimina contra las personas físicamente incapacitadas, como sería el caso de los dementes tetrapléjicos, o los de brazos inmovilizados con escayola. Que por eso es que Robert no se queda callado, porque hay una tendencia, dice, en muchos lugares de servicio que, sin análisis alguno, comienzan la respuesta a cualquier pregunta con un no o no se puede, sin averiguar siquiera la corrección de sus suposiciones. Esta vez Robert no está presente en la conversación, se enterará después, por lo que te toca a ti tratar de esclarecer las palabras del médico como si se tratara de un acertijo. Tus palabras van y vienen, las del doctor también, hasta que queda establecido que el San Lázaro hará los arreglos con el hospital de psiquiatría del gobierno para trasladarla a sus instalaciones. Ellos sí ofrecen el servicio que ella necesita, te asegura que tienen el personal adecuado y la experiencia, y que les tomará media hora más hacer la coordinación.

Les toma hora y media. Salen para el hospital del Estado poco después de las cuatro, cuando la ruta ya se ha taponado a pesar de no ser aún la hora pico. Quizás por esto, el *Hell Driver* que habita en Robert no basta para evitar que, al primer descuido, otro chofer de temeraria intrepidez haga que se desprenda la cola que él le trae puesta a la ambulancia que, con vida propia, se abre paso a fuerza de destellos intermitentemente continuos, argénteos y rojos, y del alboroto de una sirena implacable. Al principio, logra mantenerse a tiro de piedra, luego, la temeridad de otros conductores que se toman todo tipo de riesgos para adelantar unas cuantas pulgadas, lo ha ido rezagando. Tiene que emplear al máximo su vista de lince para no perderlos ni retrasarse demasiado. Desea estar junto a ti cuando transfieran la camilla a la Sala de Emergencias. Tú vas en la ambulancia con Charito, por si el sedante que le han administrado en el San Lázaro pierde su efecto antes de tiempo. Ya ella no lleva puesta la improvisada camisa de fuerza de la mañana. Las correas que de todos modos la atan al esqueleto de aluminio de la camilla no son suficientes para inmovilizarle absolutamente los brazos, en caso de que despierte a nuevos arrebatos y delirios. Charito se mantiene durmiendo todo el trayecto hasta el psiquiátrico y por un rato has podido disfrutar de algún sosiego.

En el hospital del gobierno la historia no es distinta. El trato se mantiene indiferente, distante, quizás sombrío, con una cantidad de papeles a llenar equiparable a la del San Lázaro. El personal luce poco feliz y solo puede diferenciarse de los empleados del anterior por el color de los uniformes, y porque esta vez no hay nadie que reaccione histriónicamente ante el raro historial familiar que vas narrando al son de las preguntas que te formula la mujer de verde. Por lo demás, todo fluye con la misma parsimonia que en el resto del día, con las revisiones comunes a todas las condiciones —electrocardiograma, presión arterial, temperatura corporal—, pero con un resultado distinto: Charito se quedará internada. Te lo dice la psiquiatra a cargo del diagnóstico, una joven de la edad de tu hijo, alta, esbelta, de facciones estilizadas, pelo muerto hasta la rabadilla, y espejuelos modernos que, de no ser por la bata blanca sobre su traje de *lycra*, el estetoscopio colgado al pecho y un *tag* imposible de pasar por alto en que se lee «Dra. Ríos – Psiquiatra», hubiera podido pasar como modelo de pasarela.

—Rosario está descompensada —te explica—. Los medicamentos que toma ya no funcionan tan bien como antes. Vamos a ponerla en fármacos de nueva generación, a ver cómo le van. Estará aquí al menos una semana.

No resultó ser tanto. Al cuarto día te llaman para que vayas esa misma tarde. Robert no puede acompañarte porque tiene su propia cita con el urólogo; hace varias semanas que tiene cierta incomodidad detrás del escroto. Te recibe la doctora Ríos sentada a su escritorio, hojeando el expediente de Charito con una mano y sosteniendo sus gafas con la otra:

—La hemos estabilizado —te informa como si te estuviera dando la mejor noticia del año—. Ya está dada de alta, puedes llevártela. —Así, con el tuteo característico que utilizan los médicos aunque ellos mismos sean imberbes y el paciente peine canas.

—¿Significa que está curada?

—Significa que está estabilizada, o sea, que la crisis pasó, al menos por el momento.

—¿Por el momento dice usted?

—Sí. La condición de ella no tiene cura, aquí le ofrecemos medidas paliativas, le alteramos artificialmente la química del cerebro. Eso es todo. Se llevará la receta de las nuevas drogas que ella debe tomar. Confiemos en que surtirán efecto. —La psiquiatra responde a tus preguntas con serenidad, y sin omitir la información que te hace comprender la precariedad de la salud mental de tu hermana.

—¿Y qué vamos a hacer con ella cuando empiece a gritar de nuevo, a no dejar dormir a nadie, a agredir a quien se le acerque?

—Si eso ocurriera, traerla de inmediato.

—¿Y por qué no la retienen más tiempo hasta asegurarse de que los nuevos medicamentos surtirán el efecto que usted espera?

—Porque tenemos pacientes en exceso y necesitamos las camas. La de Rosario serviría para atender otra crisis como la que tuvo ella hace cuatro días.

—Pero...

—Lo siento, son las reglas del hospital.

—Las reglas, las reglas, siempre son las reglas. —Y te quiebras sin escándalos ni histerias, con un sollozo manso, el único que permite tu reciedumbre de carácter ante la impotencia que crea la situación de llevar a Charito de regreso al hogar. Fredeswinda te ha advertido que no podría continuar trabajando de ama de llaves si Charito permanece en la casa, que no quiere ser víctima de otra agresión, ni exponerse a recibir de ella un mal golpe que la lastime o la inhabilite para trabajar más. Las demás amas de llaves son del mismo parecer. Fredeswinda te lo ha dicho, no a manera de chisme, sino en consideración a ti, como un favor para que estés al tanto y preparada, para que luego no puedas acusarla de deslealtad. Y si no hay amas de llaves dispuestas a lidiar con Charito, y si Matilde no colaboraba en ningún esfuerzo necesario para mantener a tus cuatro hermanas en el hogar, entonces estarías frente a la tapia de la pared de fondo de un callejón sin salida. Además, eres consciente de que a ti misma o a Matilde se les harían más difíciles las noches si tuvieran que hacerse cargo de los alborotos de Charito, temiendo que no las deje dormir a ustedes ni a nadie, y que no puedan acercársele a darle ni agua por temor a un marronazo dirigido por el oído agudo de esta insomne de fuerzas ciclópeas.

La doctora Ríos ve cuando te pasas los dedos sobre tus lagrimales y ruedan mejilla abajo los torrentes de material derretido y salado. Toma un clínex de su escritorio y te lo alarga con un gesto sencillo de solidaridad. Te secas los mocos y las lágrimas y, poco a poco, con las pausas a que te obliga la voz entrecortada, le vas exponiendo las circunstancias particulares del hogar de tus cuatro hermanas huérfanas y lo que significaría llevarte a Charito a vivir nuevamente a la casa. La joven psiquiatra no necesita de muchas explicaciones, de escenarios elaborados, ni tiene que adivinar lo que en el fondo tú quieres. Hay un programa, te dice, que podría ubicarla en un asilo para personas con retardación mental o demencia, que será cuestión de ver si Rosario está calificada y hay plazas disponibles. Levanta el teléfono y hace venir a una trabajadora social, una mujer joven y alegre que en un par de minutos te entrevista en una oficina contigua, llena varios documentos y te pide que esperes a que ella haga ciertas gestiones.

En menos de una hora, la social te da la noticia: Charito irá directamente del psiquiátrico al asilo Camino de Damasco en Bayamón, sin volver más a la casa. Respiras profundamente y, por primera vez en el día, sonríes.

26.

A LA SEMANA SIGUIENTE, Robert vuelve a ser el novio que vence más de cien kilómetros de carretera incómoda para regresar a verte, casi dos horas a través de los densos mantos del calor de agosto acumulados sobre un asfalto monótono y desafiante, en un carro que, pese a la fama de buen guerrero que ha tenido desde la Segunda Guerra Mundial cuando fue diseñado a petición del Führer, apenas puede con su propio peso al acelerar. No tiene aire acondicionado ni banda FM, por lo que, de no haber sido porque Robert se ha pasado todo el trayecto pensando en lo formidable que será pasar el día junto a ti, habría sido además un viaje asfixiante y aburrido. Puede venir los sábados, te dijo, y como ha conocido a tu familia y es consciente de que ni tu padre ni tu madre han verbalizado alguna oposición al respecto —bueno, aceptación tampoco— sabes que será bienvenido. Durante las vacaciones de verano, convinieron en que él te visite los sábados, ya que durante la semana tiene un trabajo *part-time* en Sears. Que te visite los sábados es mejor que verse unas cuantas horas los domingos en los bancos de la plaza, como hacían las que tenían novio en tu época, especialmente ahora que no eres la adolescente de uniforme escolar que se conforma con caminar por los alrededores tomada de las manos. Ya eres la mujer universitaria que se ha ido a San Juan a hacerse de una profesión y disfruta de que la besen.

Me había aprendido la ruta para llegar a su casa. Esta vez no tuve que entrar primero al pueblo, bordear la plaza y la iglesia, tomar la Socorro y pasar frente al Parque de Bombas donde, a partir de entonces, temía la posibilidad de que hubiera siempre apostado en la puerta que daba a la calle uno de los bomberos en vigilancia

eterna por si pasaba el muchacho que les había dejado aquel regue-
ro en el cuarto de baño. Ahora podía pasar de largo junto al pueblo,
por la número 2, girar a la derecha en el Coco-Freeze y hacer los
dos kilómetros sinuosos que llevan a la casa de Wendy.

Poco antes de las once, escuchas a Charito alterada, vociferando
frases entrecortadas que tu madre interpreta de inmediato para ti:

—El muchacho de Yauco viene por la curva. —Porque en ese
momento tan temprano para la vida de tu hogar, él era el muchacho
de Yauco, o el amigo tuyo de la universidad, o cualquier circunloquio
que haría superfluo mencionar otras referencias más atinadas. El
cambio en las referencias tomaría algunas semanas adicionales antes de que tu madre se hiciera de la idea de que sí, de que se trataba de un muchacho al que podrían agregársele cuantos adjetivos
ella o tu padre quisieran, pero sin que pudieran variar la naturaleza
de su relación contigo, sin que por las simples alusiones a sus circunstancias periféricas no fuera aún el joven a quien todos tenían
como tu novio.

Charito ha acertado. Instantes después de que tu madre interpreta para ti las frases entrecortadas de tu hermana, escuchas el sonido fatigado del motor del Volky que se estaciona frente a la casa.
Es una habilidad excepcional. Charito ha escuchado el ruido de ese
motor una sola vez, el domingo anterior, y desde la cocina donde
espera por un vaso de *Tang* de china que tu madre le prepara para
mezclarle los medicamentos, ha adivinado su aparición a más de un
hectómetro de distancia, sin que haya podido ver antes los carros
que circulan por la carretera. Cuando se lo cuentas a Robert no te lo
cree: que no seas exagerada, Wendy, de seguro ha sido una coinci-
dencia, nadie que no esté acostumbrado a oír el sonido de este motor
podría adivinar, a más de cien metros, que me acerco; que sí, que te
digo que no es tu carro únicamente, también sabe cuando vienen
por la curva la *pick-up* de Miguel Pérez a traer novillas, o la de Guani
a recogerlas, no necesita verlas, no tienen que estacionarse al frente, es simplemente por el oído. Entonces, pasará un tiempo, tal vez
meses, para que Robert quede convencido de la legitimidad de tu re-

clamo. Un sábado, estando Charito y Lulú contigo detrás de la casa, cerca del cobertizo bajo el que tu padre ordeña la vaca pinta para abastecer de leche a la familia y desde donde no se ve la carretera, escuchará a Charito dar voces de excitación diciendo algo parecido a «¡Quequel, Quequel!», para saber instantes después que se refería a Miguel —a Miguel Pérez—, quien llegaba en ese momento a traerle dos novillas nuevas a tu padre. Y por si hubiese quedado alguna duda, años después te acompañará donde el doctor Parra y conversarán con él sobre esta extraña habilidad, y será el psiquiatra quien les diga que sí, que no es una destreza frecuente, sino excepcional, y les dará algunos ejemplos de su práctica o de la de sus colegas, de retardados y autistas con dotes extravagantes, como aquel que acostumbraba leer las guías telefónicas y tras una sola lectura recitar de memoria el número de cualquier persona que hubiera leído y se le preguntara. O, como Napo, añadiría Robert para respaldar la explicación del médico, recordando a un muchacho como en sus veinte, de Sabana Grande —probablemente autista, que parecía retardado— que deambulaba por los pueblos limítrofes con un periódico bajo el brazo y era capaz de decir de memoria los nombres de la capital y del jefe de estado de cualquier país del mundo, siempre que tal información se hubiese publicado alguna vez en la prensa. La mente humana es así de maravillosa, diría Parra, y, si no, ¿cómo explicar los casos de virtuosismo en la ejecución de instrumentos musicales a muy tierna edad, o como el caso del maestro sufí Shayj Mahmud Abu que se aprendió de memoria el Corán a los seis años? Esa conversación con el psiquiatra de tus hermanas te demostrarán que la inteligencia es un recurso divisible, que se puede ser inteligente para unas cosas y no para otras, que aun las personas normales pueden actuar torpemente en ciertos asuntos, y las retardadas hacerlo inteligentemente. O, como Charito, desarrollar de tal modo la agudeza de alguno de los sentidos que cause un deslumbramiento casi de estupor en los demás.

Cuando Robert desciende del carro, ya Tati, Charito y Lulú se te han adelantado al portón a recibirlo. Loli permanece en el balcón junto a Matilde. Tu madre sigue ocupada en la cocina y no interrumpe su faena; no es necesario, ya irás con Robert a que él la salude porque, después de todo, ha llegado a una hora inconveniente, una hora en que la casa está aromatizada por el jugo de la carne de res hirviendo entre papas, cebollas, sofrito, recado y salsa de tomate en el caldero. Tienes que abrirte paso entre la algarabía que han formado tus tres hermanas aglomeradas en el portón, para dejarlo entrar. Celebran su llegada con un entusiasmo más ostensible que el tuyo propio porque, contrario a tu padre o a tu madre, o a ti o Matilde, ellas suelen dejar ver sus emociones exentas de recubrimientos artificiosos, y manifiestan su contentura cuando el asunto es de alegrarse, o su amargura cuando es de entristecerse. En el caso de ahora no sabes a qué atribuir su revuelo, si a la novedad de un personaje que aparece por segunda vez en siete días a tu casa, o a que de verdad Robert suscita en ellas la buena impresión de una familiaridad que las hace sentir a sus anchas. Sea como sea, Charito y Lulú lo rodean y tocan con sus manos extendidas como garfios codiciosos, como harían las fans de los Beatles. Y dices Charito y Lulú porque lo que es Tati se mantendrá mostrando al aire su dentadura perfectamente alineada, pero sin pretender tocarlo. No es que ella sea más tímida que las demás, sino que tiene sus momentos de arrojo y de retraimiento, sus avances y retrocesos que manipula con inextricable circunspección. Y es así como Robert hace su entrada, casi entre los mismos vítores, mas sin los ramos ni el burro de las entradas gloriosas.

—Retírense, échense pa'l lado. —No logras persuadirlas, no infundes en ellas el mismo nivel de obediencia que el pitido de tu padre, quien a esta hora no está en la casa por hallarse trabajando en la finca Las Arenas. Robert no se molesta, camina sonriente, despacio, te saluda con un ligero toque de sus labios contra los tuyos y te pasa un brazo por los hombros. Llegan al balcón y les ofrece la mano a Loli y a Matilde porque, en esa época, aún la gente no se saludaba con un beso en la mejilla. Loli actúa como tu hermana mayor, sin los aspavientos de saber que lo era, claro está, y, aunque sonríe continuamente, no desata las mismas exhibiciones de apego con que Charito y Lulú lo han recibido. Cuando Robert y tú se alejan de Matilde por el pasillo rumbo a la cocina, él se sobrepone a los murmullos del rabo que les tienen puesto tus demás hermanas.

—Me has hecho mucha falta —te dice en un tono dulce, como para sazonar la magia del reencuentro al cabo de siete días de ausencia, venciendo en cada minuto la tentación de darte un beso que no se parezca al del saludo. Pudieras decirle que a ti también él te ha hecho falta, si bien te has consolado con las dos cartas que te envió: una, que recibiste el miércoles, y otra ayer, en las que fue capaz de decirte las mismas cosas sin repetir las palabras. Él tenía ese don, las palabras en su boca eran como el buen material en manos de un artesano diestro y, sobre todo, lucían sinceras, sin el ánimo de adulación con que frecuentemente se presentaron algunos de tus pretendientes. Sin embargo, te limitaste a sonreírle, un gesto impreciso que él pudo tomar como simple agradecimiento o respuesta de reciprocidad, un ¡claro, chico, a mí también!, nunca lo dudes, que a ti la distancia te afecta tanto como a mí, y si no lo verbalizo no es porque no lo sienta, sino porque soy así, moderada en las expresiones, austera con las palabras, como lo es mi madre con las suyas.

Y en esto llevarías razón. La economía verbal era uno de los rasgos que la distinguían a ella, tan ocupada con las demandas de tu padre y tus hermanas, tan dedicada a las atenciones más urgentes, ella sola, con solo dos manos para actuar, para lavar la ropa, barrer la casa, pelar las gallinas, trocear la carne, colar café, y preparar tres comidas al día más las meriendas para los de tu casa y para tu abuelo Pepe e Isabelo, que apenas le sobraba tiempo para tertulias y conversaciones siquiera con tu padre. Ni tú ni Matilde son de mucha ayuda. Tu madre nunca les ha exigido grandes contribuciones, solo fregar los trastes una vez al día y barrer la casa los sábados por la mañana, justo lo que has hecho antes de que Robert llegara, que no es mucho pedir en un hogar de ocho personas de las cuales cuatro tampoco contribuyen en los oficios de la casa, que no faltaría más, y por eso has tenido que admitirle a Robert que ni siquiera sabes guisar habichuelas, que freír un huevo sí, que eso no requiere de destrezas culinarias.

A pesar de todo, tu madre no es huraña, simplemente muestra la templanza que trae la resignación sin vocación de martirio, la parquedad de sus afectos, la falta de lustre en su mirada abandonada. Quizás por eso, cuando Robert llega a la cocina responderá a su saludo con escasas palabras si bien con mucha cordialidad.

—¿Cómo se encuentra? —No se atreve a ofrecerle la mano viendo que ella sostiene en su izquierda una cebolla a medio picar y en su derecha un cuchillo de hoja angosta de tanto haber sido afilada por la lima de tu padre.

—Bien, gracias, aquí en la oficina. —Y, en efecto, luce como una ejecutiva que dirige, ordena, que hace que las cosas funcionen como debe ser, frente a su escritorio: el tope del gabinete donde están ubicados los ingredientes, envases y cucharones necesarios para preparar el almuerzo; junto a su credencia: una estufa de gas propano de cuatro hornillas, todas sudando vivas llamas azules bajo el revestimiento cobrizo de las cacerolas y ollas de los guisos humeantes y bienolientes. La metáfora ingeniosa de la oficina no concuerda con sus destrezas académicas. Ha ido hasta octavo grado, lo mismo que tu padre, porque era a lo más que podían aspirar en las escuelas del barrio donde la ambición no moraba, cuando no había pretensiones que no fueran las relacionadas con el trabajo duro, cuando se nacía y crecía para solo trabajar: ella en las opacas ocupaciones domésticas; él, en las labores bajo el sol de las siembras de la caña de azúcar y los pastos.

Luego, un silencio corto, comprometedor, de los que no aciertan a predecir qué sigue, y que tú aprovechas para ofrecerle café a Robert. «Muerto, ¿quieres misa?», y se ríe, porque en adelante él contestará esa pregunta del mismo modo, hasta que aprenda otra respuesta que le enseñará alguna vez tu padre: «Si me dan, no pido». Un yaucano nunca dice que no a una taza de café, añade él en referencia al cognomento de su pueblo, porque cree necesario llenar de algún modo la estela de vacíos existenciales que dejan a su paso los silencios acumulados de tu madre, las oquedades que no pueden colmar las galimatías de tus hermanas.

Charito y Lulú no han dejado de sobarlo desde que llegó. De momento, la cocina casi se ha convertido en el *family* de la casa, en un lugar de encuentro de la familia con el visitante que recién ha aparecido para participar en la vida de ustedes sabrá Dios por cuánto tiempo. Porque ni tú misma lo sabes: no sabes si se acostumbrará a los acechos desmesurados de tus hermanas, a las inexistentes manifestaciones de afecto que te rodean, no sabes si llegará a habituarse a una familia que no es como las demás porque la genética de cuatro de sus miembros ha resultado defectuosa sin remedio, sin esperanza de normalidad alguna; no sabes si Robert llegará a amarte; sobre todo, no sabes si llegarás a amarlo lo mismo que has amado antes.

—¿Negro o con leche de cabra? —Él pone cara de asombro.

—¿Leche de qué?

—De cabra —y le señalas a través de la ventana una cabra nubia que pasta junto al cobertizo—. Ordeñada esta mañana.

Acepta el ofrecimiento. Es bebida *gourmet*, te dice livianamente, eso no se da todos los días, así que voy a probarla. Tu madre no se mete en la conversación y deja que seas tú quien le prepare el café. Otro silencio mientras hierve el agua y se calienta la leche. ¿Y don Felipe?, te pregunta a ti o a tu madre, pero ella deja que seas tú quien responda que en Las Arenas, que hoy está regando abono, que debe estar por llegar, siempre llega a las once y media, a tiempo para el almuerzo, que dejen a Robert tranquilo, bueno, a jugar abajo, salgan de la cocina, y llevas el café a la mesa del comedor, donde pones también requesón hecho en tu casa y galletas *export sodas*.

Te sientas a la mesa con él en el espacio reducido de tres paredes que tienen por comedor, le asignas la silla del fondo contra la ventana, separas la del extremo izquierdo de la mesa, como si alguien fuera a utilizarla, hasta que el respaldo toca la pared, y ocupas la del extremo derecho, de modo que queden bloqueados ambos accesos a la silla que Robert ocupa, para que este pueda tomarse el café sin la importunación de Charito ni Lulú sobre él. También sorbes de tu taza de café, aunque no compartes las galletas, solo el queso, es que luego no almuerzo, le explicas. Se miran como lo hacen los enamorados cuando no tienen prisa, sin pestañeos innecesarios y con semblantes ruborizados por el contacto suave de las manos entrelazadas. Porque solo a eso se atreven en presencia de los de la casa, porque los zapatos de tu madre tienen suela de goma y no podrías anticipar su aparición en el momento menos oportuno, porque en medio del embelesamiento podría aparecer tu padre, porque Tati, Charito o Lulú podrían testimoniar su reacción con chillidos desencajados, torcidos, que de algún modo tiendan a sugerirle a tu madre que algo inusual está pasando delante de ellas, porque Loli se hacía entender mejor que las demás y podría delatarte, decir algo que sonara a «Wendy y Róbel se están besando», como en las novelas que veía en la televisión. En fin, que ya habría tiempo para otras cosas cuando comenzaran nuevamente las clases y Robert y tú pudieran verse y estar juntos con la libertad que da vivir fuera de sus casas, sin la vigilancia que es mandada para las hijas solteras en los pueblos pequeños.

Tati se mantiene caminando dentro de la casa. Charito y Lulú se mudan afuera, al otro lado de la ventana, donde se ubican a pronunciar sus discursos disparatados, sus risotadas de niñas traviesas que son conscientes de que están burlando tu estratagema para proteger a Robert con las sillas y la mesa. Charito tiene los brazos más largos, por eso se le hace fácil introducir el derecho entre las lamas de la ventana miami hasta agarrarle el pelo de la coronilla a Robert, y lo tira con fuerza estando él desprevenido. El café se derrama desde la taza que sostiene con la mano, justo cuando viaja de regreso al platillo sobre la mesa. Es en momentos como estos que Robert te dice en broma que Charito y Lulú no pertenecen a la especie *homo sapiens* sino a la *lapus molestaris*. Afortunadamente, no le cae nada encima. Tú te sulfuras momentáneamente ante la compunción que manifiesta el rostro de Robert con el halón de pelo, y te levantas al escape para sacarlas del lugar. Ellas adivinan tus intenciones, y, antes de que llegues afuera donde están junto a la ventana, echan a correr en direcciones opuestas, como para dividir tu esfuerzo y burlar tus intenciones, y celebran al mismo tiempo la gran hazaña de Charito, con risas desaforadas que deben tomarse como de fiesta por lo que acaban de hacer. Te miran desde lejos, desde la distancia que produce la diferencia entre sus años cronológicos y los emocionales, la distancia que no podrán recorrer nunca, jamás, hasta que la muerte se encargue de nivelar todos los cerebros con la misma corrupción, con una idéntica degradación biológica que no reconoce distinciones basadas en la calidad de las neuronas ni de los genes en vida. Y ellas corren con la soltura que infunde en los niños el toco-palo, y ni se acercan.

—Si las veo de nuevo aquí, van a ver...

Pero no van a ver nada, ellas lo saben, lo han sabido siempre, probablemente desde el vientre de tu madre, a ellas nadie las castiga, son las reinas de la casa, simplemente las amonestan o, como es el caso de tu padre, que las apacigua con solo un pitido corto e inconfundible. No recuerdas que tu padre les hubiese aplicado castigos corporales para condicionar esta respuesta, quizás se deba a la parte buena de los genes, la parte que no está corrompida por esos elementos ancestrales que se adaptan a través de los milenios y que son comunes a todos los que han tenido una infancia sin quebrantos, progenitores igualmente concretados por el atavismo de los rasgos obstinados. Sea por la razón que fuere, ese pitido tiene un efecto hipnótico, una sedación capaz de apaciguar el más extremado ánimo revoltoso en ellas. No obstante, tu padre no ha vuelto de Las Arenas y Charito y Lulú continuarán sus juegos exasperantes hasta que él las detenga, hasta que sospechen que es un riesgo grave para ellas continuar el juego del fastidio a Robert.

Si Wendy solo supiera lo tiquismiquis que soy, no permitiría que Charito me estuviera tocando todo el tiempo con las manos llenas de baba. De las cuatro, es la única que se pasa con la boca entreabierta, destilando continuamente saliva transparente, a veces espumosa, siempre espesa, que se desliza por cualquier parte de su labio inferior y se descuelga del mentón hasta el pecho de la blusa, y que ella misma enjuga con una de sus mangas mojadas. Algún día, cuando no sienta la aprensión de ofenderla con la pregunta, le pediré a Wendy que me explique por qué Charito es la única de las cuatro a quien se le caen las babas, y me responderá con una conjetura que me parecerá enteramente plausible: que se trata de un efecto secundario de la combinación de los antipsicóticos y tranquilizantes que ella debe tomar de por vida. Asco o repugnancia sean quizás palabras muy fuertes para describir lo que sentía en esos primeros días de mi relación con las hermanitas de mi novia; sin embargo, pese a lo que yo hubiera querido, me parecía experimentar esas sensaciones extrañas cada vez que Charito me untaba sus babas al tocarme sin previo aviso la cara, los brazos o el pelo, y, en la misma medida, cuando estornudaba con fuerza huracanada, sin cubrirse la nariz ni la boca, y yo sentía el resultado del rocío cayendo sobre mi cara y mi cuerpo. De hecho, en eso de expeler con violencia y sin precauciones el aire de los pulmones, Charito no estaba sola; también lo hacían Loli, Tati y Lulú. Y si no fuera asco o repugnancia lo que se siente, sería una sensación muy parecida que, al mismo tiempo, me producía cierta intranquilidad, como cuando alguna de ellas se hurgaba la nariz y luego venía a tocarme con los dedos emplastados de mocos. De seguro, la carencia de los refinamientos necesarios no se debía a falta de educación, a que en el hogar nadie les hubiera explicado que debían taparse la nariz y la boca al estornudar, que era de buenos modales así actuar, sino a la falta de entendimiento de ellas cuatro en cuanto a la conveniencia de no asperjar los fluidos del cuerpo sobre quienes las rodearan, a la incapacidad de ellas de comprender la utilidad de una medida tan simple como esa para prevenir el contagio de ciertas enfermedades. Y cuando desde la sala, sentado junto a Wendy, escuchaba a alguna de ellas estornudar en la cocina, rogaba en mis adentros que su madre tuviera colocadas las tapas sobre los calderos y las ollas de la comida a la que yo estaba invitado y no podría dejar de consumir.

Así que no fue fácil acostumbrarme a todo eso, y ya era tarde para desistir de un noviazgo que absorbía todos mis entusiasmos; menos por una nimiedad como esa. Me estaba dando cuenta de que apenas comenzaba a tragarme mis palabras —«después de todo, no pienso casarme con ella»— y que, en los pocos meses que llevaba de conocerla, ya iba descubriéndola como una relación distinta de como la había concebido inicialmente: un pasatiempo absurdo, un amor transitorio en lo que me reponía un poco del abandono sorpresivo de Eva María, un arreglo necesario para ayudarme a curar la herida abierta que supuraba desconcierto, anhelos de regreso, deseos de no dejarme caer al precipicio del desconsuelo. No, Wendy había llegado para desplazar por sus fueros a Eva María, con la abundancia de sus propios méritos y coqueterías, *para ocupar el espacio grande que esta dejó vacante el día en que perdió la ilusión de mantenerse a mi lado. Y aunque era muy temprano para pensar en casamientos indisolubles, yo entreveía en mis momentos de serenidad que Wendy, llegado el momento, sería la mujer ideal con la cual pasar el resto de mi vida. De modo que, aunque sabía que no era fácil esta etapa de acomodo a la normalidad de la anormalidad de la familia a la que ella pertenecía, antes desconocida para mí, era un ajuste que yo quería hacer, que deseaba concretar en un intento por demostrarle a Wendy la importancia que ella estaba adquiriendo para mí.*

27.

En abril siguiente, Wendy y yo cumpliríamos tres años de noviazgo y ya teníamos fecha para nuestra boda. Sería ese mismo verano. En febrero pasó algo que nos causó mucha zozobra, y que de un modo solapado, más bien prendido a la memoria latente, en el cajón donde se estiban los recelos, marcaría nuestra relación en adelante. Ese año, el 14 de febrero, Día de los Enamorados, caería jueves, y yo había decidido pasar el sábado antes por su casa a visitarla. No es que no fuera suficiente verla de lunes a viernes cuando estábamos en la universidad, sino que en esa etapa de la relación debíamos vernos algunos fines de semana en su pueblo, que aumentaban en frecuencia a medida que se iba acercando junio. Particularmente porque algunos de los detalles de los que había que ocuparse para aspirar a una boda decorosa, nos tocaba atenderlos a nosotros mismos; no eran asuntos que pudiéramos delegar, no teníamos en quién.

Loli había desempeñado desde siempre su función de «acarreadora postal», realmente un nombre burlesco que yo usaba para describir un trabajo autoimpuesto: la acción de ella de estar pendiente de que el cartero dejara la correspondencia en el buzón frente a la casa, extraerla cuando la hubiera, y «acarrearla» a la cocina para que doña Rosalía se hiciera cargo. Esa tarde, Wendy y yo estábamos sentados en el escalón de acceso al balcón tratando de exprimir los minutos que Charito y Lulú nos concedían en los recesos de su acoso, y pudimos ver cuando el carro del correo se detuvo ante el buzón y el cartero se bajó a colocar la correspondencia de ambas casas: la de Wendy y la de su abuelo. Usualmente, en el buzón se recibían las facturas del agua y la luz de ambas residencias —entonces no solía haber teléfonos en las zonas rura-

les— *y también las cartas que la universidad le enviaba a Wendy y las que yo mismo le escribía cuando no podíamos vernos durante la semana. Al sonido del motor del carro que se detenía, Loli soltó la escoba que usaba para barrer a su modo la acera lateral de la casa, y acudió como siempre, con pasos cortitos y rápidos que de ningún modo servían para correr, a realizar su trabajo de transportar los sobres hasta donde estaba su madre. De regreso, cuando nos pasó por el lado, Wendy le pidió que le dejara ver lo que había traído el correo, y Loli, con la expresión ufana de quien realiza una tarea importante, le entregó varios sobres que sostenía en su mano, entre ellos uno azul, casi cuadrado, que a leguas se advertía que se trataba de una tarjeta. Wendy examinó rápidamente los nombres de los remitentes y de los destinatarios, presumiblemente para clasificarlos y decirle a Loli que le llevara al abuelo Pepe su correspondencia, pero no tan rápido que me impidiera ver que el de la tarjeta tenía en manuscrito el nombre de ella como destinataria, en una letra que no era la mía. No era abril, tanto el mes de su cumpleaños como del aniversario de habernos conocido, ni estaba cerca alguna fecha relevante del santoral. La Navidad había pasado hacía más de un mes y no asomaba a mi recuerdo ningún evento extraordinario que ameritara que alguien le enviara una tarjeta de felicitación.*

La observé de reojo. Temía que si la miraba directamente a los ojos, yo tuviese que admitir que había cometido un acto de mala educación: leer sobre su hombro lo que en ese momento ella leía en el sobre. Noté la expresión que ponen los reos al escuchar su condena a reclusión perpetua: el rostro demudado, los labios ligeramente entreabiertos y una lividez comparable a la que se sufre cuando se ve un espectro. Parecía como si hubiera quedado pillada por una tonelada de escombros. Me carcomía la curiosidad, la incertidumbre de quién y por qué razón había enviado aquella tarjeta. Esperé a que me lo dijera. Pensé que ella no tendría más remedio que revelarme el nombre del remitente, que no tenía escapatoria posible. No fue así. Se incorporó en silencio y, cuando me pareció evidente que no me diría nada, solté la pregunta envuelta en un dejo de resentimiento por lo que me parecía una discreción muy conveniente e injustificada:

—¿No piensas decirme de qué se trata?

—Es que ni siquiera voy a abrirla.

—Pero, ¿de quién es? —Ahora me miraba con aspecto suplicante, como si quisiera decirme no sabes cuán embarazoso resulta esto para mí, porque no sé si estás preparado para esto ni cómo lo vas a tomar—. ¿De cuando a acá tanto secreto, Wendy?

—Es una tarjeta de Bertin. No sé a qué se debe, no sé si...

—¡Pues ábrela! —la interrumpí. Entre tanto era yo quien estaba intrigado por saber qué tenía que comunicarle su último novio cinco años después de haber concluido aquel amorío de estudiantes.

—No, no me importa lo que diga. —Y, como para demostrarme su desinterés, tomó el sobre con la tarjeta sin abrir y lo rompió en cuatro partes. Luego, sin añadir palabra, se incorporó y se perdió rumbo a la cocina.

Eso me sacudió, sin yo poder explicarme por qué. Esta vez fui yo quien se incorporó y vio el momento preciso en que ella lanzaba al zafacón que quedaba frente a la cocina, al pie de los peldaños de una pequeña escalera, lo que me parecieron ser los pedazos de la tarjeta. Ella hizo como que no me vio y entró nuevamente. Yo aproveché para arrastrar mi curiosidad por la acera exterior hasta el zafacón y pude ver los pedazos esparcidos sobre algunos desechos y borras de café. Doña Rosalía no notó mi presencia husmeando en su zafacón; ella estaba frente a la estufa batiendo el contenido de algún guiso en un caldero sobre la hornilla, de espaldas a la puerta. Tomé los pedazos de papel con cuidado para no ensuciarme las manos y, después de asegurarme de que no estaban mojados, los guardé en el bolsillo izquierdo del pantalón. Cuando regresé a nuestro escalón, Wendy me había precedido y estaba sentada recapacitando, supuse, en lo que acababa de hacer.

—¿Qué hacías? —El tono de su pregunta era seco e incómodo.

—Rescatando algo importante del zafacón.

—Eso no es tuyo.

—Tampoco tuyo. La basura no pertenece a nadie, sino al

195

basurero. Esa tarjeta era tuya —dije poniendo mucho énfasis en «era»—. Como la botaste, ahora es mía.

Esa tarde su enojo se hizo silencio hasta que me fui.

En casa, me dediqué a recomponer los pedazos de cartulina y colocarlos donde iban. Estaban un poco estrujados porque Wendy, en su afán de desprenderse rápidamente de la prueba de aquel descomedimiento que de ningún modo yo podía imputarle a ella, de viaje al zafacón de la cocina los había apretado dentro de sus puños con la fuerza que extraía de su enfado contenido. Logré alisarlos como pude, un poco quizás, y luego los pegué con cinta adhesiva por detrás. Lo mismo hice con el sobre, el cual mostraba como remitente el nombre propio de Bertin y la dirección de su hospedaje en Mayagüez, donde él estudiaba ingeniería. Mi sospecha quedó confirmada. Se trataba de una tarjeta de San Valentín que tenía inscrito en la carátula: «Especialmente para ti en el Día de los Enamorados», y en su interior un texto genérico impreso, de esos que exaltan de forma general los atributos del amor para ocasiones como esa, y bajo el cual Bertin había escrito de su puño y letra: «Nadie sabe lo que tiene hasta que no lo pierde». Para remediar en algo las arrugas de la cartulina y el sobre, los coloqué bajo el peso descomunal del Diccionario de la Real Academia Española, edición de 1970, que Wendy me había regalado tres meses antes para mi cumpleaños. Luego puse encima otros libros gruesos y los dejé sin tocarlos hasta el día siguiente. El resultado: una tarjeta de San Valentín con pocas señas visibles de sus estragos anteriores.

Aquella tarjeta se convertiría en objeto de discordia. A la primera oportunidad que tuve le saqué en cara el hecho de que, habiéndola recibido en mi presencia, hubiera intentado deshacerse de ella sin revelarme de qué se trataba.

—No podía hacer otra cosa —se defendió—, tú hubieras hecho lo mismo.

—Pues yo no, Wendy, porque yo te la hubiera mostrado de inmediato y, de seguro, habría reaccionado con indignación. Tú

no tenías que ocultar un hecho del que no eras culpable, tú dices que no lo habías vuelto a ver en los últimos años, no le habías dado motivos para que intentara ese tipo de acercamiento para que supusiera que podía reconquistarte o que por él dejarías al novio con el que te casarías cuatro meses después. —Hice una pausa para serenarme—. *Si ustedes no habían vuelto a cruzar palabra desde que él te dejó, ¿por qué habrías de sentirte culpable de recibir una tarjeta de amor que tú no le indujiste a enviar? Al fin y al cabo había sido una falta de consideración a la buena amiga que habías sido en los años de escuela y una falta de respeto a una mujer prometida en matrimonio. ¿O es que piensas que él no estaba enterado de que tú tenías un novio desde hacía tres años con el que estabas próximo a casarte? Y, sin embargo, tu reacción no fue de indignación. El único enojo que manifestaste fue hacia mí que nada tenía que ver con lo que él había hecho.*

—*¿Y qué esperabas?*

—*¿Que qué esperaba? Te voy a decir lo que esperaba: que me dijeras de quién era, que abrieras el sobre, leyeras el contenido de la tarjeta, y me la pasaras con humor de indignación por lo que él había sido capaz de hacer. Porque, ¿por quién te había tomado? ¿Y por quién me había tomado a mí?*

No respondió a mi pregunta retórica, a mis contundentes manifestaciones de enojo —*en realidad, admito, así me sentía, muy enfadado—. Era nuestra primera gran riña. En los años por venir, ni el tenor ni el tono de la rememoración de este incidente cambiaría el mal humor con el que cada cual afrontaba su interpretación del arrojo de Bertin.*

28.

A LA HORA EN QUE comienza a derramarse la penumbra que pone fin al atardecer, tu madre y tú conversan en el patio frontal, entre la casa y la carretera; ella ñangotada para alcanzar mejor y arrancar las malas hierbas que crecen entre la hilera de las plantas de flores que bordean la verja, y tú cerca de ella, de pie junto al portón, sobre el pavimento de hormigón de entrada a la marquesina. Lo mismo que a ti, la jardinería es una de las cosas que la seducen; en su caso, de las pocas cosas que la distraen de su ocupación vitalicia de madre abnegada. Estás enfrascada en una simple conversación con ella, de las que acostumbran tener desde que, con tu jubilación, empezó a sobrarte el tiempo para visitarla, para estar con ella. Ahora que está viuda y vieja, la ves casi todas las semanas.

La mayor parte de las veces, Robert no te acompaña. Dice que le convienen las visitas a tu madre. Él puede aprovechar la soledad de la casa, la falta de distracciones, para dedicar toda su atención a trabajar en su nuevo libro y no tiene que regatearle el tiempo a ningún otro trabajo. De hecho, sabes que tus hermanas lo extrañan aunque por distintas razones. «Y Róbel, ¿no vino?», pregunta siempre Loli, que es quien más claro pronuncia su nombre, pues Lulú dice: «Y Óel ¿o 'htá?». Matilde no, Matilde comenta a tus espaldas con el ama de llaves las escasas visitas de Robert, las que atribuye a desafectos e indiferencias de tu marido. Quien la oiga diría que Robert está incurriendo en la más perversa de las conductas.

La cuestión es que Robert no ha venido contigo a visitar a su suegra y para ti esta vez fue lo mejor que pudo haber pasado porque así no está en la casa cuando la *pick up* negra se estaciona frente al portón, y el conductor baja el cristal y da las buenas tardes. Inicialmente piensas que se trata de algún pariente de los que a veces se detienen a saludarte a ti o a tu madre para indagar de forma muy general el estado de las cosas ahora que tu padre ha muerto. O quizás se trata de algún extraño que busca la dirección de alguna persona del barrio. Pero a la repetida voz de «Buenas tardes, Wendy, ¿cómo estás?», se revuelven las neuronas de aquella parte del cerebro en que vive agazapado su recuerdo. No se te dificulta identificar la voz que no ha cambiado en tantos años. Viene envuelta en la misma tesitura que estuviste escuchando por dos años de ensueño bajo el árbol de mangó al final del *cyclone fence* de la escuela, en las calles del pueblo o en la plaza al salir de misa. No dejas de sentir un ligero cosquilleo bajo el esternón. Aunque hayan tenido que pasar cuarenta años. Lo que cuenta es que al fin se ha dignado detenerse frente a la casa que rondaba cuando no era posible verte en la escuela o en la plaza, o en las actividades facilitadas por Paula o por la tía Noelia. A la postre ha decidido hacer lo que debió haber hecho cuatro décadas antes: hablarte.

Te acercas un poco, donde no tener espejuelos no hace diferencia, porque necesitas verlo para comprobar que tu visión del resucitado es correcta. Lo reconoces entre la luz matizada del atardecer, a través de la ventana del cristal que acaba de bajar para hablarte, sentado detrás del volante. El pelo sigue siendo castaño oscuro al que no se le notan muchas canas, la piel de la cara aún tersa y sin arrugas, en un rostro en que perseveran los viejos encantos que una vez te atrajeron. Te saluda con una sonrisa que vuelve a encontrar su eco reflejado en los ojos, como si los años no hubieran transcurrido con la aparatosidad con que suelen hacerlo, como si volvieran a verse al cabo de aquella semana en que quedaron en encontrarse el domingo en medio de la plaza y él no fue, como si nunca lo hubieras visto entrelazado a las manos de Sofía.

La pregunta de «¿cómo estás?», hecha entre dos amigos que no se han visto por una semana, habría sido un saludo que no mereciera una contestación elucubrada. Sin embargo, de repente, con el transcurso de tantos años, la pregunta cobra un sentido inusitado. En aquella época le habrías respondido que estabas mal, que muy mal, que seguías extrañándolo los miércoles y los viernes en que no podías verlo, que ya no tenía sentido ir a misa los domingos si no podías pasearte con él tomados de las manos por la plaza. Su pregunta, tantos años después, es más bien una futilidad, porque, ¿qué puedes decirle?, ¿que estás casada y tienes dos hijos? Cierto, le dices así luego de responderle con el formalismo de «bien, gracias». Te hubiera gustado decirle que ya estás repuesta, que pudiste recoger todos los añicos que habían quedado esparcidos por doquier cuando se alejó para siempre enamorado de otra, que hubo quien te ayudó a recomponerlos, a devolverlos a su lugar, a relegarlos a una esquina recóndita de los recuerdos, del rescoldo que ha perdido la acritud hiriente de las traiciones y permite que ahora vivas amando a otro, algo imposible de suponer cuando él ocupaba el centro de tu existencia.

Él rompió el hielo con algunos datos de su vida: tiene un hijo y dos hijas, un divorcio después de largos años de casamiento sin que sepas tú ni diga él qué mujer lo acompañó esos años de fortuna en su camino. Tiene una madre a la que cuida porque no le gustaría verla en un asilo. Te habla de su hermana Amanda, tu antigua compañera de cuarto en tu primer hospedaje de Río Piedras. Ella está jubilada como tú. Descubres puntos en común con su hermana y piensas que deberías reencontrarte con ella, pero no se te ocurre preguntarle cómo hacerlo. No te dice qué ha sido de la vida de él, a qué se ha dedicado la oveja negra de la familia que no quiso ir a la universidad a pesar de las oportunidades que tuvo. Te pregunta un poco más de tu vida, no mucho, si bien lo suficiente para permitirte que le digas que estuviste largos años de profesora en la universidad, que ahora visitas a tu madre semanalmente, y que Robert, tu marido, es escritor, después de una trayectoria de treinta años de funcionario. Te dice que sí, que recuerda haber visto fotos suyas en la prensa por el cargo que ocupaba. Captas de inmediato que él no ha estado ajeno a tu vida o, al menos, a algún aspecto de tu vida. Te sientes tentada a indagar un poco más sobre cuánto sabe de tu vida; te abstienes por el temor a un equívoco. Ya no estás interesada en él, no después de tantos años de habértelo sacado de tus pensamientos diarios, pertinaces, de lo que parecía una espera inacabada, un sentimiento indestructible. Él no debe llevarse la impresión contraria. No obstante, no estás segura de que hayas podido convencerle de tu indiferencia fingida, o de si se habrá percatado de que cada frase suya rasga en ti distintas cuerdas tensas que graban en tu recuerdo sus propias sonoridades. Ambos hacen un silencio ominoso que él interrumpe con el cliché salutatorio:

—Me alegra mucho haberte visto, Wendy. —Lo expresa con la tranquilidad que muestran los amigos entrañables y aquella sonrisa de siempre reflejada en sus ojos—. Ojalá no pasen tantos años más sin que pueda volver a verte.

No sabes qué responder a esa despedida. Podrías decirle: «Ojalá que no, ya sabes dónde encontrarme». Porque esta vez ha tenido la delicadeza de despedirse, no como hace cuarenta años que simplemente dejó de verte sin razón aparente, sin alguna palabra de su parte, sin que pudieras encontrar una explicación para su desaparición en la alta mar del romance más espléndido de tu vida. Así que, simplemente, dices: «Hasta luego», una despedida gastada, poco formal, sin compromiso ni interés evidente que no fuera la manifestación del adiós cariñoso dicho entre viejos amigos que no saben si lo siguen siendo o no.

Reverberando en el espacio memorioso, el reservado desde siempre para él, queda la frase: «Ojalá no pasen tantos años más sin que pueda volver a verte»; mientras la *pick up* negra arranca y se aleja despacio ante la resistencia que imponen las penumbras de la tarde, y él te dice adiós con su mano izquierda fuera de la ventanilla. *¿Sin que pueda volver a verte?* ¿Por qué tiene que ser así ahora que por fin se animó a buscarte? ¿Y si te vas el domingo a misa y, al tú salir, él, adivinando tu ilusión por un reencuentro, te sorprende con su presencia en la plaza, se acerca y te invita a sentarte en el mismo banco, bajo el mismo árbol, y te dice: *Perdona que haya llegado tarde*? O, mejor aún, ¿qué tal si te invita al café junto a la plaza donde, en una mesa solo para dos, te toma y acaricia otra vez las manos, con la misma delicadeza de antes, las tuyas aprisionadas blandamente por las de él, y, mirándose sin distracciones, tienen la conversación que nunca tuvieron? Repasarían las estampas extraídas del pasado, las caminatas despacio, juntos, por el pueblo y la plaza, las memorias de la adolescente obsesionada que una vez fuiste y las del joven asustadizo que huyó de ti; las de los triunfos y los fracasos que ambos enfrentaron en la vida. Tú le dirías de los amores que paliaron la desolación de su abandono, tu constante vivir en ascuas por su posible reaparición, y tus repetidas desilusiones porque él nunca vino; él podría poner un rostro contrito y decirte lo que se le ocurriera, lo que tú nunca consideraste necesario oír para aceptarlo de vuelta en aquellos años de espera inacabada que parecen haberse extinguido.

O, podrían verse en la playa, que es un lugar más íntimo, más alejado de las curiosidades ajenas, y caminar descalzos sobre la arena mullida contra la brisa salitrosa que trae el Atlántico, así, sin hablar, comunicándose únicamente por el contacto tibio de las manos entrelazadas, y los ecos de miradas sostenidas, y detenerse frente al horizonte de tantas posibilidades para, luego, quizás, solo quizás...

Tu madre, que ha observado de lejos tu conversación con el desconocido y ahora ve tu mirada volcada en el vacío, te saca de la cavilación y pregunta:

—¿Quién era ese?

Vacilas por unos instantes en cuanto a la respuesta adecuada. ¿Qué quién era ese, madre, de verdad quieres saber quién era ese? ¡Si nunca te interesó saberlo, ni siquiera en los momentos de mayor desolación! Dejas a un lado cualquier reproche; te aferras a la realidad de tus actuales circunstancias y simplemente le respondes:

—Un novio de la escuela.

Ella se limita a sonreir con cierta picardía cómplice, inducida tal vez por tu extraño arrebolamiento.

Y decides que no habrás de mencionarle nada a Robert.

29.

AHORA QUE CHARITO NO está en la casa, las cosas han adquirido una nueva normalidad. Lulú te recibe a ti y a Robert con un *shopper* de un supermercado que seguramente le dio una de las amas de llaves para alegrarle el día. Nada más de ver entrar tu carro a la marquesina ha ido a buscarlo a una de las cajas que tiene escondida en el clóset. Viene ufana, con una brillante mirada estrábica y una sonrisa que se despista de una oreja a la otra, con su andar de pasitos cortos y torpes avanzando en dirección de Robert, apuntando y tocando con el índice izquierdo en el *shopper* que sostiene en su mano derecha, una foto diminuta, a colores, de una caja de harina de *pancakes* Aunt Jemima. Robert se hace el interesado, *pancakes*, ¿te gustan los *pancakes*?, y ella mueve la cabeza de modo casi imperceptible mostrando su sonrisa perseverante. Entonces desliza unos milímetros el mismo dedo, hasta que lo detiene sobre las imágenes de dos botellitas de sirop de *pancakes* de la misma marca. Le dices a Lulú que todavía queda harina de *pancakes* y sirop en la nevera, que aún no es tiempo de comprar más. Sin embargo, Lulú no parece entender, o más bien, parece no querer entender el hecho de que no se deben comprar cosas solo por comprarlas, que tiene que haber verdadera necesidad de ellas. Lo curioso es que se trata de los únicos dos artículos que Lulú insiste que compres antes de que estén por acabarse los que están en uso. Porque, he aquí otra de sus obsesiones: mientras Lulú viva en la casa no carecerán de papel higiénico, ni de dentífricos o jabones de baño, ni de cereales o de chocolatina en polvo, porque ella, tan pronto nota que alguno de esos artículos se está agotando, acude al ama de llaves a señalarle la eventual carestía para que te lo incluyan en la nota del supermercado que siempre te espera en cada viaje a la casa de ellas, de modo que puedas traerlo cuando vayas con

Robert a hacer la compra.

Cuando le dices que habrá que esperar a que casi se acaben los productos de los *pancakes*, Lulú borra de inmediato la sonrisa del rostro, frunce el ceño, cruza sus brazos sobre la gordura de su abdomen y mueve la cabeza, esta vez con desconocida soltura en gestos de negación.

—Vamos a hacer algo, Lulú. Cuando yo vaya al supermercado te traeré una caja nueva, ¿*okay*?

—¿Ne-va?

—Sí, nueva, del supermercado.

—¿Allá? —Y señala con el mismo dedo índice y el brazo extendido hacia el punto cardinal donde a ella se le ha dicho desde niña, de más niña aún, que queda el supermercado—. ¿Su-me-cado?

—Sí, del supermercado.

Lulú vuelve a reír y se aleja con su *shopper* en la mano, como si caminara sobre badenes en un camino empedrado, moviéndose sobre sus pasos lerdos en dirección del cuarto. Saludas a Fredeswinda, el ama de llaves de turno, mientras Robert descarga los motetes de ambos y su computadora portátil del baúl del carro.

Caminas hasta la cama de posiciones en que Tati se recupera de la primera tanda de radiación que recibió para la tumefacción de la garganta. Han sido treinta sesiones, una cada día, casi mes y medio de hospitalización. De no haber sido por tu prima Valdremina que se quedaba con ella en las noches para que tú y Matilde pudieran descansar de los días agotadores en los que ustedes dos se alternaban los horarios diurnos, todo habría sido más complicado, pues les hubiera tocado solamente a ustedes todo el peso de la obligación. Robert, por ser varón, no podía pernoctar con ella, tenía que ayudarte de otra manera, y a su modo lo hacía. Fue quizás para la primera semana del tratamiento que a Matilde le dio por comentarle a todo el que podía que Papá Dios debía llevarse a Tati a su lado. Supiste de sus ruegos porque dos de tus primas te llamaron por separado escandalizadas para ponerte al tanto, para que hablaras con ella. Wendy, te dijo una, que no te lo digo de chisme, es que no está bien que le desee la muerte a su propia hermana, que es un angelito. Robert opina que es posible que Matilde piense que con Charito en un asilo, la muerte de Tati las dejaría a ustedes a cargo nada más que de Loli y Lulú, y que siendo solo dos, Matilde pretenderá que se las lleven a vivir a la casa de ustedes en San Juan. Robert fue más lejos:

—¿Sabes algo, Wendy? No dudes de que cuando le dio el cáncer en el seno a Lulú, Matilde hubiera dicho lo mismo, y que su razonamiento sea que te pusiste a darle tratamiento a ambas y, ¡coge ahora!, te quedan tres que cuidar en vez de una.

—No creo que Matilde llegara a pensar eso.

—¿Qué no? Ay, mija, no. Debe estar diciendo que, por un lado, le pides ayuda a Papá Dios para enfrentar esta situación y, por otro, cuando Papá Dios te envía la ayuda, a ti lo único que se te ocurre es llevarlas a los médicos para que las curen.

—Robert, te lo digo en serio: no me gusta nada tu sarcasmo, ni aunque sea contra Matilde.

Fue la última vez que Robert te mencionó algo sobre el deseo manifiesto de Matilde de que tu hermana se muriera y, la verdad sea dicha, Matilde hizo los turnos que le asignaste en el hospital con Tati, eso sí, con sus críticas acerca de todo lo que observaba durante su estancia: el personal de enfermería, los médicos, las instalaciones, la limpieza de los conserjes, las sábanas de la cama, el edificio del estacionamiento. Durante esos días, para consternación de quienes la rodeaban, estaba a sus anchas haciendo gala de sus alucinaciones. Es quizás de lo único que no puede quejarse. La naturaleza ha sido justa con ella y, lo mismo que a sus cuatro hermanas, le ha dado una buena cuota de manías, perturbaciones y excentricidades, que debe temperar del mismo modo que ellas: con fármacos y visitas al psiquiatra.

En estas semanas, Tati ha vivido la dureza de la propia vida a pesar de la ventaja que supone no estar enterada de su condición, a pesar de que vive su enfermedad en absoluto enajenamiento de su existencia contingente, sin saber de su prognosis incierta porque de la boca de sus oncólogos solo brotan palabras de cautela. Es evidente que no han querido darte falsas esperanzas, hay que esperar a la quimioterapia, te han dicho, a ver si la tolera. A ella van a administrarle el tratamiento más potente, en teoría el más efectivo, aunque también el de mayores riesgos y efectos secundarios. Es el que escogerías para ti misma de haber sido tú la paciente, le expresas al médico. Por fortuna, la radioterapia ha dado buenos resultados, hasta ahora. La hinchazón ha desaparecido y el aspecto de su cuello vuelve a ser el de antes.

Tati se alegra de verlos. De inmediato, mira mecánicamente a su alrededor, con cierto desespero, buscando qué darle a Robert. La radiación no le ha hecho olvidar la costumbre de años de recibirlo con un regalo que puede ser un chavo prieto o una ficha de cinco centavos (nunca una moneda de mayor valor), un periódico viejo, un cartón mantecoso o cualquier objeto inútil con el cual pueda demostrarle a él que es bienvenido a la casa. Contigo nunca ha sido tan desprendida. Como no puede moverse de la cama, solo tiene a su alcance un pequeño peluche. Lo toma y se lo entrega. Robert le da las gracias, le sonríe —ella no devuelve la sonrisa, no es necesario con el gesto sardónico que suele llevar puesto— y le dice algo sobre el peluche. Ella lo mira con cierta indiferencia y maquinalmente lo recupera.

—¿Qué es eeesoo? —Estira la mano y agarra el estuche en el que él lleva colgado a la correa del pantalón su celular. Robert lo extrae, lo activa y le muestra algunas fotos que escoge con la fricción de sus dedos sobre la pequeña pantalla del aparato. Ella se interesa en el asunto, le quita el celular de las manos e imita el gesto de frotar la pantalla. Como el celular no está acostumbrado a que lo hagan funcionar de manera tan torpe, protesta con unos sonidos raros. Robert lo rescata luego de un ligero pulseo con las manos de Tati que se niega a soltarlo, y trata de recomponer los garabatos que el teléfono muestra en la pantalla.

—Me lo has descuadrado todo, ahora no funciona.

Y es como si ella entendiera su lamentación porque dice de inmediato:

—No siiilvee.

—No, no sirve porque acabas de dañarlo. —Su voz suena un poco áspera, pero no es de enojo, sabe que no puede enfadarse con ella. Lo apaga y, al prenderlo de nuevo, los garabatos perseveran. Lo destapa al dorso, le remueve la batería, espera un minuto, la instala de nuevo, lo prende y ¡zas!, todo parece arreglado. Se lo muestra para que vea que tuvo arreglo, que no debe preocuparse —¡como si ella fuera capaz de preocuparse!— y advierte el amague que ella hace con la mano para atraparlo nuevamente. Él lo retira en un acto reflejo—. Eres un peligro, Tati, del mío no llamarás más por teléfono —y se ríe. Ella mantiene la seriedad de su risa sardónica.

Los meses que siguen son intensos. La quimioterapia comienza a surtir el único efecto visible en Tati: la pérdida del cabello y de todo el vello corporal. Sin embargo, nada de vómitos, nada de diarreas, nada de «cebolla» —es como ella denomina el dolor de estómago—, nada de nada. Para mí esto tiene su explicación, te dice Robert. En ella está ausente la autosugestión, ella no es capaz de entender qué es lo que tiene, qué le administran semanalmente por la subclavia, jamás ha oído hablar de quimioterapia ni de los malestares que causa a medio mundo. No le teme a la muerte, ni a la enfermedad. Acepta las cosas como vienen, no se escandaliza, no se desespera, no pelea con Dios, no se lamenta de nada, no dice que por qué le pasó a ella y no a otra gente que solo sabe hacer el mal a los demás, no tiene que apostar a su fe para curarse. Tati no es como nosotros, insiste Robert, ella no tiene materia prima con la cual construir sus propias desventuras, los desastres que los demás nos inventamos para torturarnos, para imaginarnos síntomas, suponer malestares, encorvarnos ante cualquier señal extraña de nuestro cuerpo. Tati no, Tati afronta su enfermedad del único modo posible para ella: con indiferencia perseverante, con desenfado, con la naturalidad con que los seres irracionales acogen los acontecimientos de cualquier índole que suceden a su alrededor. De hecho, nunca le ha temido a las agujas y hubo una época, de muy joven, que cuando rehusaba salir de la casa para alguna cita médica, todo lo que había que hacer era simular el gesto de acercamiento de la mano trinca sosteniendo una jeringuilla imaginaria cerca del mollero, e imitar el movimiento de ponerle una inyección, para que dijera eufórica «hospitaaal», y accediera sin más protestar a salir del hogar, como si hubiera sido invitada a algún pasadía en un lugar de encantamientos.

Esta continua combinación de lo emotivo y lo histriónico es el modo que debes emplear para controlar a Tati y a Lulú, pues Loli, aun con sus graves limitaciones, es un poco menos irracional, más fácil de tratar. El arte de entenderlas no viene del cielo, tienes que aprenderlo día a día, nunca se sabe cuándo alguna de ellas adquirirá una manía nueva, una obsesión recalcitrante, un vicio irredento. Con la muerte de tu madre, que era su intérprete infalible, tuviste que hacer un esfuerzo por memorizarte el vocabulario de Tati, o al menos, las frases sueltas con las que comunica sus necesidades. Ella tiene su propio lenguaje, un lenguaje enrevesado y apenas comprensible, con reglas gramaticales propias y una lógica estridente que es difícil seguir. Escucharla atentamente no es de mucha ayuda; solo tu madre entendía bien su idioma discontinuo y deforme. Tú misma comprendes solamente algunos vocablos. Las hormigas son «tomica»; las vacas, «muu»; el médico, «méqueco», y el malestar —siempre que no sea de «cebolla»— es «dolool». Si ve a alguien con una toalla al hombro o en la mano, le dice «bañalme», que, según la interpretación que le daba tu madre, era su modo de manifestarle a la persona «veo que vas a bañarte». Cuando se le entrega, por ejemplo, una bolita de papel para que la eche al zafacón, responde invariablemente «bótalo túu», pero a la reiterada instrucción de que lo bote ella, la toma con disposición resignada y se va diciendo: «bótalool doon» —«voy a botarlo al dron»—. Cuando se le pide que haga algo que ella no quiere hacer, responde indistintamente «fiebre» —«tengo fiebre, mírame, estoy enferma»— o «llolaando» —«estoy llorando, ¿no ves que no quiero hacerlo?»—. Si observa algo con mal aspecto apunta «políio» —«eso está podrido»— y se ríe. Lo mismo sucede con cualquier mal olor al que reacciona diciendo «peste mieelda», aunque no huela realmente a mierda (claro, a veces, sí). Solamente el vocablo «luna» ha sido siempre luna en boca de Tati y no amerita interpretación. Luego de contarlas, Robert ha llegado a la conclusión de que Tati se desenvuelve en la vida con diecisiete frases y algunas otras palabras sueltas, no muchas más. Lo demás es pura jeringonza.

La jerga de Lulú, en cambio, es algo distinta. Ella puede construir oraciones cortas, si bien elige proferir frases tortuosas, inacabadas, llenas de baches enigmáticos. A veces solo articula palabras aisladas para que el que la oiga adivine el sentido completo de la frase u oración. A esta dificultad se añade el toque fañoso que imprime a lo que dice entre dientes, al cual debe sumarse el tonillo que emplea, herencia de sus antepasados de las islas Canarias. Con todo y lo enrevesado de su habla, que muchas veces imposibilita entender cabalmente lo que dice, el asunto se intrinca cuando resuelve comunicarse solo con gestos, o simplemente poniendo trompa. Es cuando hay que embarcarse en un ejercicio de preguntas sin respuestas, de preguntar y descartar, de volver a preguntar y volver a descartar, hasta que, tras muchos silencios de enojos y miradas torcidas, pueda identificarse casi al azar el objeto de sus frustraciones.

La casa de al lado continúa a la misma distancia, si te refieres al trecho longitudinal que la separa de la casa de tus cuatro hermanas, en realidad, ahora tres. En lo que respecta a la distancia emocional, la que es imposible medir debido a las fluctuaciones constantes de los estados de ánimo de Matilde, se han ido desarrollando, a partir de la muerte de tu madre, dos medidas: una que marca su ostensible alejamiento de ti, cada vez mayor, y otra que traza al mismo tiempo su creciente injerencia en el manejo de los asuntos diarios de la casa de tus hermanas. El acomodo de que Robert y tú se queden a dormir con ellas varios días durante la semana, y de que Matilde lo haga los restantes, sirve para posponer de momento la solución definitiva, la que Matilde ha insinuado de mil maneras ante tu continua indiferencia, pero a sabiendas de que comienza a presentar sus dificultades, como ha sido con el caso de las amas de llaves.

De siete de la mañana a siete de la noche una empresa privada contratada por el gobierno provee los servicios de amas de llaves a tus hermanas. Son señoras que se ocupan de prepararles las comidas y meriendas, asearlas, limpiar la casa, lavarles la ropa, administrarles sus medicamentos, velar por su seguridad física, hacerles compañía, en fin, hacer las veces de tu madre muerta. Matilde y tú son las responsables de firmar sus nóminas y asegurarse de que ellas realicen el trabajo para el que han sido contratadas por el gobierno. Entre siete de la noche y siete de la mañana las vidas de las cuatro vuelven a estar a cargo de ustedes dos. Durante el resto del tiempo ustedes no están ociosas, deben comprar los alimentos y productos de aseo y de limpieza, llevarlas a los médicos, obtener las medicinas y hacer que la vida anormal de ellas transcurra en la mayor normalidad posible. Los días de la semana en que tú permaneces en San Juan, durante los cuales Matilde es la responsable de tus hermanas, el trabajo de las amas de llaves queda bajo su supervisión. Y esto no habría sido problema de no haber sido porque no transcurrió mucho tiempo sin que Matilde dejara salir sus obsesiones más pertinaces para proyectarlas sobre el trabajo de las empleadas que, pese a lo mucho que se esforzaban por complacerla, no lograban satisfacer sus expectativas.

Como su casa queda a quince pies de distancia, y ella puede observar a través de las ventanas todo lo que transcurre en la casa de sus hermanas, a Matilde se le hace fácil vigilar el desempeño de las amas de llaves, que cumplan al pie de la letra sus instrucciones que, por ser minuciosas, no son pocas. Mientras no esté en uso la escoba, esta tiene que estar enganchada horizontalmente en los soportes de los barrotes de la ventana de la cocina, y si logra verla fuera de ese lugar —por ejemplo, apoyada verticalmente contra la pared, junto a la misma ventana—, se pone a gritar que me cago en la crica vieja, que eso no va allí, que avancen a colocarla donde va, mientras el ama de llaves lucha para que su corazón no le brinque fuera del pecho y se eche a perder su vida. Su vocinglería las intimida, en especial porque provienen de una boca trinca y un rostro de ojos chispeantes y coléricos que son prueba fehaciente de sus enrevesados procesos mentales.

A dos meses de morir tu madre, Velia Soler no pudo más y renunció. Ella tenía el turno de los domingos, el de más difícil reclutamiento y en el cual llevaba un año ayudando a tu madre. Un domingo en que la familia celebraba los cien años de tu tía mayor, hiciste los arreglos para llevar a tus hermanas a la fiesta. Una vez Robert y tú salieron con ellas cerca de las diez, Velia, que había llegado a las siete como se suponía, le expresó a Matilde que se iría para su casa en vista de que ya no tendría a nadie a quien cuidar y las tareas de la casa estaban al día. Matilde le respondió que no, que a ella se le pagaba por estar allí. Velia de todos modos se fue. Matilde sufrió aquel desafío con la misma acritud con que el Cid Campeador tomó la afrenta de Corpes, y se quejó de mala manera a la empresa. Velia entendió que con ese proceder se había quebrado la buena relación de trabajo con el hogar de tus hermanas y renunció.

Las demás amas de llaves se vieron reflejadas en aquella situación que ya venía deteriorándose desde que faltó tu madre. Con mucha cautela te dejaron saber su inconformidad con el trato que Matilde les brindaba, sobre todo, porque no desaprovechaba ninguna oportunidad para imponerles sus propias ideas de cómo debían hacer los quehaceres de la casa. Tareas que no requerían ningún conocimiento especializado, bajo la intrusión de sus excentricidades se convertían en proyectos complicados, difíciles de realizar. De repente parecía como si requiriesen destrezas que solo se adquirían en escuelas ocupacionales. Les compró un cepillo especial para que limpiaran el piso y las paredes del baño. No era suficiente con que lo hicieran con agua, jabón, paños y mapo, como lo había hecho tu madre toda la vida y como ellas lo hacían en sus propios hogares. En la alacena, los productos debían ir puestos de determinada manera y la ropa de cama y casa debía mantenerse guardada con cierto orden. En realidad, las amas de llaves no tenían mucho espacio para implantar sus propios arreglos alternos. Las críticas constantes de Matilde y su quejosa perorata sobre todos y en cuanto a todo, les coartaba muchas de sus iniciativas domésticas. Y si por desgracia no podía dormir hasta el mediodía porque los somníferos no habían funcionado con la eficacia prescrita, era peor ya que tendría más tiempo para importunar al ama de llaves del primer turno con sus invariables obsesiones.

Y así, desvariando entre sus rencores animados y sus desquicios intermitentes, uno de esos días Esmeralda, la más joven de las amas de llaves, la oyó gritar como una loca furiosa desde el cuarto de Loli, que en qué cabeza cabe, ¡coño!, doblar las toallas de este modo, que las toallas deben tener al menos tres dobleces porque con solo dos ocupan mucho espacio. Esmeralda no sabía de momento a lo que se refería, hasta que se asomó al cuarto y vio que Matilde había esparcido sobre la cama y abierto nuevamente las toallas que ella acababa de doblar y guardar en el clóset, antes de irse a lavar una nueva tanda de sábanas que Tati había meado durante la noche. Esmeralda había doblado las toallas del modo que su madre le había enseñado a ha-

213

cerlo desde niña. No hubiera imaginado que existiese un modo «perfecto» de hacerlo, ni que hubiera sido conveniente consultar primero a Wikipedia para ver si contenía alguna entrada sobre toallas y el número de dobleces o la forma correcta de doblarlas, o que siquiera tuviera que solicitarle a Matilde instrucciones específicas sobre cómo hacerlo. La cuestión es que ese incidente produjo la renuncia de Esmeralda y que la supervisora del programa de ama de llaves te llamara para decirte que esta situación no era un evento aislado, que ya otras se habían quejado del maltrato que Matilde les dispensaba y que, de no resolverse la situación, la empresa tendría dificultad en conseguir empleadas para trabajar en la casa y continuar brindándoles el servicio a tus hermanas.

La situación no pintaba nada de bien. No sabías si debías abordar a Matilde para ponerla al tanto de lo que podría avecinarse si ella no modificaba algunos de sus comportamientos, o si simplemente debías confiar en que no se suscitarían complicaciones adicionales. Sabías que ella carece de la capacidad de introspección, que no admite haberse equivocado, que está convencida de que los males que ella pudiera padecer son culpa de los demás, y que la solución de los problemas está en manos ajenas, nunca en las de ella. Pensaste que, apenas comenzaras a hablarle del asunto, entraría en brote, se sentiría personalmente atacada e injuriada y tendría muchos exabruptos, te diría que todas las amas de llaves son unas ineptas, vagas, chismosas, que si no son bien supervisadas la casa terminará cayéndoseles encima, que lo que pasa es que tú eres muy blandita y te cogen de mangó bajito, que eso te pasa por darle crédito a todo lo que ellas dicen, pero que a ella no, a ella sí que no, a ella no hay quien la coja de pendeja, que para eso ha aprendido de la vida. Y tú no sabrías qué contestarle, qué argumentos invocar, tú sí sabes lo que te gustaría decirle y no puedes, porque no tienes modo de anticipar lo que guarda su cofre de Pandora, su caja repleta de resabios y quisquillas.

No hacía ni dos semanas que la supervisora del programa de ama de llaves te había manifestado su preocupación por las renuncias de las empleadas, cuando en el preciso momento en que Matilde cruzaba desde su casa a la de tus hermanas, sonó el teléfono. Durante esos días no se había producido ningún cambio. Fredeswinda te había confirmado que Matilde continuaba con su trato usual, deambulando por la casa e indicándoles las tareas por hacer, la ropa a doblar, los espacios a barrer y mapear, y criticando, sobre todo, las decisiones que tú has tomado y las cosas que has comprado recientemente para el hogar, que Wendy compra solo porquerías, les dice, a mí sí es verdad que no me venden una cosa así, yo lo reviso todo minuciosamente, al derecho y al revés, que es como debe hacerse. Sus hábitos tampoco han cambiado. Se levanta a las tantas, y cruza puntualmente por el portón para venir a almorzar lo que las amas de llaves han cocinado para tus hermanas, porque Matilde está jubilada, mas no cocina, nunca ha cocinado, ni para ella ni para sus hijos. En vida de tu madre era más cómodo llegar de su trabajo a almorzar y a cenar a casa de tus padres, que comprar y preparar su propia comida. Además, eso siempre resultaba más barato. Ella no ha cambiado esta costumbre ni siquiera porque la supervisora Aguirre le llamó la atención. Lo supiste sin proponértelo, por voz de esta, cuando te llamó para informarte que Matilde le había pedido por teléfono la hoja de asignación de tareas para las amas de llaves. La de por la mañana lo hace todo, le había dicho Matilde a la señora Aguirre casi increpándola, no le deja tareas que hacer a la de por la tarde, quien dedica la mayor parte del tiempo a ver televisión junto a Lulú; además, cocina muy poco, a veces ni yo misma puedo almorzar. «Matilde, usted sabe que la confección de alimentos es un servicio para las muchachas, usted debe prepararse sus propios alimentos». Y Matilde no supo qué responder. Precisamente, le dijiste a la señora Aguirre, ella ha almorzado y cenado siempre de lo mismo que nuestras hermanas.

Y hoy no ha sido la excepción. Aún trae los párpados hinchados, no sabes si por el mucho o por el poco dormir, ella misma se queja a veces de que los somníferos no son garantía de un sueño profundo. Se deja caer en el sofá del *family*, y cuando el teléfono va por el cuarto timbrazo se escucha su voz incómoda, ¡que alguien lo coja, que no muerde!, pero sabes que ese alguien eres tú que estás en la cocina preparando un jugo de china para Robert que trabaja en su libro sentado a la mesa del comedor. Sin embargo, es Fredeswinda la que sale de uno de los cuartos y toma el aparato. Escuchas el «¿Aló, quién es?», un modo torpe de contestar el teléfono, sobre lo cual no hay nada que puedas hacer, cuestión de modales. «Para ti, Wendy, es la señora Aguirre, dice que es importante». Matilde te oye hablar con ella aun cuando solo se entera de lo que tú dices. Sí, el turno del domingo, entiendo, yo también espero que se resuelva; que no, que yo no voy a estar aquí. ¿Matilde? Sí, sí, ella sí; yo solo vengo durante la semana, los fines de semana son de ella, y cuelgas.

Caminas al *family* a decirle de lo que trató la conversación, que el ama de llaves del turno del domingo está de cama y vendrá otra a sustituirla, otra a quienes ustedes no conocen, pero que es muy laboriosa, trabaja con la empresa en otros hogares hace más de un año, para que no les tome por sorpresa, es algo temporal en lo que la del domingo se recupera. Matilde no te da tiempo para tener esta conversación, su mente funciona más deprisa que los acontecimientos, su impaciencia es atrevida, lo demuestra de inmediato, es obvio que ha estado afilando sus dardos en los pocos segundos que te ha tomado llegar del teléfono a su lado.

—¿Qué, otra más que renuncia? —Para tu sorpresa, la pregunta viene ceñida a un tono triunfalista, casi de gozosa admiración. Robert te lo había dicho: Wendy, lo de Matilde es exprimir el limón para que te caiga el zumo en los ojos. ¿No ves que si logra que le retiren el servicio de amas de llaves a tus hermanas te verás forzada a procurar el internamiento de ellas en un asilo, que es lo que ella realmente interesa?, ¿o es que no has visto la escritura en la pared? A pesar de la sorpresa que suele causar lo insólito, aún puedes responderle a Matilde.

—No, no es otra renuncia, es que el ama de llaves del domingo está enferma y enviarán otra. —Respiras hondo, inflas tus pulmones de un arrojo rescatado de más abajo, del fondo de tus vísceras, y bufas lo inevitable—. Pero si sigues jodiendo a las amas de llaves, en esta casa no va a quedar ni la gata.

Fredeswinda nota el furor de tu tono firme y escapa hacia el último cuarto, donde Loli toma una de sus siestas, junto a la habitación en que Tati convalece de su quimioterapia. Solamente Lulú sigue en el *family* viendo los muñequitos ajena a los acontecimientos.

—Yo solo me ocupo de que hagan bien las cosas, no se pueden

dejar al garete.

—Si solamente te ocuparas de que hicieran el trabajo que se supone que hagan, estaría bien. Pero tú no te limitas a eso, Matilde, tú solo sabes acosarlas con tus manías exageradas. Ellas son personas que manejan bien la casa, hacen bien las tareas, quizás no como las harías tú ni como las harían otras personas, pero bien. Y tú no las dejas ni respirar. Ellas cuidan a las muchachas tan bien como lo hacía mami y deberíamos estar agradecidas.

—Tanto como agradecidas, agradecidas no, porque a ellas se les paga por hacerlo. —Esas palabras no reflejan ningún grado de reflexión, salen de su boca desprovistas de toda sensibilidad, sin pasar por algún cedazo, anudadas por su rencor milenario que le sirve de soporte, de hilo conductor, y con la misma sequedad añade—: Y si tanto te molesta mi modo de supervisarlas, tendré que quedarme en casa.

—Pues, ¿sabes qué?, pensándolo bien, es lo mejor que harías: que te quedaras en tu casa si no quieres tratarlas bien, para que las dejes en paz.

—Tampoco vendré por las noches a quedarme con ellas.

—Ni falta que hace.

Pero no era cierto, hacía falta que alguien se quedara con tus hermanas los tres o cuatro días en que tú vives en San Juan, donde está tu verdadera casa, a hora y media de distancia que no podrás recorrer todos los días. Matilde acaba de sentenciarte, acaba de disponer que en adelante ya no podrás contar con ella, ni para lo bueno ni para lo malo, que habiendo quedado excluida de su obligación por tú no ajustarte al modo de ser de ella, y muerta ya tu madre, te corresponderá a ti exclusivamente hacerte cargo de las cuatro huérfanas: las tres que viven solas en la casa y la que vive fuera en un asilo, que, no por estar ausente del hogar, puede ser abandonada a su destino. Tus hermanas no tienen la culpa de haber nacido con un ADN tan defectuoso, ni de que Matilde quiera darles el tratamiento que a Rómulo y Remo les dio su madre, porque no hay lobas tan humanitarias hoy día, y ellas no podrían sobrevivir a la intemperie de sus deficiencias sin el auxilio de alguien generoso. Por la respuesta de Matilde sabes que ahora tendrás que instalarte en casa de tus hermanas, a quince pies de la casa de Matilde, quien seguirá viviendo su vida como si no tuviera hermanas, mientras Robert permanece en San Juan lejos de ti, escribiendo sus libros y echándote de menos. El tiempo dirá qué acomodos deberán hacer para encontrarse, para no olvidar que, después de todo, siguen siendo marido y mujer.

Valdremina sabrá de la rebascada de Matilde cuando venga al día siguiente a preguntarte por la próxima cita médica de Tati, para acompañarte. No te preocupes, Wendy, te dirá con su voz de samaritana buena que hace ver las cosas difíciles como si no lo fueran tanto, yo te voy a ayudar, no te voy a dejar sola en esto, que Dios aprieta pero no ahoga, tu verás. Y, a partir de entonces, será Valdremina, la de Cirene, quien compartirá contigo la carga pesada de este infortunio, sin pedirte nada a cambio, sin condicionar su ofrecimiento a que Dios le cumpla lo del cielo prometido.

30.

Robert ha llegado del urólogo con rostro tétrico. Hacía dos meses que, debido a los frecuentes viajes nocturnos al urinal y el ardor inusitado al descargar la vejiga, había ido al médico a consultar sus preocupaciones. Su abuelo y su padre habían presentado esos mismos síntomas antes de que a ambos les diagnosticaran la presencia de un tumor ensañado de malignidad en la próstata. A su abuelo le costó la vida en menos de un año, y a su padre por poco. Quizás por eso, desde que Robert tiene memoria ha vivido como el personaje de Poe atado justamente debajo del péndulo aledaño al pozo: con la incertidumbre de si será partido en dos por un mal que probablemente sea hereditario, y de si despertará un día con la hoja afilada de la guadaña oscilando muy cerca de la yugular. A pesar de que él compartía la misma renuencia de otros varones ante el procedimiento de aquel dedo incómodo insertado en el recto por otro hombre, Robert se lo dejó hacer y, al cabo, el médico pudo palpar el agrandamiento del órgano glandular, que le llevó a ordenarle varios exámenes de laboratorio, entre ellos, el del antígeno prostático específico, más imágenes de ultrasonido. A estos, continuó una cistoscopia que fue seguida de la preocupación del especialista sobre el cuadro desalentador que observaba en su paciente y que llevó a la consecuente biopsia, cuyo resultado Robert fue a buscar en la mañana.

—El médico no sabe cuán diseminado está —te dice con voz quebradiza, pendiendo del hilo fino de una esperanza distendida—, ni puede garantizar el éxito del tratamiento que tendrá que darme el oncólogo.

Hasta ahora, a pesar de la obsesión de Robert tantas veces manifestada por la posibilidad de contraer la enfermedad de sus ascendientes, la realidad es que no le habías dado ninguna importancia.

Son cosas de viejo, Robert, no te me vayas a poner hipocondríaco en esta etapa de la vida, sácate esas ideas de la cabeza, tú eres muy negativo, eso hace daño, no pienses en eso. De modo que lo impensable llegó y tú no sabes cómo manejar los temores que de seguro él no se atreverá a expresarte con tal de evitar tus reproches, tus letanías de positivismo exagerado que a él le parecen inservibles para ayudarle a sobrellevar una carga que solo a él le toca. Una cosa es que te enojaran sus obsesiones intransigentes, sus elucubraciones sobre la predisposición que añade la genética del ser humano para adquirir ciertas enfermedades, su papel de víctima por tal circunstancia que le parece inexorable, y otra, admitir que sus suposiciones fantásticas no habían resultado ser lo descabelladas que siempre te parecieron. Con la desventaja de que, a diferencia de Tati o de Lulú, para quienes el cáncer es algo inexistente porque no conocen siquiera que sea una enfermedad —ni sus riesgos o la fatalidad que podría acarrearles—, Robert es consciente de la naturaleza del proceso que le aguarda inmerso en sus propias inseguridades.

Esa misma noche te repite algo que hace dos años te pareció una broma: que quiere escribir sobre la vida de tus hermanas, una especie de memoria vista a través de tus ojos.

—Estás delirando, Robert. —Muestras verdadera sorpresa—. ¿Qué interesante de contar pudieran tener las vidas de cuatro retardadas? —Era lo que pensabas entonces y lo remachas en este instante, para refrescarle la memoria.

—Todo lo que necesito es que me cuentes tu vida desde antes de conocerte, así me estarás contando la historia de ellas, de seguro que está llena de conflictos y satisfacciones, como la vida de todo el mundo. La única condición es que me relates la verdad. —No estás segura de lo que debes contestar, meramente añades:

—Supongo que mi vida tampoco ha estado llena de conflictos, ni siquiera mínimamente. ¡Serían páginas muy aburridas, Robert!

Al otro día, se presenta a la mesa del desayuno con un cuaderno tamaño carta, de páginas amarillas, de los que utilizaba para entrevistar a sus clientes cuando ejercía la abogacía. Aunque ya no suele usar papel —desde hace años escribe directamente en la computadora—, te explica que necesita tomar notas para su libro, que será también el tuyo, aquí y allá, y la libreta y el bolígrafo le darán la flexibilidad que necesita para tus entrevistas, que así podrá hacerte las preguntas en cualquier lugar de la casa, cuando y donde se le ocurran, sin que tengas que acudir a su mesa de trabajo cada vez que surja algún aspecto sobre el cual interrogarte. Luce muy decidido en su designio, y reconoces que cuando se lo propone puede llevar a cabo cualquier proyecto por más absurdo que le parezca al mundo cuerdo. Ante su insistencia para lo que es inminente le preguntas que si en verdad interesa conocer las circunstancias biográficas de tu familia. Empiezo hoy, obtienes por toda respuesta. Lo cual parece ser un desafío dificultoso por las implicaciones que tiene para ti. Eres muy consciente de tu renuencia a hablarle a nadie, siquiera a él, de tus experiencias íntimas, de tus cosas del pasado, de tus frustraciones y desvelos, de tus aspiraciones más recónditas. Siempre has sido así y no estás persuadida de que deba ser de otro modo.

Precisamente por eso es que Robert ha estado al margen de los detalles importantes de tu vida, por eso te has negado siempre a revelarle quién te dio el primer beso, a pesar de sus protestas porque dice que es una actitud infantil, Wendy, esconder un detalle como ese, si al fin y al cabo ya sé que no fui yo quien te besó la primera vez, y que debió haber ocurrido en tu adolescencia, que todos hemos besado al salir de la niñez, tarde o temprano, pero lo hemos hecho, que no entiendo tanto secretismo sobre un evento tan normal como ese, coño, que no fue que te violaron. Y ha sido así como Robert ha llegado a desconocerte y que, a pesar de los muchos años que llevan de casados, no le has permitido entrar a algunos aposentos de tu memoria, a ciertas moradas de tu corazón. A esos hemisferios de tu clandestinidad atesorada él ha intentado entrar con la determinación y la frecuencia con que suelen hacerlo los curiosos, eso sí, teniendo la delicadeza de no forzar la entrada con el hombro, o con golpes implacables. Robert se vale del toque gentil de sus nudillos a las puertas que mantienes aseguradas desde dentro y nunca abres. De modo que su proyecto te plantea un nuevo reto y cuando él lo condiciona a que le relates la verdad, recibes su solicitud con trepidación inevitable. De seguro te hará preguntas incómodas, perturbadoras, embarazosas, preguntas sobre eventos que no has querido evocar hasta hoy, acontecimientos que has preferido desterrar de tu mente para que no te lastimen, para que no vulneren las defensas que has erigido en el intento de sobrevivir ante algunas de tus circunstancias más ásperas. Te planteas, a partir de su requerimiento, si tendrás que decirle toda la verdad, la verdad de que ni tu madre ni tu padre te dijeron siquiera una sola vez en la vida que te querían, que ninguno te preguntara alguna vez, ni de grande ni de pequeña, sobre cómo te iba en la escuela, o que quisieran ver tu tarjeta de calificaciones, o que te felicitaran por tus calificaciones de alto honor, o por acompañarte a tus graduaciones escolares; de seguro tendrás que decirle que a los nueve años tuviste que ir a hacer la Primera Comunión en carro público tú solita, nada más que con Matilde, que tenía siete, con sus trajecitos blancos y con corona; que fue de tu abuela Tina, tu abuelo Pepe e Isabelo de quienes únicamente recibiste gestos de cariño; que fue Bertin quien te dio el primer beso durante el *class day*; que Gustavo, sin que antes le hubieras dicho que lo habías tenido de novio, fue quien te cogió de manos la primera vez, a los trece años; que Abby fue tu primer gran amor a los catorce, el único amor que recuerdas con un corazón derretido y recato pudoroso; y que un familiar intentó propasarse contigo tocándote un muslo el día que te dio pon para la universidad, el primer hombre en tocarte tu piel en contra de tu voluntad. A sus preguntas incómodas tendrás que responderle con respuestas sinceras y no sabes si estás preparada para hacerlo.

Aun así, sucumbes a este nuevo capricho del escritor. Inicia su entrevista con preguntas generales de tu primera infancia, de tus juegos cotidianos, de tu relación con tus hermanas a medida de que estas iban naciendo y creciendo; luego la del inicio de los años escolares, y así sucesivamente devanando el hilo de una madeja que llevas escondida bajo la piel y cuyo desenvolvimiento controlas a voluntad. Salpicas el relato con anécdotas que de repente acuden a tu mente, que creías olvidadas, y a veces él se sonríe con algunas de ellas, y tú también con otras, o los dos ríen al mismo tiempo cuando es de reír, porque en otras ocasiones, ante sucesos de mayor sobriedad se pone serio, contrae los labios y simplemente se limita a anotar lo que le dices, a pasar las páginas, a regresar a algún punto olvidado sobre un tema ya cubierto. Y así lo hace durante semanas, en los momentos pensados y en los menos pensados, a la mesa mientras comen, o cuando están en el *family* y de repente él pausa la película con el control remoto del televisor para que abundes en algún detalle sobre algo cubierto en sus interrogatorios previos o le ofrezcas los que había olvidado preguntarte, o recostados en la cama mientras cada uno está entregado a la lectura de su libro de turno, que es donde acostumbran leer porque les permite tocarse sin apartar la vista de las páginas e, incluso, echar a un lado los libros para disfrutar del momento ahora que los hijos no viven en la casa y no hay el riesgo de que vengan a tocar a la puerta a interrumpirlos en el momento más inconveniente. A veces las interrogantes le surgen mientras hacen compra en el supermercado y, sobre todo, cuando viajan en el carro hacia tu pueblo o al de él. Esas veces en que él no puede hacer sus anotaciones en el momento, tienes que repetirle el relato para que lo incluya en los apuntes de la libreta amarilla, porque después se le olvidarían. Has llegado a pensar, ante la infinidad de ocasiones en que has tenido que repetirle una misma anécdota, que lo hace intencionalmente, no para que le refresques la memoria sobre un dato que se le ha ido al cielo, sino para comprobar la veracidad de lo que le has contado previamente, para asegurarse de que no te contradices, de que no solo le has dicho la verdad, sino toda la verdad. Es su mente de abogado, así es como piensa: haz que una persona te repita una historia, Wendy, y si te ha mentido lo sabrás inmediatamente, pues nunca tarda en incurrir en una contradicción, y frecuentemente en otras. A ti misma te ha dicho: eso no me lo has contado antes, eso es nuevo y es un punto importante, ¿por qué no lo dijiste la primera vez?, envuelta esta pregunta en la insinuación de que habías intentado reservarte ese detalle, que se me olvidó, Robert, te lo aseguro, no tengo por qué ocultarte nada, no a estas alturas de nuestras vidas. Será por eso que haces siempre un esfuerzo por recordar los detalles, a pesar de que no siempre logres contarlos con precisión matemática. Y se lo has demostrado. La única vez que te reservaste algo de una anécdota se lo advertiste: te voy a contar el milagro, pero no te voy a decir el santo. Fue cuando le narraste tu primera experiencia de niña con algún aspecto de tu sexualidad, con una vecina de tu tía. Él insistió que le revelaras el nombre; no quisiste. Lo más cercano a una identificación fue la información relativa a la edad de ella. Si interesas incluir esta anécdota usa un seudónimo, le dijiste, para los fines de la historia no te hace falta ningún nombre propio. Precisamente, Wendy, no debes temer a la revelación porque, aunque me digas el nombre, yo utilizaría un seudónimo. Tu decisión estaba tomada, si quería la anécdota tenía que dejarse devorar por la curiosidad y sobrevivir en el vientre de la ballena. Accedió a renunciar al nombre. De todos modos, al terminar tú ese relato te dijo:

—Tengo una idea de quién es, Wendy, tuvo que haber sido una de las tres hermanas de... No, no, ahora soy yo quien no te dirá la conjetura.

De seguro que era un blof. Aun así, negaste de todos modos que la persona tuviera tres hermanas, le dijiste que si ese fuera el caso, no tendrías por qué proteger su identidad, le hubieras dicho el santo. Mas no era cierto, no se lo dirías siquiera en ese caso. Se trata de un incidente estorboso, algo que no hiciste que sucediera, pero sucedió, de esos eventos que habitan prendidos en algún compartimiento secreto de la memoria y que no puedes simplemente enterrar un día cualquiera como si se tratara de una extremidad gangrenosa cercenada de tu cuerpo.

El proceso de la entrevista para el libro ha sido aleccionador para ambos, de fortalecimiento de tu relación con él. Por primera vez cobras consciencia de lo poco que Robert sabía de tu vida, tanto de tu vida exterior, la de los vaivenes extenuantes que socavarían el ánimo de cualquiera, la de la cotidianidad inestable, como de la interior, la de las desolaciones inevitables, azarosas, la llena de eventos inmemoriales, inasibles, reprimibles. Él mismo te abre los ojos a esta realidad solapada un día mientras se duchan. Es algo que hacen juntos desde la luna de miel, una de las cosas que no ha cambiado desde entonces. Él juega con tu piel mojada mientras te enjabona la espalda, te dice por dónde anda en la escritura del libro, principalmente del descubrimiento de tu lograda capacidad para apasionarte tanto en las experiencias de tus noviazgos de adolescencia, de tus enamoramientos no correspondidos, de los abandonos que sufriste. Porque ¿acaso no has notado, Wendy, que tus tres novios de la escuela —el de una semana, el de dos años, el de tres meses— te dejaron siempre por otra mujer?, ¿y que te dejaron sin darte una explicación, más bien de una manera vulgar, escurridiza, sin un acto específico de terminación? El primero, Gustavo, se paseó frente a ti con Susana de manos por la plaza sin que ustedes hubieran roto antes la relación; el segundo, Abby, sencillamente dejó de ir a verte los domingos al salir de misa, luego de veintidós meses, porque se había enamorado de otra mujer de su pueblo, y Bertin, el tercero, tu mejor y gran amigo, a pesar de que al terminar las clases siguió pasando frente a tu casa, no era para verte a ti sino a otra, así, sin aviso previo, sin pedirte tampoco que terminaran. Robert jabona tu sensual cuello de cisne, el mismo que generó las bromas de tus compañeros de escuela intermedia, y que tanto le encanta. ¿Habrá forma más indecorosamente posible de terminar un noviazgo?, te pregunta. Es una pregunta para la cual tú sabes que él no espera contestación.

En verdad no habías reparado antes en ese denominador común. Robert tiene razón, piensas mientras él pasa el jabón sobre tus pechos y frota tus pezones erectos. Le pides que abra un poco más la pluma del agua caliente, para templar tus escalofríos. Los tres anteriores hombres de tu vida lo hicieron del mismo modo: sin afrontar su actuación, sin explicarte por qué ya no podía ser, que no te querían, que no les interesabas. Te enjabona el abdomen antes de proseguir viaje a tus zonas australes. Robert dice que no lo entiende, que aun cuando él es hombre, no lo entiende, que no le parece nada serio desaparecer de la vida de una novia sin que ella sepa que la están dejando, sin una explicación que le ayude a comprenderlo, a comprenderse, a mitigar su pena. Luego rectifica:

—No es que no lo entienda, Wendy, es que no puedo aceptar que lo hayan hecho.

Entonces habla como si se hubiera cometido contra ti la injusticia más atroz que pudiera imaginarse.

—Ya yo olvidé esos agravios, Robert. En una época me sentí devastada, pero me sobrepuse cada una de las veces. Ya eso no duele, no cuenta para nada, no quisiera reavivar esos infiernos.

No sabes cómo se te ocurrieron esas palabras, probablemente provienen de alguna novela que has leído. Robert desliza lentamente el jabón hasta tu pubis depilado y notas que separa suavemente los pliegues exteriores de tu zona más erógena para lavarte con delicadeza. Es cuando sientes el cosquilleo que produce el contacto tenue de sus dedos en ese punto indescifrable que provoca la flojedad en tu carne, la excitación que te quema. Le sigue un escalofrío que recorre la superficie de tu piel y la hondonada humedecida por el deseo, al mismo tiempo que sientes la tibieza punzante de él en el mismo centro de tu hoguera. No te dejas vencer por el apremio de los instintos y lo apartas mansamente. Déjalo, Robert, déjalo para después, cuando estemos en la cama. Y él lo deja para después porque conoce tus preferencias a pesar de la urgencia de sus propias debilidades, y te complace, te dice que sí, que podrán recostarse más tarde en el lecho de los juegos amatorios, a combinar tus fantasías con las de él. Será cuestión de unos minutos más, añades. Sin embargo, no olvida enjabonar tus muslos, tus muslos tonificados, macizos, sensuales —esta vez arrodillado, el agua rociándole el pelo y la espalda—; tampoco olvida hacer formar lavazas en la suavidad de tus corvas y rodillas, y más abajo, en tus pantorrillas abultadas por la naturaleza y tonificadas por la práctica de tus ejercicios constantes. Respiras muy hondo y tratas de desprenderte de esas sensaciones deleitables que se han apoderado de tu cuerpo al contacto travieso de sus dedos. Te enjuagas y sales. Él te sigue hablando desde el otro lado de la cortina debajo de la ducha, con su armamento reservado en estado de alerta para el encuentro anunciado sobre el campo mullido de sábanas de algodón satinado, mientras tú recobras el sosiego de la respiración y te secas de pie sobre la alfombra para no mojar el piso.

—¿Sabes, Wendy? Si ninguno jamás terminó contigo su noviazgo, entonces sigues siendo novia de los tres.

—¡¿Te has vuelto loco?!, no faltaba más. —Te pasas los dedos como peine por el cabello mojado para acelerar su secado—. ¡Y que ser novia de tres! —Ahora lo escuchas riéndose a carcajadas—. Total, en todo caso sería de dos.

—¿Y eso por qué? —Deja de reírse.

—Porque uno admitió por escrito que yo ya no era su novia. ¿Recuerdas: «Nadie sabe lo que tiene hasta que no lo pierde»? A admisión de parte, relevo de pruebas. Tú mismo lo dices, abogado.

—*Touché.*

Sobreviene un silencio de sílabas que se quiebra con el chirrido de la pluma defectuosa al cortar el agua. Interviene otro silencio imperfecto. Descorre la cortina y se te muestra desnudo secándose brazos y pecho con su toalla blanca (solamente usa toallas blancas).

Abandonas el área de la ducha y te sitúas desnuda frente al espejo del lavamanos a pasarte el *blower*. Robert añade algo que el alboroto del aparato impide que escuches, algo que supones que es lo mismo que te dice las veces que lo obligas a escuchar el ruido perturbador que hace la turbina eléctrica al expulsar el aire caliente por la estrecha boca del *blower*: que ese ruido le hace daño a sus nervios, que te vayas al otro baño. Pero no, esta vez no es eso. Esta vez quiere recordarte que una vez termines de secarte el pelo no te pongas los pantis ni el *brassiere* para darte, tendida sobre la cama, un masaje de relajación con aceite de mejorana y pachulí.

31.

PARA DESALIENTO DE MATILDE, el cáncer de Tati se repliega, retrocede a un punto en que la última tomografía de emisión de positrones no ha sido capaz de descubrir células cancerosas adheridas a sus tejidos sanos. Aun así, uno no puede confiarse, le dice a Fredeswinda. Matilde ha dejado de hablarte desde que renunció a compartir la responsabilidad de atender a tus hermanas. Ahora cruza hasta la casa de ellas los días en que tú no estás y entabla conversaciones interminables con el ama de llaves de turno con tal de averiguar cuándo llegarás a la casa o regresarás a San Juan, qué dices delante de ellas, qué cosas has comprado, cuáles son tus planes inmediatos y si has dicho algo sobre alguna solución definitiva a lo que ella considera «tu problema», pero que no por considerarlo ajeno ella deja de inmiscuirse. Sin embargo, Matilde no sospecha que las amas de llaves actúan como esos agentes de las películas de espionaje que trabajan con lealtad fingida para ambos bandos. Ellas te consideran su aliada, y como tal te mantienen al tanto de su conducta durante los días de tu ausencia, incluso te dicen que Matilde continúa aprovechando la comida que preparan para tus hermanas, y almuerza y cena como lo ha hecho siempre. Se abstiene únicamente los días en que vas a quedarte con tus hermanas, días que ella aprovecha para no hablarte ni saludarte, para permanecer en su guarida detrás de las ventanas cerradas. Solamente la escuchas cuando llega alguno de su hijo o su hija a la casa. Generalmente, no deja transcurrir ni cinco minutos para empezar la gritería. Es así como te enteras de que hay alguien cerca de ella, pues, a decir verdad, el resto del tiempo se la pasa recluida, sola, viendo televisión o durmiendo.

Robert ha comenzado ya su tratamiento. Tú sospechas que las cosas no son como él las pinta porque no ha querido que lo acompañes a las últimas citas y porque te ha propuesto algo insólito:

—Quiero conocer a Abigaíl.

—¿Qué?

—Como lo has oído. —Robert te confunde con tanto sosiego adherido al rostro.

—¿Por qué? —Tu intriga es mayor que tu asombro.

—¿Por qué no? Es uno de mis personajes.

Tenía que serlo porque, si no, ¿cómo explicar la transfiguración de su rostro a la sola mención de su nombre más de cuarenta años después? Había que ver su cara iridiscente, su expresión indudablemente misteriosa que desafiaba mi imaginación, una faz de luz incandescente, de resonancia novelesca, de trama de ficción, que, para mi consternación, ardía con la persistencia de las erupciones solares. Yo no sentía celos retroactivos; le creía a Wendy cuando afirmaba que no sabía de su paradero, que solo lo había visto una tarde en la que él se detuvo frente a la casa de su madre a saludarla porque la vio de pie junto al portón y no pudo resistir aquel impulso ancestral que le imprimió su amistad inconclusa. Y si entonces no te lo dije, Robert, fue por mi temor a que pudieras reincidir en aquella reacción tuya ante el asunto de la tarjeta de San Valentín de Bertin. Y dale con lo de la tarjeta, que no seas boba, Wendy, que esto es distinto: Abigaíl no pronunció una frase de seducción, ¿verdad que no?, ni te insinuó de modo alguno que aún estuviera enamorado de ti, y su expresión de que era divorciado no significaba nada, solo una descripción anodina de su actual estado civil, y a mí nunca se me hubiera ocurrido pensar que tú mantuvieras algún interés por él, ¿no crees?, ¿o me equivoco? ¡Pues cómo te vas a equivocar, Robert, si lo de Abby fue un amor de adolescencia, fuerte y doloroso a más no poder, pero de adolescencia! Entonces nada más sea dicho.

Escribí su nombre en Google y en Facebook —el nombre con un apellido, con dos, y sus posibles combinaciones— y la búsqueda solo arrojó el nombre y, en algunos casos, la imagen de un puñado de candidatos que, por la edad y su aspecto físico, no eran realmen-

te las coincidencias que buscaba. En la guía telefónica el suyo no aparecía entre los nombres de su pueblo, del pueblo del cual Wendy me había dicho que era oriundo. Hasta que me pregunté: ¿Y si por casualidad vive en el mismo pueblo de ella, ahora el de sus hermanas? Su barrio era el más cercano a este. Y, en efecto, apareció un nombre igual al suyo con una dirección incompleta, como son los directorios de hoy día que, en cuanto a las zonas rurales, solo indican el nombre del barrio, sin el número de la carretera ni el número de kilómetro o hectómetro. De todos modos, marqué el número listado precedido de asterisco sesenta y siete para bloquear la identidad de mi celular. Si alguien contestaba ya tenía previsto lo que diría: que estaba tratando de localizar a una amiga de ese mismo nombre que había sido mi novia en la universidad hacía como cuarenta años; que ahora yo era viudo y quería saber si su estado civil actual permitía que nos reencontráramos; que había pedido a la compañía telefónica el número de todas las señoras con ese mismo nombre en cualquier pueblo de la isla, y así había obtenido ese número. Si no es usted discúlpeme por la molestia. Mi esperanza era que quien contestara me interrumpiera diciéndome: Lo siento, señor, tiene un número equivocado, porque aquí vive una persona con este nombre pero no es una señora, es un señor, y entonces yo sabría que como pocos hombres llevan nombres tan femeninos de seguro se trataba del mismo Abigaíl del abandono y así terminaría mi búsqueda en el acto. Si me preguntara mi nombre le diría un pseudónimo cualquiera —el nombre de mi bisabuelo materno, por ejemplo—, y así no sería posible que me reconociera. Dejé timbrar el teléfono seis veces —había leído en algún lugar que era el mínimo de veces que debe esperarse a que contesten—, y cuando iba a engancharlo, salió el mensaje grabado, una voz digital ahuecada, emitida por un sistema computadorizado con el estereotipo de mensaje: El número que usted ha obtenido no está en servicio, consulte su guía y trate de nuevo.

Precisamente era lo que yo hacía, tratando de localizar a Abigaíl para forzarlo a aquella locura mía, la locura de exigirle cuentas por lo que le hizo a Wendy tres años antes de yo conocerla, para comprometerlo a una de dos: a que justificara su abandono o a que le pidiera perdón. Dejarla llegar a la ancianidad con la incertidumbre de por qué él desapareció de su vida después de dos años de noviazgo feliz, si realmente no había fallecido en alta mar, no era opción, ella debía tener la oportunidad de saber, de saberlo todo, de cerrar aquel episodio, de ponerle punto final. Además, si no era por ella sería por mí. Yo tenía derecho a saber si la sombra que proyectaba mi cuerpo frente a la fulguración del rostro de Wendy activada por su recuerdo era mi propia sombra y no la de él. Fue un simple romance de adolescente, me aseguraba Wendy cuando yo notaba sus ojos brillosos a la sola mención de su nombre y se lo decía, aunque era verdad, sí que lo era, nunca noté un brillo igual siquiera en los momentos más extasiados de nuestra intimidad.

El segundo intento arrojó el mismo resultado, la voz invariablemente idéntica de la computadora me recordó la inutilidad de la llamada, y desistí. Falta de pago, y sonreí, o quizás esté dañado, o lo habrá dado de baja (¿quién quiere hoy día el gasto adicional de un teléfono de línea si no es una empresa?). Entonces deduje que aun cuando lo hubiera dado de baja, en el expediente en manos de la compañía telefónica de seguro constaría su dirección completa y exacta —a alguna dirección habrían estado facturando el servicio, ¿no?—, y si era así se me haría más fácil. De modo que llamé a un primo que trabaja en Servicio al Cliente en la telefónica, y aun cuando resultó que era su día libre, me confirmó que sí, que es el tipo de información que guardan de los clientes por algún tiempo, claro, no podía decirle al primo la verdadera razón de pedir esa dirección. Es que estudió conmigo en la facultad de Derecho y, aunque sé que vive en ese barrio, no sé la dirección exacta para irlo a visitar. No se supone que lo haga, primo, pero, si no lo comentas con nadie, puedo conseguirte mañana la dirección, si me llamas y me lo acuerdas.

Al otro día obtuve el kilómetro y hectómetro y hasta un número de buzón, de esos que se colocan a la orilla de la carretera frente a la casa para la correspondencia. Era verdad, el teléfono había sido dado de baja.

Robert te entrega un pedazo de papel amarillento de bordes irregulares y en él una dirección escrita.

—Es la dirección de Abigaíl —La serenidad se muestra en su plenitud, y tú te sorprendes ante esta afirmación, más bien por su desvarío.

—¿Para qué quiero esta dirección?

—Para qué va a ser, para que vayas a ver a mi personaje, para que hables con él, para que le des la oportunidad de que se disculpe, de que te lo explique todo.

—Como si fuera así de fácil.

—Quizás no lo sea, Wendy, pero tú tienes derecho a cerrar ese capítulo.

En la superficie de tus emociones flotan tus reservas racionales, tu impulso a la inercia de no hacerlo, si bien en el fondo la idea te seduce, te llena la cabeza de posibilidades. De buenas a primeras resulta que tu marido está interesado en que te reúnas con su personaje que es, ni más ni menos, tu gran amor de juventud, de adolescencia, con el hombre que significó tanto para ti, el que aún hoy te saca los colores al sonido de su nombre. Temes que sea una propuesta dolorosa, difícil de aceptar y aún más difícil de llevar a cabo. No sabes qué más añadir, cómo explicarle a Robert que no sabrías qué decirle a Abby, cómo justificar un reencuentro que ni siquiera ha sido idea tuya.

—Sabes que no haría una cosa como esa en tu presencia. —Es como se te ocurre poner a prueba la autenticidad de su propuesta—. Tendría que ser a solas con él.

—Lo sé, y estoy convencido de que no puede ser de otro modo. Esa conversación les pertenece a ustedes y nada más que a ustedes dos. Sé que no tengo vela en ese entierro. Podrías invitarlo a tomarse un café, o a almorzar en algún restaurante concurrido.

No quedas convencida, no lo estás, y solamente puedes conjeturar acerca de si podrías llegar a estarlo. Puedes presentir tu incomodidad inicial, no sabrías qué decirle, cómo justificar tu visita a su casa, cuál sería el tenor y el tono de la conversación. Sobre todo no puedes anticipar cuál sería su reacción, cómo tomaría tu visita: ¿como un hecho neutral, un gesto amistoso o, por el contrario, como un renovado intento de seducción, de reconciliación? Realmente no lo sabes; es difícil imaginártelo.

—¿Y qué voy a decirle cuando me presente a su casa?

—Amanda, su hermana Amanda, ¿acaso no eras su amiga, no se hospedaron juntas?, ¿no fue quien veló por tu bienestar cuando te transmitió el chisme de que yo era casado y tenía tres hijos? Pues, ahora, a muchos años luz, quieres volver a verla para retomar aquella relación de amistad, y no sabes cómo conseguir su número de teléfono para localizarla, hablar con ella, visitarla, que solo sabes que vive en un pueblo cercano a la capital porque él mismo te lo había dicho cuando se detuvo aquella vez frente a la casa de tu madre a saludarte, pero no recuerdas qué pueblo es, que por eso pensaste localizarlo a él que sería más fácil, que fue tu esposo quien te consiguió su dirección, Wendy, que debe quedar claro que fui yo, para que no se equivoque, y gracias a eso estás hoy allí, por si tiene el teléfono de Amanda, por si quiere dártelo.

—Lo haces ver muy simple. No sé si él creería una versión como esa.

—Qué importa si lo cree o no, Wendy, lo que importa es que tú lo creas. Obtendrás el teléfono de Amanda e iremos a verla, eso será cierto, en eso no le mentirás, ni siquiera tendrías por qué ponerte nerviosa.

Es evidente que Robert ha pensado en todos los detalles y que tu reencuentro con Abby parece importarle más a él que a ti. Su propuesta está fraguada con materiales desconocidos para ti, de anclajes solapados, de elementos inciertos que apenas tienes ánimo de descubrir. ¿Por qué de buenas a primeras este interés? ¿Por qué es importante para Robert darle la oportunidad a Abby de que también cierre para él este capítulo de la vida de ambos?

La vi partir desde la ventana de nuestro cuarto, cuando el carro aceleró rumbo a la dirección que llevaba anotada en el papel que le di. Llevaba puesta una blusa roja con escote, una falda crema que dejaba ver sus rodillas lisas y brillosas y sus piernas bien torneadas, y en sus pies unas sandalias llanas de correas atadas

a sus tobillos que a mí me encantaban. Me gustaba su indumen-
taria porque la hacía lucir más joven y resaltaba el atractivo de
sus piernas. Se había recortado el día anterior y solo había tenido
que retocar su peinado con el blower. *No tenía mucho rímel, lucía*
casi natural, solo un ligero tono sonrosado que combinaba con sus
labios carmesí. Sin embargo, de momento tuve una sensación ex-
traña, como la del marido que arregla una cita clandestina de su
mujer con un amante, pero sin sentirse realmente chulo ni cabrón.
Y yo, que no conocía a Abigaíl —y si lo había visto antes, no sabía
quién era porque Wendy jamás me lo había señalado—, me puse a
tararear la melodía de la canción de José Luis Perales «¿Y cómo es
él?», y comencé a sentir cierta turbación que me hizo mirar el reloj
porque presentía los sobresaltos que traería cada vuelta del segun-
dero, sin poder anticipar cuántas sería necesario que diera antes de
verla entrar de regreso a la marquesina.

En mi interior habitaba dando tumbos entre pared y pared la
incertidumbre de los detalles de un encuentro que era todo menos
que casual, un encuentro en el que había apostado todo lo que tenía
sin saber a ciencia cierta a cambio de qué, ni conocer las virtudes ni
defectos de mi oponente. Era un albur, y sabía que en el entrejuego
de tales inutilidades, los sentimientos de Wendy podrían resultar
lastimados, de qué forma no lo sabía, estaba convencido de ello,
y cuando pasaron dieciocho minutos, después veintitrés, y luego
treinta y cinco, el cosquilleo se volvió sobresalto y el sobresalto te-
mor, y a los cincuenta y uno tuve pánico. No pude hacer otra cosa
que imaginarme los escenarios posibles, los riesgos impensados a
los que la había expuesto, porque un hombre de dieciocho que se
había limitado a conversaciones insulsas con una adolescente de
catorce, y a tomarla de las manos en la estampa congelada del re-
cuerdo de los mediodías bisemanales bajo un árbol frente a la es-
cuela o de sus recorridos por las calles que llevaban de la escuela
a la plaza, podía pensar que si ahora, tantos años después, ella lo
buscaba a pesar de que él la hubiera dejado plantada, que la hu-
biera descartado de su vida como quien echa a la basura un par de
calcetines raídos, era porque aún lo extrañaba, y de algún modo
tendría que recuperar oportunidades perdidas, «que qué guapa es-

tás, Wendy, si los años no han hecho mella en ti», y no le estaría mintiendo porque ella estaba envejeciendo con lozanía y sin arrugas, yo mismo se lo he dicho muchas veces, y la invitaría a pasar, y le ofrecería una copa de vino y después otra, y la cosa es que ambos sabrían que estaban solos, alejados de las miradas indiscretas de la calle, que no debían temer como antes a que alguien que los viera juntos los delatara ante su padre, «que vimos a Wendy en un banco de la plaza besándose con un muchacho», no, porque la delación tendría que ser a su marido, a ti, «que la vi entrar, Robert, te lo juro que era tu mujer, en casa de Fulano, que él vive allí solo, sin esposa ni concubina ni amantes, y maricón no es». Ausente esa posibilidad, Abigaíl estaría en libertad de hacer cualquier avance, desde el gesto de Pablo de colocarle la mano sobre la rodilla, o darle algunos de los besos que no se atrevió a darle de novia, hasta proponerle la culminación de las viejas fantasías que él tuvo desde entonces, «que fue por eso, Wendy, que ya no pude más, me volvía loco no poder besarte, ni apretarte, ni demostrarte de algún modo la pasión de quererte, y lo mejor fue que saliera huyendo porque tú eras una niña aún y no quería lastimarte, ni tener problemas con la ley, y yo estaba rodeado de mujeres hechas y derechas, algunas hasta casadas, dispuestas a pagar el precio de la seducción, a compartir su intimidad sin exigir grandes compromisos a cambio, y fue así como se rindieron mis defensas». «No te preocupes, Abby, ahora lo entiendo, debiste habérmelo dicho, no que así, desaparecer de un día para otro...», y él le tomaría las manos, y el corazón de ella galoparía con el brío que produce el reavivamiento e intensidad de los viejos recuerdos, «porque yo te quise mucho, Abby, y siempre estuve esperándote», y sería él quien sentado ahora muy cerca de ella le hablaría para decirle «también tú fuiste muy especial para mí, pero no hables, no hables más, por favor, que nunca es demasiado tarde», y le tomaría el rostro transfigurado de Wendy entre sus manos y dirigiría sus labios a los de ella, como en las novelas de Corín Tellado que de adolescente guardaba en el gavetero de su cuarto, con la consciencia de estar a solas, lejos de las miradas de los de la plaza, y Wendy se imaginaría que esa era la primera vez que alguien la besaba, porque el primer beso no debió haber sido el de Bertin, se lo debió haber dado Abby, siempre Abby, únicamente Abby, y sería a él a quien realmente le correspondería exorcizar el tocamiento de Pablo sobre su muslo, ni siquiera a mí, y sería él quien deslizaría su mano abierta por la cara interior de sus muslos tibios con la delicadeza de la primera vez, siempre la primera vez, hasta que sus dedos tropezaran con los labios humedecidos y recrecidos bajo sus pantis negros, y sería Wendy quien le diría como me dice a mí: «Déjalo Abby, aquí no, vamos a la cama», y cuando veo la imagen transfigurada de los dos enamorados que abandonan el sofá tomados de las manos rumbo al cuarto, escuché el motor del carro de Wendy que entraba a la marquesina.

32.

HACE UN AÑO QUE Valdremina ha sustituido a Matilde en casa de tus hermanas los días en que tú permaneces en San Juan, generalmente los fines de semana. Aunque la relación entre Matilde y tú no se ha recuperado del todo de las abrasiones sufridas el día en que ella renunció a su responsabilidad de también cuidar a tus hermanas, al menos ha comenzado a dirigirte la palabra y tú a responderle lo menos posible, casi siempre en monosílabos que no den margen a una de sus usuales ristras de lamentaciones. Un mecanismo de defensa, te dices, tengo que sobrevivir, no puedo someterme a más de sus caprichos. Las amas de llaves han acortado la lista de sus agravios en la misma medida en que Matilde ha dejado de cruzar hasta la casa a importunarlas. Entre Valdremina y tú han logrado normalizar —hasta donde cabe abusar del término sin ultrajar mucho la verdad— la rutina de los días repetidos que viven Loli, Tati y Lulú. Lo único que no ha vuelto a ser igual es la situación de Tati, quien se ha negado a caminar desde que llegó del oncológico, como si el suelo estuviese alfombrado con vidrio molido o de «durañas» peludas. Ha habido que ponerle una cama de posiciones en el cuarto amplio que era de tu madre porque el de ella resulta pequeño para tantas maniobras que tú o las amas de llaves o Valdremina tienen que hacer en su manejo, y colocarle un *mattress* con forro impermeable. Ha habido que sustituir sus pantis con culeros desechables para que ella pueda cagarse y mearse encima sin ensuciar las sábanas, y también toallitas prehumedecidas de aceites antisépticos para asearla y evitar al mismo tiempo que su piel se unte de esas lesiones moradas que resultan, si no se toman precauciones, del contacto prolongado del cuerpo contra la superficie de la cama.

Desde que Matilde ya no se queda con ellas, Tati ha aprendido a identificar a Mina —así le dice a Valdremina— como su encargada más dedicada. Lo mismo que a ti, la llama con empeño si considera que está en algún apuro, como ver una araña boba —«¡duraña, duraña!»— caminando sobre las sábanas o una salamandra zigzagueando por la pared junto a su cama. Sin embargo, a veces permanece callada en circunstancias en que alguien más llamaría por ayuda, como cuando descubre en medio de la noche que se ha embarrado las manos con su propio excremento. No es que a Tati le guste jugar con su propia mierda, es que cuando todos duermen y nadie puede advertir el fuerte olor que resulta de sus disturbios estomacales, ella se despierta al son de los retortijones y queda despierta, en total oscuridad. Entonces, tratando de zafarse del culero impregnado de sus desperdicios pastosos termina por agarrar lo que no debe, y luego le echa mano a la frisa, la almohada, la sábana de arroparse o cualquier otra tela que le sirva para deshacerse del grueso de su contagio, siempre en silencio, hasta que alguien se despierte para ir al baño y Tati escuche sus pasos o vea el resplandor de la bombilla del pasillo que se enciende, en cuyo caso ya no necesita llamar de modo alguno porque tu olfato o el de Valdremina puede advertir la tragedia de sus heces sin esperar a que Tati pronuncie su primer «peste mieelda».

En Lulú, Valdremina ha surtido el mismo efecto de seguridad. La considera su aliada más cercana, una aliada de importancia porque, a veces, cuando se le pierde un *shopper*, Valdremina vira la casa al revés hasta que lo encuentra, generalmente, confundido entre los centenares que Lulú guarda en sus cajas plásticas o en las de zapatos. Valdremina ha sido además quien la ha entusiasmado en el consumo de los *pancakes*, alimento que tú compras porque es el preferido de Robert, y que Lulú aprendió a reconocer en los anuncios de Aunt Jemima en los *shoppers* del supermercado que guarda en sus cofres de preciosidades. En vida de tu madre el menú de los desayunos estaba limitado a otros farináceos, como avena con canela, harina de maíz hervida en leche, y pan o galletas de soda con mantequilla. Valdremina, aparte de los *pancakes*, también ha incorporado huevos fritos con tocineta, huevos duros con jamón, y *raisin bran* con leche, un verdadero gaudeamus para tus hermanas. Aunque de ordinario es al ama de llaves a quien corresponde preparar el desayuno, Valdremina ha asumido como suya esta obligación, que no la tiene, y ya a las siete, cuando comienza el primer turno, Loli, Tati y Lulú han desayunado o están por terminar.

Las tres despiertan temprano, obedeciendo a su cronómetro interior, como si tuvieran un trabajo que hacer fuera de la casa y no quisieran llegar tarde por el tapón de la carretera o los accidentes que interrumpen el tránsito. Salvo en el caso de Tati, la costumbre de estar despiertas a las seis y media no se ve afectada por los tranquilizantes y ansiolíticos que ellas ingieren por prescripción médica, y que de seguro son los responsables de que tengan un sueño placentero e ininterrumpido a partir de las siete de la noche. Tati no, Tati puede despertarse a pesar de sus medicamentos a medianoche o de madrugada a reírse sola o a tener esas conversaciones imaginarias que no son sino simples soliloquios en su peculiar jeringonza, salpicados de algunas de sus diecisiete frases reconocibles.

Es jueves y te preguntas cómo Loli puede saberlo. Ella no sabe leer ni tiene un calendario de pared al cual recurrir aun si pudiera identificar en este la columna de los jueves. Tampoco tiene a nadie que le diga qué día de la semana vive. En la casa de tus hermanas no hay días distintos unos de otros, ni siquiera el domingo parece serlo. A las siete menos diez, oyes a Fredeswinda que te llama desde la calle para que le abras la puerta, entreabres las lamas de la ventana miami para asegurarte de que es ella, de que no es que has imaginado voces estando dormida, y cuando lo compruebas, le cruzas por encima a Robert desde tu lado contra la pared, para poder salir de la cama, y caminas con la bata puesta hacia la cocina. En el pasillo te tropiezas con Loli que viene con esos pasitos cortos a los que la obliga el párkinson, evidentemente a buscar su ropa de salir que está guardada en el clóset del cuarto de Lulú, y a avisarle a esta de que también debe buscar la suya. Aunque sabes la respuesta, de todos modos le preguntas que qué hace levantada tan temprano, por aquello de tener un tema casual de conversación para iniciar el día, y Loli con una voz flemática de acento canario y rostro animoso, te contesta algo que parece ser a buscar la ropa, voy a buscar la ropa, y para qué, para ir a Aguadilla, y señala con su brazo extendido en dirección oeste, donde, en efecto, queda el centro de habilitación de personas con retraso mental del gobierno al que cada jueves las llevan a ella y a Lulú.

Tati no va, nunca ha ido. Antes del cáncer no iba porque vivía de pie o acostada y no quería sentarse, y a Aguadilla tenía que ir sentada en una guagua; ahora porque no quiere levantarse de la cama. No es que se esté perdiendo una actividad de ensueño en un mundo maravilloso. Total allí solo las ponen a dibujar, realmente a garabatear libros de colorear, y a Loli también le aplican esmalte granate almandino a las uñas.

En el caso de Lulú, sí podía tratarse de algo maravilloso el que una de las empleadas más ancianas de la institución, que se encariñó de un modo especial con ella, le regalara todos los jueves un peluche de algún animalito —podía ser, por ejemplo, un perrito, un gatito, o un conejito— hasta que se jubiló hace casi dos semanas. Lo descubres hoy porque Loli ha venido a darte la queja: Lulú no se quiere vestir, de hecho, no quiere levantarse. Vas a su cuarto.

—¿Qué es eso, Lulú, cómo que no quieres levantarte? —No te contesta, frunce el ceño y no te mira, extravía su mirada turnia al techo de la habitación—. ¡Vamos, arriba, a vestirte!

Robert se acerca en medio de un bostezo largo para desperezarse. Pregunta qué le sucede y le explicas. Fredeswinda, que ha llegado junto a ustedes, añade que la conducta se debe a que la señora de los peluches acababa de jubilarse, y que el jueves anterior nadie en la institución le había regalado uno. Robert se vuelve hacia Lulú, que continúa arropada de arriba a abajo mirando con su ojo izquierdo el techo y con el derecho la pared, y da dos palmadas vigorosas para asegurarse de que está bien despierta. Acercándose a su lado la exhorta en voz alta:

—¡Se acabó el tiempo de dormir, to' el mundo arriba, empezando por ti, Lulú, que no queremos vagos en esta casa! —Lulú no reacciona. Robert la toca por el hombro para reclamar su atención y ella gira un poco la cara hacia él, mirándolo con el ojo izquierdo—. Levántate, que ya mismo viene la guagua a buscarte.

La mirada de Lulú es de indiferencia, por no decir casi de un desprecio atrofiado. Tiene cara de no me importunes más, ¿no ves que no voy para ningún lado?, ¿no te enteras de que si no hay peluches Lulú no va para Aguadilla? Sin embargo, Robert no se amilana, no cede su rol protagónico en ese forcejeo de voluntades desiguales, y le dice en tono mendicante:

—*Okay*, Lulú, tú te vas para Aguadilla, y yo te traeré harina de *pancakes* del supermercado.

Y es como si Robert hubiera tirado de algún interruptor en la maraña de fibras neuróticas con que está alambrada la cabeza de su cuñadita, pues al sonido de la palabra *pancakes* ella cambia de semblante y se sonríe ampliamente.

—¿Su-me-cado?

—Sí, del supermercado.

—¿Allá? —Y desde su posición horizontal, emburujada aún en las sábanas de cobijo, rescata su brazo izquierdo de la tibieza de la tela y lo extiende hacia el mismo punto cardinal de siempre, donde ella piensa que queda el supermercado, de donde vienen todas las cosas que a ella le gustan y consume a cualquier hora.

—Sí, de allá.

Lulú recobra la agilidad que le permite su obesidad aturdida y comienza a destaparse de las sábanas. Luego se dirige al baño. Fredeswinda se va tras ella con una toalla, aunque no lleva un jabón nuevo, usará el de todos los días, el que permanece en la jabonera empotrada en los azulejos de la pared junto a la ducha. A Lulú ya se le quitó aquella extraña manía que estuvo por volver loca a tu madre. Fue una época en que no quería bañarse a menos que fuera cada vez con un jabón nuevo, hasta que un día a ti se te ocurrió experimentar con uno de avena, cuya característica principal era su aspereza sin fragancia, de esos que se sienten como si lijaran la piel y encima huelen mal. Recuerdas que tu madre desenvolvió el jabón de avena que le llevaste y, al frotárselo sobre la espalda, Lulú protestó de inmediato. Lo demás fue fácil. Tu madre buscó la palangana recubierta de porcelana donde tenía colocados los jabones perfumados casi nuevos de los baños anteriores y tomó uno. Luego de mojarlo lo frotó donde mismo había comenzado a enjabonarla con el de avena. Lulú debió haber notado la diferencia, permaneció tranquila y permitió que tu madre concluyera la faena de bañarla ese día; ese y los que le siguieron, hasta que pudo agotar los jabones olorosos de un solo uso que quedaban y regresar a comprarlos únicamente por necesidad.

Loli ha esperado a que Lulú salga del baño y se vista, antes de comenzar a desayunar. Tu hermana mayor ha asumido con mucha seriedad ese rol hacia su hermana menor, no desde ahora, sino desde que tienes memoria. Cuando la invitas a salir te pregunta por Lulú, que si Lulú va, y en caso de que no vaya tienes que darle una explicación que satisfaga la incomodidad de ella salir y dejar a Lulú en la casa. Cuando salen juntas, se lo pasa muy atenta a lo que su hermanita hace o deja de hacer, llamándola para que no se demore, o señalándotela para que la busques. Más que afecto fraternal, el de Loli parece ser maternal, o al menos, una entremezcla de sentimientos que se confunden y solo pueden discernirse por medio de meras conjeturas. Esos gestos de protección pudieran ser manifestaciones, como te dice Robert, de la maternidad inscrita en el alma de las mujeres, a pesar de que su raciocinio esté afectado por algún traspié genético: la niña grande que se comporta como madre y la niña pequeña que se conduce como hija, pero sin el perjuicio de las rabietas asociadas a esa eterna infancia de efectos trastocados. El apego es recíproco, y a veces es Lulú quien, si no ve a Loli al momento de salir, pregunta: «¿Y 'Oli?», y tú, de vuelta a las explicaciones: «Tranquila, tú vas para el médico, ella no tiene que ir, otro día ella va», «¿O'o día?», «Sí, otro día», y Lulú reanuda de lo más feliz sus pasitos pingüinescos en dirección del Toyota.

Ambas se sientan a la mesa con su plato de *raisin bran* con leche fresca y ciruelas secas. Le ayuda a su estreñimiento innato, una condición que padecen las cuatro hermanas (realmente las seis), otro defecto del disco duro que tienes que combatir con pastas de ciruela y aceite mineral, al que agregas leche de magnesia durante los episodios críticos de constipación. Además de la audición, a Loli se le ha deteriorado con bastante rapidez su sentido de la vista. Lo notas en momentos como este en el que maneja la cuchara con la zurda mientras con la derecha sostiene el plato como si temiera que se le fuera a mudar de sitio por cuenta propia. Luego, cuando estima que ha finalizado su ración, utiliza el pulgar derecho para hacer un recorrido al interior del plato y determinar por el tacto si hay algún remanente por consumir, en cuyo caso, de haberlo, utiliza el mismo pulgar para calzar el alimento que entonces recoge con la cuchara que va a su encuentro. Una vez convencida de que no quedan sobras en el plato, palpa con ambas manos la superficie de la mesa a su alrededor y recoge cualquier resto de comida que haya caído fuera. Es el mismo proceder todas las veces que se sienta a la mesa.

Al rato se oye llegar la guagua, y en ambas se disparan los resortes que le imprimen al caminar acompasado de cada cual un nuevo impulso de entusiasmo, en dirección del vehículo que las espera. La emoción de salir de la casa un jueves más se repite, aunque, a decir verdad, no logras anticipar cómo será el escenario del regreso de Lulú en la tarde, cuando descubra que hoy tampoco habrá peluches. Menos mal que no estarás presente porque Robert y tú regresarán a San Juan antes de que lleguen de Aguadilla y no tendrás que sofocar ese incendio. Solamente tendrás que asegurarte de que Robert le compre la caja de harina de *pancakes* que le prometió.

En el centro de habilitación marcha todo bien y Lulú, que ha puesto cara de renegada a la hora de regresar a la casa porque no ha visto a la anciana que apaciguaba sus entelequias imprevistas con peluches adquiridos con su propio peculio, recibe una lámina que una empleada joven y comprensiva ha desprendido de una de las paredes ahora que ha pasado el motivo por el cual se colgaron allí ciertos adornos. Lo que Lulú no se huele es que al llegar a su casa sufrirá un sobresalto como nunca antes sospechó.

Baja de la guagua con mucha dificultad, auxiliada por la señora que las lleva y las trae. Viene con una sonrisa de miren lo que me dieron, una lámina de un perrito para mi colección, para mis cajas de *shoppers*. Se la muestra a Teresa, la que hace el turno de los jueves por la tarde, quien simula una euforia parecida a la de ella: «Pero miren pa' acá lo que le han regalado a Lulú hoy. Este perrito sí que es lindo», y a Lulú le brillan los ojos y se dirige sonriente directamente al cuarto. Loli logra bajar de la guagua con mayor dificultad y Teresa solo le pregunta si había almorzado.

—Jespagueeti —Su tono es brillante, alborozado, que revela su gran conformidad con el menú servido. Luce satisfecha con el paseo de este jueves, como si llegara de una excursión al Reino Mágico de Disney, y prosigue rumbo a su cuarto a cambiarse de ropa. Es la liturgia de todas las veces que sale fuera de la casa, sea de paseo o no.

Teresa aprovecha para encenderles el televisor, y, en eso está, cuando escucha el primer gran estruendo de objetos rodando por el piso que proviene del cuarto de Lulú, seguido de otras réplicas del terremoto que pudieran ser las sillas dando contra el suelo. Corre a averiguar lo que sucede. Al asomarse entiende las palabras que Fredeswinda le dejó escritas en un papelito doblado en el lugar de la alacena donde ella coloca su cartera al llegar a la casa: «Prepárate para cuando Lulú venga». Y todo queda al descubierto. En la mañana, luego de que Robert y tú se marcharon, Matilde entró a la casa y, aprovechando la ausencia de Lulú, fue hasta su cuarto y le hizo un resaque de *shoppers* de sus cajas, que sin dilación fue a tirar al dron de la basura frente a la casa para que el camión del municipio, que pasa al mediodía, se los llevara. Matilde le botó más de la mitad de los *shoppers* que su hermanita guardaba en sus cajas. Nada más de entrar a su cuarto Lulú nota el saqueo de sus pertenencias más preciadas, el único tesoro por el que su vida tiene algún sentido. Sin embargo, Lulú no sabe exigir cuentas, no sabe preguntar qué pasó ni quién lo hizo, no sospecha que la autora ha actuado con gran sentido de impunidad y que permanece en su escondrijo oyendo el berrinche desde su casa. Hacía tiempo que Lulú no lloraba, desde el velorio de tu madre, y el llanto de hoy ha sido tan emotivo como el de aquella pérdida.

—En eso tuvo razón Valdremina —te dice Robert, al día siguiente, tras conocer que Valdremina le había puesto el cascabel a Matilde—. Tiene un corazón pervertido y maligno, Wendy— añade citando una frase que los fiscales usan en la redacción de las acusaciones para describir la malicia con que el acusado le ha dado muerte a otra persona—, eso es no tener corazón.

Fredeswinda te ha narrado los pormenores. A las siete de la noche cuando Valdremina llegó a la casa a hacerles compañía a tus hermanas, todavía Lulú no se había sosegado. Aún había rastros de la rebelión mayor a juzgar por las cajas plásticas y los *shoppers* desparramados por el suelo. Teresa había comenzado a recogerlos, pero Lulú había vuelto a tirarlos. Por eso Teresa prefirió dejar las cosas como estaban en lo que a Lulú se le pasaba lo que tenía. En cambio,

Valdremina, con su estilo pastoso y convincente, pudo persuadirla de que recogieran los *shoppers* que estaban sobre el piso y los colocaran otra vez en sus cajas: que son muchos, Lulú, mira este de espejuelos, y este otro de cochecitos de bebé, qué lindo, si te quedan muchos, ¿ves qué muchos tienes?, además cuando Wendy venga ella te va a traer muchos nuevos, «¿'ueevos?», sí, nuevos, ya tú verás. A la hora de dormir, el cuarto de Lulú había recuperado el aspecto de la mañana al ella irse para Aguadilla, sin muestras del terremoto de la tarde que había afectado también las sillas del comedor y los muebles del *family*. Había algunas cajas plásticas semivacías sobre el gavetero y otras de cartón dentro de las gavetas. A pesar del saqueo de Matilde, Lulú pudo conservar buena parte de la colección de *shoppers*. La esperanza de que tú le traerías de San Juan otros nuevos la tranquilizó.

Valdremina preparó *pancakes* para el desayuno, y no se fue para su casa cuando llegó Fredeswinda.

—Sí, Teresa me llamó anoche a casa y me lo contó todo —afirmó Fredeswinda para justificar que estaba al tanto.

—Hoy no me voy hasta que hable con ella. Lo que le ha hecho a esa pobre nena no tiene perdón de Dios.

—¿Hablar tú con Matilde? ¡Ni Wendy se arriesga a hablar con ella!

—Frede, yo no soy Wendy, yo soy Valdremina y le canto las cuarenta al más lindo.

Tuvo que esperar bastante porque los somníferos habían surtido en Matilde el efecto esperado esa noche. A las once, quizás porque le atrajo el olor del almuerzo a medio cocinar, Matilde cruzó hasta la casa. Valdremina estaba con Lulú viendo *Los Picapiedra* en el *family*.

—¡Ah Dio'!, ¿qué tú haces aquí todavía?

—Esperándote. —Valdremina fue tajante y seca en su respuesta—. Lo que le hiciste ayer a Lulú no se le hace a nadie.

—Es que ella tenía demasiadas porquerías de esas en su cuarto. ¿Para qué quería tantas?

—Para lo que se le antoje, Matilde, para lo que se le antoje. Eso era de ella y tú no tenías derecho a botárselos. ¿Qué mal pueden causarle esos *shoppers* a ella, ah?, dime, ¿o a ti?

—Eso atrae arrieros, cucarachas...

—Arrieros y cucarachas hay en todos sitios, no es aquí nada más.

—Es que yo no se los boté todos, yo solo boté los que ella ya no usaba, los que ni siquiera se acordaba que tenía.

—¿Y tú crees que ella no lleva cuenta mental de los *shoppers* que tiene? Ella estará así de la mente, pero para ciertas cosas, y esta es una de ellas, su mente funciona mejor que la tuya y la mía. Fíjate que por más que dejaste las cajas en el mismo lugar en que estaban, ella se dio cuenta nada más que de mirar por encimita su cuarto. Además, eso no es excusa.

—Yo no necesito excusas en esta casa.

—Pues otra vez te equivocas. Esta no es tu casa, es la de ellas. Ya tú tienes tu propia casa y allá es donde mandas tú. Ni Loli ni Lulú van a la tuya a meterse a tu cuarto y cogerte las cosas. ¿Por qué entonces tú te crees con derecho a hacerlo en la de ellas? Acuérdate que fue por este mismo entremetimiento tuyo en los asuntos de esta casa que Wendy te llamó la atención...

—Sí, y se ha jodido por no aceptar mi ayuda.

—Pero, Matilde, ¡si fuiste tú quien le dijo que no contara más contigo! Y hasta dejaste de hablarle y de venir para acá por un tiempo, ¿o ya se te olvidó? ¿Por qué tú crees que ahora soy yo quien me quedo haciendo las noches que realmente te tocan a ti?

Matilde solo respondió con un acto de levitación antimística que la dirigió a toda prisa a su casa, sin incurrir en el error de la mujer de Lot.

Cuando llegas y bajas del carro, Lulú te sale al paso y te interpela por los *shoppers* nuevos. Mandas a tu marido a que se los muestre. Robert, como siempre, se embarca en el juego infantil de esconder el sobre manila en el que los trae a su espalda, y a decirle cierra los ojos y estira la mano, Lulú, que te tengo una sorpresita. Sorpresita que no lo es tanto porque Lulú es retrasada mental pero no boba. Al principio no los cierra, supones que por la emoción de querer ver cuanto antes los *shoppers* prometidos. Si no los cierras no hay sorpresita, insiste Robert, y Lulú aprieta los párpados y estira la mano, y sin esperar a que él lo mande, los abre al contacto del sobre con la palma de la mano. Con alguna torpeza comienza a extraer los de Walgreens, y luego los de Kmart, y así hasta que les echa un vistazo a todos. Los coloca nuevamente en el sobre —no parece haberle interesado alguno de modo particular—, los lleva a su cuarto y allí se sienta sobre el borde de la cama y se dedica a examinarlos con mayor atención. Toma uno, coloca los demás a su lado, se recuesta, acomoda su cabeza sobre la almohada, y comienza a verlo con detenimiento, como quien lee el último *best seller* acostado sobre la cama. Al cabo, vuelve a sentarse en el borde de la cama y los va doblando con el mismo cuidado con que una filatelista manejaría su colección. Luego los distribuye entre algunas de las cajas plásticas que fueron objeto del saqueo de Matilde.

Durante los tres días que permaneces en la casa de tus hermanas, Matilde no asoma la cara y mantiene las ventanas que dan para la casa completamente cerradas, como si de repente hubiera sido desahuciada de su propia residencia. Sabes que no, que está allí en su escondrijo, aprovechando tal vez el silencio que almacena en los pasillos y habitaciones de su casa para entresacar de los diálogos que vuelan hasta allá la materia prima de sus suposiciones malsanas.

33.

EN MENOS DE UNA SEMANA tu mundo quiere colapsar. Hace cuatro días, el oncólogo les confirmó que, a pesar del tratamiento, Robert tiene metástasis; ahora está comprometido su hígado. Y si esto fuera poco, Fredeswinda acaba de llamar que Valdremina, esta mañana, después de llegar a su casa sufrió lo que se creyó al principio que era un simple desmayo, y ha resultado ser una apoplejía.

La probabilidad de que Robert sobreviva a la masiva corrupción maligna de sus células hepáticas es incierta. Existe un tratamiento novedoso en una clínica especializada en Houston, que él está considerando si aceptar o no. Tú no estás muy esperanzada en lo que a primera vista te parece ciencia de curanderos, si bien no puedes decirle lo que piensas. A él le mientes, le animas a que lo haga, que le dé una oportunidad a la nueva ciencia, Robert, uno nunca sabe, ten fe. Sí, lo sé, la fe es la única certeza que me queda, Wendy, pero no es mucha, te lo juro, no quisiera que fuera así, ya ves. Y no sabes qué responder porque nunca has desarrollado la destreza de brindar consuelo a otros, siempre has sabido sobreponerte tú misma a las desgracias con tus propias fuerzas, las del yo interior, la de la fe puesta en un Dios que no ves y del que has dudado en momentos de flaqueza. Ese descoloramiento intensamente pálido de su piel, o más bien, su palidez y la amarillez de las conjuntivas, le proporciona un aspecto sombrío, terriblemente desolado para quien enfrenta esa inseguridad, y provoca en quien le ve, sobre todo en ti, una pena indisimulada y seca.

Hoy no se ha levantado, dice que lo dejes tranquilo, que quiere descansar. Aún no podrás darle la noticia de la apoplejía de Valdremina, no en estas circunstancias. El agravamiento de los síntomas le ha impedido a Robert llevar a cabo en este día su deseado encuentro con Abby, para conocer a su personaje, dijo él, para ver cómo luce la cara del hombre que cuarenta años después suscita aquella transfiguración de tu rostro, piensas tú. Al principio Abby no supo qué responder cuando aquel día le soltaste a quemarropa que tu marido quería conocerlo. Mucho había hecho con recobrar el aliento cuando te vio descender del carro y llegar a su portón. ¿A mí?, ¿y para qué quiere conocerme?, estaba sorprendido, ¿sabe él que tú y yo...?, sí, lo sabe todo, le he hablado mucho de ti, quizás se deba a eso su curiosidad. Pero no, tú sabías que también estaba su ingenua suposición de que un encuentro a solas entre ustedes le proporcionaría a Abby la oportunidad de explicártelo todo, de disculparse, de decirte que el abandonarte solo fue un acto de inmadurez ante una situación que no supo manejar de otro modo. Hizo un silencio recalcitrante que tuviste que vencer con otros razonamientos. Él es buena persona, Abby, y nada de celoso, Amanda sabe quién es y puedes preguntarle a ella, acuérdate que fue cuando tu hermana y yo nos hospedábamos juntas que Robert y yo nos hicimos novios, y mis amigas son también sus amigas, ella sabe cómo es él. Está bien, te responde con desgano —ya no dice «vale»—, un día de estos nos conoceremos. Un día de estos no, Abby, que sea el sábado que viene, en el *Coffee Delight*, frente a la plaza donde tú y yo nos veíamos. Entonces es el rostro de él el que muestra una ligera fluctuación de sus colores, y te dice:

—Que sea a las tres.

Con Robert de cama, Valdremina en el hospital y Matilde renegando de sus responsabilidades hacia tus hermanas, el asunto se complica. Tu fortaleza se ablanda, todo optimismo tiene su límite, sabes bien que no posees el don de la ubicuidad, que tus fuerzas se dividen en pequeñas porciones que debes administrar, como sea, de un lado a otro con Robert, Valdremina, tus hermanas... Te preguntas si esta vez podrás resolver —te gusta este verbo: *resolver*— y te dices que sí, que no eres una persona que se amilane ante las adversidades, no, no eres mujer de renunciación, de escapismos ensayados, de desistimientos injustificados; no sabes cómo, solo sabes que resolverás.

—¿No crees que será un esfuerzo inútil? —Sabes a lo que Robert se refiere, mas te haces la desentendida.

—No sé a qué te...

—Al viaje a Houston. ¿Y si todo resulta en una pérdida de tiempo y de dinero?

—No hay peor gestión que la que no se hace, Robert. Siempre has dicho eso, desde que te conozco. No podemos tirar ahora la toalla, todavía nos quedan algunos fondos de las cuentas IRA. Eso nos dará para...

—Precisamente... —Cierra los ojos, respira profundo—. Me preocupa que puedas quedarte sin recursos, desamparada, tanto como lo están Loli, Tati y Lulú..., sin nadie a tu lado que te dé la mano...

Notas su mirada licuada abrirse paso entre el aire denso de la tragedia que los aúna, y escrutas una respuesta que de momento no se te ocurre, a sabiendas de que las alternativas se reducen cada día más. Eres muy consciente de tu situación. Después de que Matilde te abandonó para que te encargaras tú sola de tus hermanas, Robert ha sido prácticamente tu único lazarillo, tu mejor recurso de apoyo. Por más de un año te acompaña semanalmente a casa de ellas, va contigo a sus citas médicas, a tramitar las hospitalizaciones y pruebas tecnológicas, a hacer la compra al supermercado, a buscar los resultados de los laboratorios o recoger los medicamentos a la farmacia, a apaciguar a Lulú durante las cóleras de sus obsesiones. Pero, ya no escribe como antes, le sobra menos tiempo para la computadora.

Esa misma tarde te enteras de que Valdremina ha caído en coma, de que los médicos esperan lo peor, aunque para ti lo peor sea que no puedas hacer nada por ella, que no puedas reciprocarle en estos momentos de necesidad lo que ella ha hecho por ti y por tus hermanas, porque ni siquiera puedes acompañarla en el hospital durante las noches, para velar a su lado que las máquinas que monitorizan sus signos vitales no detecten ningún agravamiento de su condición, que los sueros intravenosos descarguen al ritmo que es debido su contenido en las venas, que esté arropada en todo momento para que no le dé frío, que las enfermeras la cambien de posición para que no le salgan úlceras y que vacíen el *Foley* cuando esté repleto. No tienes alternativa, tus noches están comprometidas con Robert

Hiram Sánchez Martínez

y tus hermanas.

Al otro día acudes al hospital. No puedes verla porque Valdremina sigue en cuidado intensivo. «A la una, señora», te indica una enfermera con la indiferencia de quien no asume como suyo el interés por la condición de tu prima, y sin despegar los ojos del récord médico que lee sobre el mostrador, añade que las visitas son de una a una y media de la tarde, ah, y limitadas a cinco minutos por persona. «Es que a la una no puedo, tengo a mi esposo enfermo, si pudiera pasar solo tres minutos», le dices con una modulación de voz suplicante, que a la mujer de blanco no le hace mella ni la perturba. Continúa en lo suyo, sin responderte siquiera. Aún no son las nueve. Sin embargo, mucho más que la espera de más de cuatro horas, lo que te preocupa es si lograrás verla viva de nuevo, aunque ella no te vea, si lograrás pasarle tu mano por la frente y acomodarle la almohada bajo su cabeza y decirle cuán agradecida estás, aunque no pueda escuchar que tus hermanas la echan de menos, que Tati no cesa de decir: «Mina no nilo» —«Valdremina no ha venido»—, aunque no puedas decirle todo lo que quisieras decirle, aunque no sepa que estás allí ejecutando el único acto de agradecimiento posible, acto con el cual de sobra sabes que no podrás pagarle lo que ha hecho por ti y tus hermanas.

De momento se te ocurre seguir un viejo consejo de Robert: siempre que tengas un problema en el circo, habla con el dueño, no con los payasos. Y, en efecto, a pesar de la renuencia inicial de la enfermera, consigues que te indique dónde queda la oficina del director médico. Solo tienes que explicarle a él tu situación personal, muy someramente, claro, nada de detalles quejumbrosos que susciten lástima por ti, tu caso posee méritos intrínsecos para que causen su entendimiento, su sentido de lo que es razonable y apropiado. Y te autoriza diez minutos con ella. Es más de lo que pretendías.

La misma enfermera de antes te mira con cierto desdén cuando te ve regresar a intensivo. Parece evidente que la han llamado de la oficina del director médico para aprobar tu solicitud de excepción. Es obvio que a ella no le agrada ver revocadas sus decisiones, si bien esté previsto que un superior a ella pueda hacerlo por causa justificada, a su discreción. Le sonríes para que sepa que, distinto a ella, no estás contrariada, que simplemente has invocado una circunstancia meritoria para estar unos minutos con una prima enferma de gravedad que está por abandonarte para siempre de un momento a otro.

La cama está ubicada en un cubículo de paneles de yeso en la mitad inferior y cristales en la mitad superior, dando la impresión de que Valdremina yace acostada en medio de una pecera gigantesca sin agua, conectada a mangas y a máquinas que producen gráficas digitales y sonidos agudos intermitentes. Solamente al acercarte a su lado escuchas que su respiración produce un borboteo parecido al de un recipiente con agua que hierve, que se combina en la exhalación con una especie de ronroneo salvaje. Luce el marchitamiento que viene con la obstrucción del proceso natural de alimentarse, enervada por el sostenimiento artificial de sus signos vitales. Son diez minutos que parecen solo dos, intensos y al mismo tiempo crueles, porque es posible que te escuche y entonces quiera pero no pueda contestarte. Nunca nadie ha podido asegurar con absoluta certeza científica si las personas comatosas conservan la capacidad de escuchar y recapacitar sobre lo escuchado. A ti realmente no te importa mucho puesto que hablas no con ella, sino contigo misma, para convencerte de que se lo dijiste alguna vez, sin intermediarios. Le tomas la mano libre, la única que no está soportando agujas ni esparadrapos, la misma que utilizó por todo un año para alimentar a Tati encamada, para limpiarle el fondillo en las noches de aquella diarrea verdosa que a veces perturbaba sus madrugadas, la que sostuvo el dedo índice extendido cerca de la cara de Matilde la vez que la recriminó por el saqueo de los *shoppers* de Lulú, la misma mano que colocó sobre tu hombro mientras te decía que no desesperaras con la situación de Matilde, que ella estaba allí para no dejarte sola con Robert, para darte la mano. Esa misma mano es la que aprietas con gentileza, su mano de samaritana buena y bienhechora. No sabes cuánto lo siento, Valdre, no sabes cuánto tengo que agradecerte; contigo a nuestro lado, a Robert y a mí todo nos fue más fácil, perdona si no te lo dije más a menudo, aunque a decir verdad todas las veces posibles no serían suficientes, no podrían aproximarse siquiera a la inmensidad de la gratitud que te tenemos. Miras su pelo alisado por el aire frío que tienen las habitaciones de los hospitales, su frente grasienta por los interminables días sin su maquillaje arrebolado, su respiración trabajosa, y sospechas que ya no tendrás otra oportunidad para estar con ella, que el pabilo que es su vida ahora está a punto de consumirse.

Dos días después, Matilde continúa su vida de indiferencia detrás de las ventanas miami cerradas todo el día, aislada de los demás, sin hablarte, sin preguntar por el estado de salud de Valdremina, llevando una existencia aburrida entre su habitación y el *family* donde está el televisor, rumiando su desdicha atribuida como de costumbre a los demás, rodeada de ansiolíticos y somníferos, sin poder dormir en las noches de ansiedad y, muchas veces, ni en los días de su devenir insólito. Tiene oído de tísica y escucha cuando tu prima Balbina, la hermana de Valdremina, entra a la casa de tus hermanas buscándote, llamándote entre sollozos para abrazarte fuerte y darte la noticia de que lo peor ha sucedido.

Aun así, Matilde no se asoma siquiera ante la conmoción que causa la noticia en Fredeswinda, tan sensible y débil de carácter que manifiesta su pesar con lamentos audibles a cincuenta metros de distancia. Espera a que todo se calme, a que asimiles el golpe inicial de la pérdida, a que pasen las horas y salgas de la casa a darle el pésame a tus otras primas. Entonces, por primera vez en mucho tiempo, Matilde cruza hasta la casa y se desahoga con Fredeswinda:

—Vamos a ver qué se va a hacer Wendy ahora que no tiene a Valdremina. Tendrá que venir de rodillas a pedirme perdón, a que vuelva, ya lo verás.

Robert no está contigo en el velorio de Valdremina. Permanece en San Juan, tiene que preparar sus cosas, con la ayuda de tu hijo, para el viaje a Houston. Es su única esperanza: que el tratamiento funcione y él pueda seguir envejeciendo a tu lado. Al caer la noche, poco a poco, la funeraria se ha ido llenando. Estás junto a Balbina en una de las butacas reservadas para los dolientes; a ti también te duele su pérdida. Has hecho los arreglos para que Teresa se quede con las muchachas en lo que tú regresas a la casa, solo dos horas, le dices. Observas a los que se acercan al féretro destapado. Valdremina parece que echa una siesta en la comodidad del colchoncillo de satín, bajo un velo de tul blanco que pareciera protegerla en su sueño, toda maquillada y arrebolada, como si estuviera recuperando el ánimo para salir de fiesta. Casi todos los que se acercan a verla son parientes, vecinos, también amigos de la escuela o compañeros de la fábrica en la que trabajó muchos años. Es cuando notas que él se aproxima, y ya frente a ella, se persigna, más bien dibuja en el aire un garabato de norte a sur, sin mucha convicción, pero mucho respeto. Permanece un minuto de pie contemplando a la difunta, y entonces se vuelve hacia el lugar donde te encuentras.

Los dos se miran sin decirse nada, sin demostrar con algún gesto cordial que se alegran de encontrarse de nuevo. En el fondo tú sí te alegras, al menos así interpretas esa sensación extraña que te aprieta el pecho ahora que lo tienes de frente, que camina despacio hacia ti, que no sabes qué decirle. El encuentro anterior tuvo un sabor distinto porque no fue casual, porque fuiste tú quien acudiste a él casi empujada por la obsesión del escritor, de tu marido. Primero se detiene ante la butaca de Balbina y le extiende la mano. «Te acompaño los sentimientos, Balby, sabes que Valdre se ganó el corazón de todos, yo la apreciaba de verdad». Balbina se lo agradece. «También ella te apreciaba mucho, Abby», le dice. No estabas enterada de que Valdremina y él se conocieran, que fueran amigos, quizás de la fábrica donde trabajaron. Te incorporas del asiento para evitarle la incomodidad del ligero encorvamiento que ha tenido que adoptar para hablarte en voz baja. Cambia de semblante cuando lo saludas con un beso en la mejilla. «Me uno a tu pérdida, Wendy, sé lo mucho que te toca esta muerte». No habían hablado desde la tarde que lo fuiste a ver. El encuentro no había sido prolongado y aunque habrían bastado unos segundos para que él pronunciara las palabras mágicas que Robert anticipaba que salieran de un corazón contrito para que cerraras ese capítulo de tu vida, eso no había sucedido. Robert se había equivocado. Su personaje no te había brindado explicaciones para aquella partida misteriosa, aquella huida absurda, aquel desvanecimiento inesperado que te dejó atolondrada por tanto tiempo a la vera de tu adolescencia. Entre ustedes solamente quedaría pendiente ese encuentro social entre los tres protagonistas —entre dos antiguos enamorados y tu marido; entre tú, el escritor y uno de sus personajes—, el inventado por Robert con un propósito desvariado que tardas en descifrar. Un encuentro entre autor y personaje, porque el Abby de tus reminiscencias ya no existe. Será otro a quien Robert pueda conocer, a quien tú misma intentarás conocer.

Al cabo abandonan el sofá y caminan despacio hacia el salón del café, impulsados por los muchos recuerdos que cargan en común. Se desvían antes de llegar hacia el área de estar, frente a la capilla ardiente contigua en la que otros deudos enjugan las lágrimas por su propio muerto. Cada cual se sienta en un extremo del sofá, como el primer día que se sentaron apartados en el banco de la plaza después de misa.

—Ayer me quedé esperándote, mejor dicho, esperándolos.

—Lo sé y lo siento mucho, pero Robert amaneció indispuesto y yo no tenía forma de avisarte. Nunca me diste tu teléfono.

—Pero no porque no quisiera, Wendy, sino porque la emoción de verte esa tarde en mi casa así, de repente, como el fantasma de un cuento de aparecidos, me desconcertó. —Te sonríes, él lo nota y añade—: ¿Has pensado en lo que hablamos?

—Mucho.

Habías temido el momento en que tuvieras que responder a esa pregunta, y ha llegado por puro azar, como no te lo habías imaginado. Él te sostiene la mirada y hace como si solo interesara escucharte. Intentas unas explicaciones cortas, es lo más que admite el lugar y la ocasión. Hay gente que los conoce, que también conoce a Robert. De hecho, los interrumpen a cada momento, algunos saludan de lejos con la mano, o con movimientos ligeros de cabeza, otros se acercan y dicen o preguntan algo, a ti o a Abby, o a ambos, y se retiran. Y no faltan las miradas atravesadas, de los que de seguro murmurarán esa es Wendy, pero ese no es Robert, ¿por qué no está Robert?, ¿quién es el hombre que está con ella? La conversación resulta muy troceada, marcada por silencios abruptos y miradas desviadas, de fluidez dificultosa, de aprestamiento torpe. Aun así, las frases —porque a veces son solo frases— se mantienen asidas al tema del desencuentro y la necesidad de una reconciliación, en la amistad, claro, aunque solo sea eso, para volver a ser amigos, una propuesta de la que nada le has dicho a Robert.

—¿Como si nada hubiera ocurrido?

—Exacto, Wendy, como si nada hubiera ocurrido.

—Es que sí ocurrió, y mucho. Te quise. No tienes idea de cuánto te quise.

—Éramos muy jóvenes.

—Ni tanto como para que no supieras lo que hacías.

En medio del silencio que se hace, Lucy y su marido se acercan a saludarte. Intercambian saludos con él. Te preguntan por Robert, es natural, y decides continuar con la mentira de su indisposición. No le dices de su enfermedad, no tienen por qué saberlo, y menos Abby que ni siquiera lo conoce. Muy bien, gracias, respondes, tiene un poco de catarro desde ayer, no vino porque no quería coger sereno. Lamentas tener que ocultarle a tu prima, tu mejor amiga de siempre, la exactitud de lo que vives. Aprovechas la coyuntura y tras una conversación de hitos irrelevantes te despides de los tres. Abby te mira un poco turbado, casi perdido, sin saber qué decir. Caminas hasta la capilla. Él te sigue y se detiene ante el atril de los recordatorios y el libro de las firmas. Toma uno, y bajo el chorro débil de la luz que se desprende de la pequeña lámpara, escribe algo con el bolígrafo atado con una cadenita. Desde la puerta, te hace señas para que te acerques y, cuando lo haces, te entrega el recordatorio con lo que ha escrito, y se marcha. Le das un vistazo a los trazos inseguros que ha hecho al margen, y adviertes varias palabras, tal vez una frase. Te apartas un poco hasta donde hay más luz, y lees lo anotado.

Los días que siguieron al entierro de Valdremina fueron de ajuste. Tus hermanas, a su modo, la extrañan; al menos Tati y Lulú. Loli continúa en su mundo de sombras y silencios, de movimientos atrofiados por el párkinson. Cada vez que Tati te ve, te saluda con el mismo sonsonete, con un «Mina no nilo», que tú respondes del mismo modo: «Así es, no ha venido, ni vendrá. Valdremina se murió». En cambio, Lulú no lo afirma como hace Tati, ella simplemente lo pregunta: «¿Y Miinaa?», y tú: «Se murió», a lo que ella responde con la misma falta de entusiasmo y la tonadita isleña: «¿Se mulió?», y tú: «Sí».

Gracias a Fredeswinda habías conseguido dos señoras que vienen a hacerse cargo de los turnos vacantes. Robert y tú asumen ese costo, mientras Matilde intenta desacreditar tu gestión. Como siempre, a ti no te dice nada directamente, se lo dice a las amas de llaves porque sabe que ellas te lo dirán: que no le gusta eso de tener personas desconocidas metidas en la casa de noche, que eso está mal, que es a ti a quien corresponde hacerse cargo de las muchachas ahora que Valdremina murió. Terminas de escuchar a Fredeswinda, lo que Matilde ha querido que oigas: que desaprueba tus nuevos arreglos para afrontar la muerte de quien único ha estado dispuesta a ayudarte de modo desinteresado, porque Valdremina ni siquiera te cobraba. Matilde, sin embargo, verá frustrado su deseo de que vuelvas de rodillas donde ella a pedirle perdón, a restaurar su señorío en la casa de tus hermanas.

Y de repente sabes qué tienes que hacer.

34.

LE PIDES A ROBERT QUE te prepare el texto (la idea no es tuya ni de él; la has tomado de Almudena Grandes). Nada elaborado, le dices, solo lo indispensable para que ella crea de manera inequívoca que las cosas serán diferentes de ahora en adelante. La vida se presenta a veces como un corcel desbocado al que solo detendrá la fuerza de su propio cansancio o un tropiezo inesperado que lo tire de bruces a la tierra. Robert hace un alto en la escritura de su libro para atender tu petición. En estos días no escribe tanto como solía hacer antes de empezar su tratamiento y pasa mucho tiempo en la cama. Afortunadamente no ha perdido su agilidad con el teclado de la *laptop* ni las luces de su imaginación. La ventaja que tiene escribir sobre tu historia, te confiesa, es que no requiere de la imaginación, Wendy, porque tu vida se ha movido por trayectos enrevesados a los que yo solo he dado cierto orden, no más. Algunos parecen salidos de los relatos que habitan los anaqueles de una biblioteca, pero no por eso deben dejar de contarse. Ahora que la vida ha torcido súbitamente el rumbo, Matilde debe quedar convencida de que tendrá que enfrentar la nueva realidad de la vida familiar que les espera.

Lo dejas a solas con su computadora hasta que al rato escuchas su llamada cansada desde el cuarto: «Ya está, Wendy, la carta está en el prínter, cógela». Vas a la biblioteca y la tomas.

> *Estimada Matilde:*
>
> *Como sabes, accedí a atender sola a nuestras hermanas poco tiempo después de morir mami. Al cabo de más de dos años, mis circunstancias personales se han ido complicando de tal manera que he tenido que desatender a Robert y mi hogar para*

quedar bien con ellas y contigo. Nuestro contrato no tiene una cláusula de aviso previo, y es por esa razón que no te había notificado antes, de que, a partir del recibo de esta, habré renunciado irrevocablemente a la atención personal de nuestras hermanas Loli, Tati y Lulú. No me debes nada, ni siquiera las gracias, aunque no me vendrían mal. Cuando leas esta carta ya estaré rumbo a Houston, Texas, donde Robert y yo habremos de vivir de hoy en adelante y de donde no regresaremos. Disculpa que no te informe mi nueva dirección y nuevo número de teléfono, no espero que lo entiendas.

    Adiós,
    Wendy

    P.D. En este mismo sobre te hago llegar las llaves de la casa, las tarjetas de sus seguros de salud y las del programa de asistencia nutricional. También una lista de los medicamentos que toman y de los médicos que las atienden, con la indicación de fechas y horas de sus próximas citas médicas. Cualquier duda que pudiera surgirte, te recomiendo que la consultes con las amas de llaves. Ah, y recuerda que ahora que estarás a cargo de nuestras hermanas, no es buena idea que te deshagas de los shoppers de Lulú, los cuales la tranquilizan más que las pastillas que toma.

Terminas de leer la posdata mientras caminas hasta su cama.

—Esta no soy yo, Robert, no soy así.

—¿Cómo que no eres así?

—No le aclaras que la mudanza será algo temporal, por lo que dure tu tratamiento. No me gusta mentir, ni siquiera a ella. Aun si le digo que la mudanza es temporal el shock que sufrirá será el mismo que si le dijera que mi ausencia es para toda la vida. No sé que más decirte, yo preferiría algo más sobrio, más objetivo.

—Será la forma de jamaquearla, Wendy. Déjala que se crea que nos vamos para siempre, que ahora el problema es de ella, que sienta en carne propia lo que tú estás pasando sin su ayuda.

—No sé, Robert, no estoy...

—¿Convencida? No tienes que estarlo. Déjame por esta vez hacer las cosas a mi manera, ya verás.

—Además, ¿por qué no decir que tienes cáncer en vez de decir «mis circunstancias personales se han ido complicando»?

—Porque a ella le daría lo mismo y desde ahora se pondría a celebrar mi infortunio... y también el tuyo.

—Es que si no le dices la verdad, es capaz de inventarse para ella una enfermedad o una nueva dolencia para alegar que está impedida de hacerse cargo de las muchachas y pretender que regresemos del viaje.

—Pues, allá ella. No vamos a...

—No vamos a dejar de hacer el viaje, lo sé. No es cuestión de escoger entre tú y ellas.

—Nunca lo he dudado.

—Sí, pero... —La pausa es ahora tuya, una pausa prolongada de efecto presentido, para dar énfasis a una mirada que expresa mucho más de lo que hace el cúmulo de palabras de racionalización—. Unos ligeros cambios la arreglarán.

—Sí, pero los haces tú. —Y se voltea hacia la pared para iniciar otro sueño de descanso.

Decides eliminarle eso de un contrato y su inexistente cláusula de aviso previo. Robert no puede sacudirse de su formación jurídica en las comunicaciones escritas. Con Matilde esas estrategias son innecesarias. Tampoco mantienes lo de que las gracias no te vendrían mal, por aquello de no sonar muy cínica, y porque en el fondo no esperas que alguien te dé las gracias por lo que es de obligación hacer. Lo demás se queda igual.

Pasas el texto a otro papel rayado con tu puño y letra. Sin embargo, decides retener la carta hasta el día siguiente antes de hacérsela llegar. Es el período mínimo de apaciguamiento del ánimo, el lapso que te permitirá una última reflexión antes de que Matilde se enfrente a su presunto destino.

35.

DESDE QUE REGRESARON DE Houston, Robert luce más optimista, se le ve de mejor semblante a pesar del aspecto amarillento que conservan su piel y las escleróticas, y de sus dolores intermitentes. Ha terminado de escribir su libro *Casi siempre fue abril*. Te encarga que, si algo le sucediera, le encomiendes a tu hijo, el poeta, que le escriba un epílogo en prosa, a manera de conclusión de esta etapa de tu vida. Que no, Robert, que eres un exagerado, le dices, con la aprensión que te produce el que el tratamiento no haya resultado tan eficaz como les han hecho confiar a ambos los médicos de Houston. No te dio la gana de abandonarlo por allá ante lo de Matilde. De no haber sido por una de tus primas, las alucinaciones de ella habrían acabado con tu hermana en el fondo del aljibe (que es un modo de hablar porque realmente ella tenía accesible otros medios para significar su propia renunciación).

Porque, ¿qué si no fue lo que hizo ese día? Cuando tu hijo te llamó a Houston y finalmente pudo hablar contigo al día siguiente de ustedes llegar, supusiste que ella sería capaz de cualquier cosa.

—Fue un espectáculo digno de verse —te dijo él, todavía con rastros en su voz de la excitación del día anterior—. Antes de terminar de leer la carta sus manos comenzaron a temblar, mami, sus mandíbulas a repicar como castañuelas, y sus ojos horrorizados parecían querer saltar de sus órbitas. Cuando terminó la lectura me miró como se miraría al mensajero que es condenado a muerte por traer una noticia mala.

—Las miradas no matan, mijo.

—Pero ganas no le faltaron. Se le notaba en el aspecto sombrío que adquirió su rostro y en lo que hizo después. Comenzó a caminar despacio hacia mí, con la carta estrujada y apretada en uno de sus puños, ambos alzados, como en posición de ataque. Fue cuando decidí voltear e irme de inmediato. La escuché gritar que no me fuera, que le diera el número de tu teléfono para llamarte, que esto no se podía quedar así, que qué tú te habías creído, que ya ella se lo sospechaba, que el día menos pensado tú le harías una puercada como esa, que estabas muy equivocada si creías que ella se iba a encargar en adelante de tus hermanas.

—Entonces se lo creyó.

—Miré por el retrovisor mientras me alejaba y vi cuando se desplomó, la vi caer redondita al suelo. No me detuve, mami, la realidad es que ella estaba fuera de sí y no me importó.

Tuviste que llamar a Fredeswinda esa misma tarde para obtener otros detalles. La misma Fredeswinda llamó al 911 porque vio a Matilde empapada de sudor y con la mirada extraviada. Seguía en el suelo y no respondía siquiera al agua fría que ella le derramaba sobre la cara y la cabeza, ni al alcoholado que le daba a oler ante la falta de un poco de amonio. También llamó a la prima Balbina, quien soltó lo que estaba haciendo para allegarse a la casa y luego le hizo compañía en el viaje en ambulancia. Cuando recobró el conocimiento en la Sala de Emergencias tenía el lado izquierdo de su cuerpo paralizado y no podía hablar.

Desde Houston pudiste hacer los arreglos con Balbina para que las amas de llaves que tú pagabas continuaran sus turnos de las noches con tus hermanas en lo que Matilde era dada de alta. Lo que parecía inicialmente un asunto de días, terminó siendo algo indefinido porque no solamente Matilde no fue dada de alta sino que fue transferida al Universitario del Centro Médico de San Juan. Según tu sobrino, no hay indicios claros de alguna fecha próxima de salida. El problema, tía, es que no puedo hacerme cargo de mami, te dice, estoy esperando que me llamen de un trabajo nuevo de maestro bilingüe en San Diego, California, y me tengo que mudar para allá. ¿Y tu hermana?, preguntas con la naturalidad de querer saber sobre la aportación que hará tu sobrina, que aún vive con Matilde. No te sorprende su respuesta: Aleida está enojada con mami y dice que no cuentes con ella. Afortunadamente para Matilde, el Centro Médico no está muy distante de tu casa, lo que le asegura que ella tendrá al menos una visita, la de la única persona que puede hacer algo por ella, a donde llegarás en carro y no de rodillas como a ella le habría gustado que llegaras.

36.

Lo más difícil fue encontrar quién se quedara con ella cuando la dieran de alta. Las señoras cincuentonas y sesentonas, que eran las de mayor experiencia en el cuidado de personas encamadas, ya estaban empleadas en el servicio de amas de llaves del gobierno. Las más jóvenes no eran muy perseverantes en ese tipo de empleo y cuando les pedías referencias resultaba ser que no eran tan bien recomendadas. Lo ideal, le comentaste a Robert, sería una muchacha responsable y dedicada.

—¡Ya está! Esmeralda. —Robert se sobrepuso a la dureza que reflejaba su rostro de enfermo para sonreírte guiñándote un ojo—: ¿Por qué no le ofreces el trabajo?

—¿Te refieres a la misma Esmeralda que renunció como ama de llaves por culpa de Matilde y el asunto del doblez de las toallas?

—Y otras pendejadas más de Matilde. Esa exactamente.

—Estás bromeando ¿verdad?

—Mira que no. Esmeralda renunció por las críticas constantes que le hacía Matilde, que no la dejaban vivir en paz. Ahora Esmeralda ya no tendría ese problema. Matilde ni habla ni puede moverse de la cama. Pregúntale a Esmeralda a ver qué te contesta.

Lo hiciste y te dijo que no, al principio. Aún guardaba en su corazón el manojo de regaños y recriminaciones que le había hecho Matilde, y que provocó que renunciara a un trabajo que al menos daba para afrontar sus necesidades más urgentes. Cuando le explicaste la precaria situación de tu hermana y su imposibilidad de que esta le hiciera algún reproche, te preguntó si eso significaba que podría doblar las toallas como quisiera. Le aclaraste, sonriéndote, que sí, que las toallas, las sábanas y hasta los pantis.

—Como te dé la gana, Esmeralda, como te dé la gana.

—Pero si recupera el habla, me voy.

Asentiste con la cabeza y te pidió un día para pensarlo.

Una semana después, cuando la ambulancia trajo a Matilde de regreso a su casa, ya Esmeralda tenía todo dispuesto: la cama de posiciones debidamente aprestada, los cuartos y la sala barridos y mapeados, la ropa de cama lavada y planchada, y las estibas de Pampers y demás productos higiénicos dispuestos junto a la cama. Las toallas no, las toallas las había lavado y las había amontonado en otro cuarto sin doblarlas. Hacía un turno de ocho de la mañana a tres de la tarde y, en la noche, regresaba una hora como a las ocho. En este último turno, Esmeralda se aseguraba de que Matilde ingiriera una merienda y estuviera aseada para el resto de la noche.

Ya se sabía que Aleida seguía viviendo en esa casa que continuaba considerando suya, en el pequeño mundo apócrifo que había erigido para sí misma, sin asomarse siquiera al mundo mayor que lo contenía para ver cómo estaba su madre, y mucho menos para cerciorarse de que esta no se hubiese orinado ni defecado encima. Si yo quisiera bregar con excrementos, decía como para que la entendieran, pariría un bebé, y como no lo he hecho, que cada cual bregue con su propia mierda. Y seguía andando. Era por eso que muchas veces, cuando Esmeralda llegaba en la mañana podía oler desde la puerta de entrada del balcón la fetidez del excremento, a veces diarreico, que Matilde había ido acumulando durante la noche. Aleida se acostaba de madrugada luego de una noche de juerga o sencillamente de chateo o texteo o de navegar por la Internet en su cuarto con el aire acondicionado puesto, su botella de Cabernet o su *six-pack* de Coors Light que conservaba en la pequeña nevera que tenía en una esquina de su cuarto. Aleida vivía indiferente a cualquier necesidad de atención que tuviera su madre, y dormía hasta las tantas de la tarde. Eso explicaba, además, que con mucha frecuencia ya no estuviese en la casa a la hora de Esmeralda marcharse. Entonces lo más que podía hacer Esmeralda era decirle a las amas de llaves de turno en casa de tus hermanas que estuvieran pendientes y que, si escuchaban algún ruido inusual en el cuarto de Matilde, llamaran al celular de Aleida.

Todas sabían, sin embargo, que Aleida no contestaba su teléfono ni que vendría aunque lo contestara. Cualquier atención que requiriese Matilde debía esperar a que Esmeralda regresara a las ocho de la noche a encargarse de aquellos míseros detalles, excepto en los días en que tú venías a hacerte cargo de tus hermanas cuando sí le dabas la vuelta y algunas veces hasta habías tenido que limpiarla y cambiarle el pañal, igual que lo hacías con Tati.

Esmeralda ha asumido su nuevo trabajo con un entusiasmo casi infantil, más bien simple. Realmente no le es difícil hacerlo. Aleida no se mete con ella, no le pregunta por nada y tampoco le da instrucciones. La hija de Matilde meramente se limita a entregarle cada semana el sobrecito amarillo con el dinero devengado, y siempre con un gesto de indiferencia que pudiera ser lo mismo la expresión de un sentimiento más bien auténtico que el de la resaca por la noche anterior. No obstante, ahora que su hermano se ha mudado a dar clases de español a San Diego, la realidad es que Aleida está haciendo algo por su madre, aun cuando inicialmente juró que no se haría cargo de ella: está manejando por primera vez la cuenta bancaria de Matilde como si fuera la propia y asegurándose de que Esmeralda tenga lo suyo. Nunca le preguntas nada a tu sobrina. Solo confías en que la pensión que el fondo de retiro de maestros ingresa cada quince días en su cuenta, Aleida la esté utilizando apropiadamente. Eso sí, desde el principio le hiciste claro que los Pampers, las medicinas, los ungüentos y la comida serían responsabilidad de ella. Esmeralda le haría una lista de lo que hacía falta y Aleida lo traería. Y así ha sido.

Tu relación con Matilde ha mejorado enormemente. Desde que ella ya no puede verbalizar sus quejas y mandatos ni escribir sus rencores, tú entras a su habitación, le preguntas cómo está y ella no te contesta. ¿Qué mejor comunicación podrías tener? Ella simplemente entorna los ojos de distinta manera, como si buscara establecer un nuevo lenguaje que le permitiera decir que sigue allí jodida, tendida en esa cama, y que quién carajo trajo a Esmeralda a esta casa para atenderla, una mujer que ni siquiera sabe doblar toallas y encima es ahora quien la baña y le brega con las partes más íntimas de su cuerpo. Porque Matilde no ha perdido sus facultades, sabe a la perfección lo que sucede a su alrededor, para contrariedad suya, y puede observar y escuchar todo lo que se dice en voz alta desde ese punto de observación que le ha deparado la vida. Esmeralda lo sabe y le habla. También le hace saber que ya no la intimida, se lo dice en voz alta, y las amas de llaves la escuchan desde la otra casa: «Que no doña Matilde, que no es posible que la cambie todavía. A usted lo que le conviene es estar cagadita media hora más, pa' que se acostumbre a los olores de su cuerpo, que eso le hace bien». Y ellas te lo dicen, a veces apostillado con un «¡ay, bendito!», y tú le respondes que no, que tú no vas a interferir con el modo de Esmeralda hacer su trabajo, que tú confías en ella, y hasta la fecha no has observado ningún área rojiza ni úlceras que requieran un tratamiento especial. «Si es precisamente lo que ustedes resentían —les dices—, que ella estuviera metida aquí todo el tiempo dándoles instrucciones e interviniendo con el modo de ustedes hacer las cosas».

Doblar la ropa de cama y casa como le placiera vino a ser para Esmeralda una de las grandes satisfacciones del empleo. Evidentemente se había tomado muy en serio el permiso que le diste. Ahora acostumbra hacer esa tarea en un sofá cama que ubicó en el cuarto de Matilde, donde esta puede verla sin hablarle. Esmeralda hace un esfuerzo por recordar cómo era el doblez de las toallas que sacó a Matilde de quicio y las dobla igual. Es más, a veces coge una toalla y la hace un bollo, como se hace con un papel inservible antes de botarlo, y la deja por horas a la vista de Matilde. Lo mismo hace con las sábanas *fitted* de su cama, a las que dobla en dos, cuatro y ocho partes, pero sin doblar primero el ruedo ancho que forman los elásticos de las esquinas, que era como Matilde exigía que se hiciera. El deleite mayor de Esmeralda es mirarla de frente mientras hace estas labores domésticas y ver la mirada de desesperación que pone Matilde: las cejas arqueadas y levantadas hasta casi la mitad de la frente, los ojos bien abiertos igual a los que pondría ante la visión de un aparecido, las escleróticas visibles alrededor del iris y el iris en rápidos y constantes movimientos en todas las direcciones posibles. Es el mismo gesto de siempre, es su modo de gritarle a Esmeralda: «¡Coño, así no es!», que no le sale de la garganta, y que Esmeralda escucha estas veces sin inmutarse; al contrario, poniéndole una sonrisita pícara de niña traviesa.

37.

Los del hotel dejaron en la habitación un ramo de flores y una botella de *Veuve Clicquot* con una hielera y dos copas. Pensaste que las flores las enviaba la gerencia. Aunque a otros pudiera parecerles insólito, Robert nunca te había regalado siquiera una rosa, ni de novios ni de casados. En múltiples ocasiones te había dicho el porqué. Las flores eran artículos muy efímeros y demasiado costosos, hay otros medios de demostrar el amor, insistía. Con las flores es inconcebible que al cabo de unos días debas tirarlas a la basura, ¿te imaginas?, te demuestran el amor con algo que tú misma arrojas después al zafacón. En aquella ocasión te mostraste indiferente a su razonamiento; habías sido equívoca y quizás supuso que estabas de acuerdo con algo tan coherente. Tal vez por eso se apresuró a dejarte saber que las había encargado para ti. Sonreíste, oliste su fragancia y sin hacer ningún comentario las devolviste a la mesa donde estaban.

Desempacan lo poco que han traído para tres días de celulares apagados. Te entretienes en las revistas y menús del hotel. Es lo primero que haces siempre. Suya ha sido la idea de celebrar de este modo el aniversario de bodas ahora que están recién llegados de Houston. Sale al corredor, que para sus fuerzas resulta interminable, a buscar la máquina del hielo que habrá de mantener frío el champán cuando los cubitos que les trajeron se derritan. Dice que hoy no hay cáncer hepático en el mundo que le impida brindar contigo. Cuando regresa, le das el informe de dónde desayunar, almorzar y cenar, y las posibles actividades de entretenimiento para el día siguiente. Accede a lo que propones.

Después de bañarse juntos, Robert descorcha el champán que el hotel les ha obsequiado. Pones un cedé de Los Violines de Pego. Se sientan en el *love seat* para la conversación que habrán de tener sobre los momentos más significativos de la convivencia de estos años largos. Te toma las manos con la delicadeza de cuando eran novios y disfrutaban esas muestras sencillas de cariño, con una ternura cifrada en la expectativa del remanente de sus vidas juntos. En aquella época apostaban a que nada los separaría, porque el hecho de verse llenos de sueños y vigor juvenil suscitaba en ustedes la arrogancia de no pensar en la muerte.

A la hora de comer, el mozo toca a la puerta. Trae una cena para dos, con su mantel, candiles de fragancia, una rosa roja, y otra botella de champán para completar la celebración. Todo queda dispuesto como debe ser y cenan sin interrupción, a la luz de la lámpara de la mesa de noche junto a la cabecera de la cama, entre risas y anécdotas, ahora con la orquesta de Paul Mauriat sonando de fondo. Aunque no tienen planes de salir de la habitación —la fragilidad de la salud de Robert se vuelve un obstáculo a vencer; un resfriado sería una complicación de cuidado—, se visten como si se propusieran hacerlo. Es para el baile después de la cena, te dice. Brindan por la pervivencia de una relación de años sin término y se miran a los ojos sin pestañear.

Al finalizar la cena, te sorprende con un regalo: un cedé de Lucho Gatica. La poca luz que queda de las velas y tu falta de lentes imposibilitan que puedas leer las canciones que incluye. Accedes a que pueda abrirlo por ti y lo ponga a tocar. Te invita a bailar tan pronto comienza la primera canción, y tu cuerpo pegado al suyo se mueve lentamente al compás de la armonía, sintiendo sobre tu muslo derecho su deseo para una noche de arrebato que tendrá que ser de tregua en tregua. La música empieza a sonar, los violines primero, porque hay violines que llenan el espacio abierto de esa reunión de instantes que perseveran; y luego la voz, siempre la voz que suscita en tu recuerdo el desfile de pensamientos repentinos que aletean en tu cabeza con ritmo apresurado y definido.

Llegando al final de la cuarta canción, te da un tironcito en señal de que se sienten en el sofá largo y mullido, y te musita al oído:

—La próxima es tuya, te pertenece. Siéntate, relájate y cierra los ojos.

Te adhieres a sus deseos sin la lucidez que en otro tiempo hubieras reclamado para el trato de sus ideas precarias, para la desenvoltura con la que ha invocado este momento de serenidad en tu ánimo. Con esa vieja canción tu cabeza empieza a hilvanar las reminiscencias de otra época. Es como si lo comprendieras todo, como si quedara expuesto para siempre tu presente indefinido. Una riada de pensamientos fugaces atraviesa tu mundo alucinante para sedarte el ánimo, sin que nada te importe y sin tomar en cuenta que Robert se ha sentado junto a ti en la complicidad de su propio silencio. No te habla. No te toca. No quiere arruinar este momento del que tiene la certeza de su exclusión ineludible. Él solo ve tu rostro transfigurado, el semblante del que solo sabe que emana una verdad sin contraseña que él debe aceptar sin reproches.

Agradecimientos

A varias personas debo mi agradecimiento por el desprendimiento con que leyeron los distintos manuscritos de esta obra para brindarme sus opiniones y sugerencias: la jueza Jeannette Ramos Buonomo; la Dra. Ada Hilda Martínez; la CPA Tere Loubriel Rosado; mi hermana Marta Odette; mi prima por afinidad Sylvia Barreto Chaves; a los escritores, licenciado Alberto Medina Carrero y el juez German Brau, y, sobre todo, a la escritora Miriam Montes Mock. A ella debo las valiosas sugerencias que me impulsaron a realizar algunos cambios significativos a la obra.

A mi hija Ingrid Rebeca, por haber puesto todo su talento en el diseño de la carátula y la diagramación del libro; a mi hijo Hiram Alexis, por ser quien tomó la foto de las piernas de la modelo y amiga Monique Méndez, cuando le expliqué que interesaba una foto de piernas como las de mi esposa Iris (su mamá) cuando era mi novia, y que sirvió de base al diseño de la carátula; y, por supuesto, gracias a Monique que posó para esa foto y lo hizo desinteresadamente.

El agradecimiento mayor va, sin embargo, a mi esposa Iris, porque siempre ha sido fuente inagotable de inspiración y mi primera lectora y editora. Además, Iris ha sido la responsable de haberme proporcionado la materia prima con la que he podido urdir esta trama de ficción.

El autor

Hiram Sánchez Martínez
(1950, Yauco, Puerto Rico)

Hiram Sánchez Martínez estudió en las Facultades de Ciencias Sociales y Derecho de la Universidad de Puerto Rico. Fue redactor y fotógrafo del semanario *La Hora*.

Aunque practicó privadamente su profesión de abogado al inicio de su carrera, se ha desempeñado mayormente en el servicio público. En la Rama Ejecutiva ha sido asesor del Gobernador de Puerto Rico y asesor del Secretario de Justicia. En la Rama Judicial ha sido juez del Tribunal Superior y juez del Tribunal de Apelaciones de Puerto Rico.

Es autor de *Cuesta de los Judíos número 8* (Premio Nacional PEN Club de Puerto Rico: Memorias, 2008); *El marido de su amante y otros cuentos* (2009); *Cuentos inveraces para ser creídos* (2010); *Casi siempre fue abril* (2014) (obra ganadora del Segundo Premio «Mejor Novela de Drama en Español» del 2015 International Latino Book Awards); *La ciberimpostora* (2015); *Están los locos y los que se hacen* (2017); *Raymond Dalmau: From Harlem a Puerto Rico* (2018) (conjuntamente con Raymond Dalmau Pérez); *Antonia, tu nombre es una historia* (2018) (Mención honorífica, PEN Club de Puerto Rico: Memorias, 2020) (Segundo Premio Nacional de Literatura en la categoría «Investigación y crítica», del certamen Mejores Obras de 2019, del Instituto de Literatura Puertorriqueña); *Quería ser como Charles* (2020); *A mi juicio* (2020), y *Ató con cintas sus desnudos huesos* (2021).

Mantiene un blog: *«Inveracidades de Hiram Sánchez Martínez»*. Es columnista del periódico *El Nuevo Día*.

Visite: www.hiramsanchezmartinez.com

OTRAS PUBLICACIONES DEL AUTOR

Cuesta de los judíos número 8

Premio Nacional
PEN Club de Puerto Rico
(Memorias: 2008)

*El marido de su amante
y otros cuentos*

*Cuentos inveraces
para ser creídos*

La ciberimpostora

Están los locos y los que se hacen

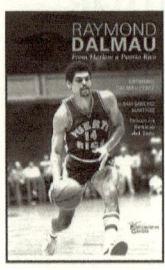

Raymond Dalmau: From Harlem a Puerto Rico

(conjuntamente con Raymond Dalmau Pérez)

Antonia tu nombre es una historia

Segundo Premio Nacional de Literatura
Instituto de Literatura Puertorriqueña
(Investigación y crítica: 2019)

Mención Honorífica, PEN Club de Puerto Rico
(Memorias: 2020)

Quería ser como Charles

A mi juicio

Ató con cintas sus desnudos huesos